POWER GAMES 1
Politika

Avec *Octobre rouge, Tempête rouge, Jeux de guerre, Le Cardinal du Kremlin, Danger immédiat, La Somme de toutes les peurs, Sans aucun remords, Dette d'honneur, Sur ordre* et les quatre volumes de la série *Op-Center*, Tom Clancy est aujourd'hui le plus célèbre des auteurs de best-sellers américains, l'inventeur d'un nouveau genre : le thriller technologique.

Tom Clancy et Martin Greenberg présentent

TOM CLANCY

Power Games 1

Politika

ROMAN TRADUIT DE L'AMÉRICAIN PAR JEAN BONNEFOY

ALBIN MICHEL

Titre original :

TOM CLANCY'S POWER PLAYS : POLITIKA
A Berkley Book
Publié avec l'accord de RSE Holdings, Inc.

1

Le Kremlin, Moscou
24 septembre 1999

Migraine, vodka, aspirine; aspirine, vodka, migraine.

Le mélange avait de quoi faire tituber n'importe qui, songea le président Boris Eltsine en se massant la tempe d'une main tout en s'envoyant trois cachets de l'autre.

Il saisit le verre sur son bureau, but une grande lampée, puis se mit à compter en silence jusqu'à trente, faisant rouler la vodka dans sa bouche pour dissoudre l'aspirine.

Vingt-huit, vingt-neuf, on avale. Il reposa le verre, pencha la tête, plaqua les paumes sur ses yeux, attendit.

Au bout d'un petit moment, la céphalée s'était dissipée. Moins que la veille, toutefois. Il s'en fallait de beaucoup. Et il avait toujours le vertige. Il allait bientôt devoir augmenter sa dose quotidienne. Quatre cachets. À moins qu'il ne se lance dans l'expérimentation. Pousser sur la vodka et faire passer le médicament avec un bon petit coup. Ça n'en serait que meilleur. Gaffe, malgré tout. N'y avait-il pas risque de surdose à mélanger ainsi alcool et aspirine? À vrai dire, il le savait déjà. Peut-être qu'avant que tout soit fini, il lui suffirait de rallumer la télé pour se voir à nouveau aux infos en train de danser le rock lors d'une soirée électorale, aussi ridicule qu'un ado éméché.

Il demeura assis, immobile, les yeux clos. Les tentures de son bureau étaient fermées pour le protéger du soleil qui baignait le grand mur est de la place Rouge. Il s'interrogea sur l'influence de ces migraines, beuveries et vertiges matinaux sur sa santé personnelle. Pas bien fameuse, sans aucun doute. Du reste, pourquoi ne pas voir large et songer plus généralement à leur portée sur la santé politique du pays? Si, comme il le croyait, un président élu n'avait plus qu'un pouvoir essentiellement symbolique, comment pouvait-on interpréter la santé déclinante de celui qui détenait ce poste? Lui qui jusqu'au moment de prendre ses fonctions, n'avait jamais eu ne fût-ce qu'un rhume et n'avait jamais, au grand jamais, bu dans la journée; et voilà qu'il avait perdu tout désir sexuel et se levait chaque matin en ne songeant qu'à sa vodka. Et il n'était que trop souvent déjà passé sur le billard. Il caressa machinalement la cicatrice de son dernier pontage coronarien.

Eltsine se redressa, rouvrit les yeux. La bibliothèque devant lui se dédoubla et tripla de volume dans son champ visuel. Il inspira profondément, plissa les paupières mais sa vue demeura floue. Dieu du ciel, comme il se sentait vaseux. C'était dû en grande partie, il le savait bien, à ses problèmes avec Korsikov et Pedatchenko. Ce dernier, surtout. Depuis le temps qu'il empoisonnait la nation avec sa rhétorique... et l'infection se répandait encore plus vite depuis qu'il avait acheté une chaîne de télé pour promouvoir ses opinions extrémistes. Qu'adviendrait-il si la situation des terres agricoles du Sud empirait effectivement? Certes, Pedatchenko s'insurgeait contre l'influence corruptrice des devises occidentales et la menace pour les intérêts russes que présentait selon lui l'OTAN – et tout particulièrement son Acte fondateur. Mais tout cela n'était qu'abstractions pour ses auditeurs. La faim, en revanche, c'était autre chose. Tout le monde était capable de comprendre ça. Et il n'était pas du genre à gober les paroles apaisantes de ses rivaux politiques. Pedatchenko était roublard et opportuniste. Il savait quels leviers manier. Nul n'échappait à son charisme. Et si les prévisions catastrophiques concernant la prochaine récolte avaient un semblant d'exactitude...

Eltsine rejeta l'idée sans s'y arrêter davantage. Il recapsula la vodka, la rangea dans le tiroir du bas. D'un instant à l'autre, les voyants de son téléphone allaient se mettre à clignoter. Ses assistants allaient se précipiter, bardés de classeurs et de récapitulatifs. Le confronter à une multitude de problèmes, tous plus urgents les uns que les autres. Lui donner des documents à lire et à signer.

Il avait besoin de se ressaisir.

Il étendit les jambes, prit appui contre le dossier de son siège et se leva. Les rayonnages se remirent à onduler devant ses yeux. Il plaqua la main contre l'angle de son bureau pour retrouver son équilibre et attendit. Cette fois, la sensation de flou persista. Il attendit encore ; il était en sueur à présent, barbouillé, étourdi. Il entendait son cœur cogner à ses oreilles. Son col de chemise le serrait soudain. Comme si l'on venait de faire le vide dans la pièce.

Mais qu'est-ce qui lui arrivait ?

Il tendit la main vers le poste téléphonique, jugeant qu'il allait devoir annuler tous ses prochains rendez-vous. Il fallait qu'il se repose.

Mais avant qu'Eltsine ait pu presser la touche de l'interphone, une atroce douleur lui vrilla le crâne et le fit s'éloigner du bureau en titubant, les yeux exorbités, les mains aux tempes comme pour empêcher celles-ci d'exploser. Gémissant, terrifié, il se rua vers le téléphone, plongeant littéralement sur le bureau pour saisir le combiné.

Ses doigts tâtonnaient encore quand l'attaque le prit. Battant vainement des bras, il roula au sol, pris de spasmes incontrôlables, les doigts crispés comme des serres.

Eltsine était déjà plongé dans le coma quand sa secrétaire le découvrit au bout de dix minutes.

Deux heures plus tard, des médecins de l'hôpital Mitchourinski, affolés, prononçaient officiellement le décès du président de la Fédération de Russie.

2

San José, Californie
6 octobre 1999

Roger Gordian avait toujours été gêné de s'entendre qualifier de «visionnaire» chaque fois qu'on parlait de lui dans les médias ou qu'on le présentait à des conférences ou des manifestations officielles. Mais il avait fini par admettre que chacun se voyait coller une étiquette et que certaines étaient plus utiles que d'autres. Les ténors du Congrès ne laissaient pas les visionnaires patentés se languir dans leur salle d'attente. Les responsables du budget de l'armée étaient plus attentifs à leurs suggestions qu'à celles d'un homme qu'on considérait comme un type ordinaire, d'une intelligence moyenne quoique assidu au travail et doté d'un esprit d'entreprise quelque peu démodé, si typique d'une éducation provinciale. Il avait sa façon de se voir, les autres avaient la leur, et chacune était légitime. Pour sa part, il faisait avec ce qui servait au mieux ses objectifs.

Nulle fausse modestie dans tout cela. Gordian était fier de son succès. Il ne lui avait fallu que cinq ans, pile, pour que Tech-Electric, société d'électronique en déconfiture rachetée pour une bouchée de pain en 1979, devienne leader sur le marché de l'informatique personnelle et de la bureautique. Dès le début des années quatre-vingt, l'entreprise, désormais rebaptisée Uplink International[1], était devenue l'un des principaux fournisseurs du gouvernement dans le domaine de la technologie de reconnaissance par satellite. En moins de dix ans, ses énormes investissements en recherche et développement et son acharnement à concevoir un système de collecte de renseignements intégré pour répondre aux besoins croissants de l'armée à cette époque avaient abouti à GAPSFREE, une technologie de reconnaissance qui dépassait en précision et rapidité toutes ses rivales sur le marché mondial : son système de guidage et ses missiles téléguidés ultraprécis formaient l'ensemble le plus perfectionné jamais conçu. Et tout cela avant qu'il ne décide de se diversifier...

Il convenait toutefois de remettre les choses en perspective, estimait Gordian. Malgré ces vingt années de réussite professionnelle, il ignorait apparemment toujours le secret de la réussite conjugale. Ou peut-être l'avait-il oublié en cours de route, comme le croyait son épouse.

Il poussa un long soupir, considéra la grosse enveloppe-bulle arrivée sur son bureau avec le reste du courrier quotidien. Elle provenait par courrier exprès de l'agence de pub chargée de la conception de son dernier catalogue Worldlink, et contenait certainement des avant-projets à examiner. On verrait ça plus tard. Pour l'heure, il y avait son café noir, son petit pain aux myrtilles, et le journal du matin à parcourir.

Gordian déplia son exemplaire du *New York Times*, en sortit le cahier « Affaires internationales », et étudia le sommaire. La chronique d'Alexander Nordstrum était en page A36. Il mordit dans son petit pain, but une gorgée de café, reposa la tasse, s'essuya délicatement les doigts et se mit à feuilleter le quotidien.

Dans un entretien accordé à un magazine d'infos

---

1. *Uplink :* terme technique de télécommunications, signifiant liaison montante (d'une antenne émettrice vers un satellite), par opposition à *downlink*, liaison descendante *(N.d.T.).*

télévisé la semaine précédente, on lui avait demandé s'il passait ses journées dans un vaste poste de commande électronique, entre des murs de moniteurs clignotants, à surveiller l'actualité internationale sur CNN et les divers services en ligne, tel un moderne Big Brother technocratique. Il avait admis être d'abord et avant tout un papivore, malgré sa contribution personnelle (et son recours fréquent) aux moyens d'information et de communication dernier cri. Le journaliste avait alors tourné vers la caméra un regard sceptique et un rien accusateur, comme pour indiquer à son auditoire que Gordian les menait en bateau. Et ce dernier s'était bien gardé de l'en dissuader.

Alors qu'il s'attaquait au papier d'Alex, deux pages se détachèrent du cahier central pour choir sur ses genoux avant d'aller se répandre sur le parquet. Il se pencha pour les récupérer – manquant, dans l'opération, renverser sa tasse – et les replacer avant de s'apercevoir qu'il les avait remises à l'envers.

Impec, songea-t-il, *pour la mise en perspective, tu te poses là. On peut compléter ma liste de défaillances personnelles par une incapacité phénoménale à maîtriser les plis.*

Il lui fallut encore une bonne minute pour se dépêtrer de son journal. Il finit par trouver la chronique de Nordstrum dans le tiers inférieur de la page d'ouverture du cahier international. Sa teneur était la suivante :

LA TROÏKA À LA TÊTE DE LA RUSSIE

*Le Cerbère tricéphale saura-t-il survivre
à ses propres crocs ?*

PAR ALEX R. NORDSTRUM Jr

Au cours des semaines qui ont suivi la brutale disparition du président russe Boris Eltsine, les observateurs occidentaux estimaient qu'un clash entre factions adverses était presque inévitable, et beaucoup redoutaient un coup d'État analogue à celui fomenté par la vieille garde du Parti communiste en août 91, qui devait mettre un terme à l'ère Gorbatchev. La crise a toutefois été évitée – certains diront reportée – par la formation du gouvernement provisoire actuellement en place. Mais une guerre interne au Kremlin semble-t-elle moins inévitable maintenant que Vladimir Starinov est le président en exercice, tandis qu'Arkadi Pedatchenko et Andreï Korsakov ont accepté de partager le pouvoir avec lui jusqu'à l'hypothétique levée de l'état d'urgence et l'organisation éventuelle d'élections démocratiques ? Là encore, nombre d'observateurs occidentaux en doutent et voient un soulèvement populaire naître des profondes dissensions entre les trois dirigeants. Cela dit, nul ne peut ignorer les signes annonciateurs. Même s'il s'est révélé habile politicien, le vice-président Starinov demeure affaibli par ses liens étroits avec un Eltsine à la popularité en berne. Assailli de problèmes qui vont de la pénurie céréalière à l'explosion du SIDA et de la drogue, Starinov est devenu la cible d'un mécontentement croissant dans tout le pays. Dans l'intervalle, et malgré les démentis officiels, le bruit court à Moscou que son éternel rival Pedatchenko, par ailleurs dirigeant d'un parti nationaliste, Terre et Honneur, refuserait de le rencontrer depuis plusieurs semaines, prétextant des incompatibilités d'emploi du temps.

Et il faut bien reconnaître que Pedatchenko était effectivement débordé. Il a fait un usage intensif des médias pour répandre ses opinions extrémistes, qui sont ouvertement antiaméricaines et vantent le «bon vieux temps» du régime communiste. Alors que les tensions entre Pedatchenko et Starinov semblent mener à un affrontement, Korsikov, qui est un apparatchik à l'ancienne bénéficiant du soutien inconditionnel de l'armée, paraît attendre de voir lequel des deux restera en lice une fois retombée la poussière. On est toutefois en droit de se demander comment ce trio de politiciens jusqu'ici incapables de surmonter leurs rivalités de couloir pourraient bien parvenir à un consensus sur les questions essentielles de politique intérieure et extérieure qui ne manqueront pas d'affecter à l'avenir les relations de la Russie avec les États-Unis ou les autres puissances. Une seule certitude dans cet imbroglio : le président américain doit au plus tôt nouer des contacts avec un Starinov dont le libéralisme, l'attachement aux réformes économiques et au renforcement des liens avec l'Occident représentent la continuité manifeste avec le pouvoir précédent. Faute de la crédibilité que lui procurerait un tel soutien, il risque presque à coup sûr de finir sacrifié sur l'autel de la politique russe. Et pourtant, la Maison-Blanche se montre, comme toujours, aussi indécise.

[...]

Gordian reposa le quotidien en fronçant les sourcils. On pouvait compter sur son conseiller aux affaires étrangères pour ne pas y aller de main morte. Expert dans les domaines de l'histoire, de la politique et de l'actualité, Nordstrum avait un remarquable talent de prévision des événements politiques par l'analyse du passé du pays et des personnalités impliquées.

Sans oublier son don pour me bousiller la matinée, rajouta Gordian, *in petto*.

Bon, ce n'était pas tout à fait juste. La vérité était qu'il avait déjà recueilli cette évaluation de la situation en Russie des lèvres mêmes de leur auteur... après tout, c'était à cela qu'on le payait. Mais ce qui le troublait, c'était qu'Alex ait choisi un tel forum pour étaler son pessimisme, alors que le chantier de la nouvelle station au sol de Worldlink devait s'ouvrir à Kaliningrad d'ici un mois... et surtout dans la perspective de la prochaine venue de Starinov dans la capitale fédérale.

14

Gordian porta de nouveau le café à ses lèvres, s'aperçut qu'il avait refroidi, le reposa. Pas une grande perte ; il aurait toute une longue journée pour se rattraper.

Chassant sa morosité, il tendit la main vers son répertoire téléphonique. Il comptait obtenir de Dan Parker les derniers ragots sur la réaction de la Maison-Blanche à la demande d'aide agricole formulée par Starinov. Ensuite il en discuterait avec Scull et Tarbeck, pour avoir leur opinion.

Il décrocha le combiné.

Neuf heures du matin ; il était plus que temps de se mettre au boulot.

3

Région du Caucase
près de la mer Caspienne, Russie
10 octobre 1999

Le silence régnait sur la minoterie.

À cinquante ans, Veli Gazone n'était que trop familier des horreurs que pouvait réaliser la nature lorsqu'elle devenait hostile. Il avait perdu deux fils lors de l'épidémie de choléra, six ans plus tôt, sa femme dans un séisme vingt ans auparavant, une partie de sa ferme lors des inondations qui avaient noyé les prairies quand le fleuve était sorti de son lit. Les épreuves qu'il avait endurées se lisaient sur les rides de son visage. Les sombres profondeurs de ses yeux révélaient l'instinct de survie malgré les pertes douloureuses.

Il n'avait jamais été homme à réclamer un grand confort matériel, ou à le revendiquer comme un dû.

Un tel mode de pensée lui était étranger; incompréhensible. Descendant de ces tribus d'Alains qui cultivaient la terre depuis des siècles, il avait toujours estimé qu'il suffisait de travailler et persévérer dans la dignité. Se plaindre ou désirer plus ne pouvait que vous attirer des malheurs et amener l'univers à vous infliger une nouvelle preuve cruelle de sa toute-puissance.

Aujourd'hui pourtant, lorsqu'il contemplait ces silos vides naguère encore remplis de blé, le lacis d'immenses charpentes immobiles des élévateurs et des bandes transporteuses alimentant cribles, meules et tamis... aujourd'hui, il sentait la colère le gagner. Et la terreur.

Une terreur immense.

Il tira une longue bouffée de sa cigarette roulée main, retint la fumée dans ses poumons avant de la souffler par le nez. Sa famille avait dirigé la minoterie depuis l'époque de la collectivisation, et il l'avait rachetée au moment de la privatisation des biens de l'État. Unissant leurs ressources, Veli, son frère et leurs cousins avaient dû payer plusieurs fois la valeur de ces machines obsolètes à des fonctionnaires corrompus, mais malgré tout, et même durant les pires restrictions, il avait toujours réussi à les maintenir en état de marche.

Mais à présent... à présent, l'usine était silencieuse, arrêtée, et ses entrepôts déserts. Les wagons qui transportaient normalement le blé des fermes à la minoterie, puis les sacs de farine de celle-ci aux entrepôts des régions du Nord s'entassaient à la gare, derrière leurs locomotives éteintes et froides sous le gris ciel d'octobre.

Il n'y avait plus de grain à moudre.

Plus rien.

Le tchernoziom, cette terre noire et fertile qui avait permis les récoltes malgré les pires catastrophes, n'avait plus réussi à produire la plus infime moisson. En août, quand n'était monté qu'un blé rabougri, des hommes du ministère de l'Agriculture avaient débarqué de la capitale, avaient analysé le sol et décrété qu'il était pollué. À cause de la surexploitation, qu'ils disaient. Et des pluies empoisonnées. Mais ce que les bureaucrates avaient omis de préciser, c'est que cette surexploitation avait été ordonnée par leurs propres ministres quand ils édictaient des quotas de production et qu'ils réglementaient la distribution de vivres. Ce qu'ils avaient omis de dire, c'est que l'eau avait été contaminée par les déchets des usines chimiques et des fabriques de munitions du gouvernement.

Ce qu'ils avaient omis de dire enfin avant de repartir était qu'il n'y avait aucun moyen de réparer les dégâts à temps pour la prochaine campagne céréalière, ou même pour la suivante.

Peut-être qu'il était trop tard, songea Veli Gazone.

La minoterie était désormais silencieuse.

Silencieuse comme une tombe.

Vide de blé.

Veli humecta de salive le bout du pouce et de l'index, éteignit sa cigarette et lâcha le mégot dans sa poche de chemise. Plus tard, il en ajouterait le tabac à celui des autres mégots récupérés et roulerait de nouveau le tout, il ne fallait rien perdre.

Plus de blé.

Ni dans son village ni dans le village voisin. Ni dans aucun des champs qui s'étendaient entre la mer Noire et la Caspienne.

Et cela voulait dire que bien vite... bien trop vite... une seule chose abonderait en Russie : les cris des affamés et des mourants.

4

La Maison-Blanche
Washington, DC
26 octobre 1999

«... En Russie, le pain, c'est essentiel, expliquait Vladimir Starinov dans un anglais parfait malgré un fort accent. Est-ce que vous comprenez?»

Le président Ballard pesa les termes de son homologue russe.

«Je crois que oui, Vladimir. Pour autant que le permet ma position, en tout cas.»

Tous deux restèrent songeurs un moment.

Les deux hommes s'étaient retirés dans la vaste salle de conférences décorée de boiseries qui jouxtait le Bureau Ovale, pressés d'ébaucher les grandes lignes d'un accord d'aide d'urgence avant leur déjeuner officiel avec les dirigeants du Congrès. Assis à la table du côté de Starinov: son ministre de l'Intérieur Yeni Bachkir, connu pour être un fervent partisan des communistes, et Pavel Moser, qui tenait un haut rang au Conseil de la Fédération. Entourant le président américain, le vice-président Stephen Humes, la ministre de l'Agriculture Carol Carlson et le ministre des Affaires étrangères, Orvel Bowman. Un interprète de la Maison-Blanche, un certain Hagen, était installé tout au bout de la table et paraissait s'ennuyer ferme.

Starinov considéra le président. Son visage rond était impassible, ses yeux gris immobiles derrière des lunettes à fine monture métallique.

«Je veux qu'on comprenne bien que je parle au sens propre, insista-t-il. Ce qui importe à l'électeur américain, c'est d'avoir le choix. Si les coûts et les revenus

18

sont stables, le choix s'élargit et les hommes politiques sont réélus. Que l'économie fléchisse, les choix se réduisent et les dirigeants sont remplacés. Mais le peuple russe a des préoccupations plus fondamentales. Peu lui importe ce qu'il va manger, mais plutôt s'il aura simplement de quoi manger. » Il marqua un temps, prit une profonde inspiration. « Peut-être que le meilleur moyen d'illustrer mon point de vue est de souligner l'exception. Avez-vous eu l'occasion de voir le McDonald's ouvert à Moscou ? Des gens économisent des mois durant avant de pouvoir y inviter leur famille... ceux qui ont un travail, du moins. On les voit faire la queue des heures pour pouvoir en franchir la porte, comme si elle ouvrait sur quelque merveilleux palais, aussi étrange qu'inimaginable. Et en un sens, c'est le cas. Pour eux, c'est de l'extravagance. Une gourmandise exceptionnelle. Quant aux provinciaux, le plus souvent chômeurs, ils n'oseraient même pas imaginer y mettre les pieds. Est-ce que vous vous rendez compte que le pain est la seule chose qu'ils puissent s'offrir ? Sans pain, des millions de mes compatriotes n'auront rien sur leur table. Absolument rien. Leurs enfants mourront de faim. Et, justifiée ou non, leur colère se retournera contre leurs dirigeants. »

Le président américain se pencha, les coudes posés sur la table, les doigts croisés sous le menton. « Principalement, j'imagine, sur un dirigeant qui vient réclamer l'aide des États-Unis et s'en retourne les mains vides... »

Leurs regards se croisèrent.

« Oui, reconnut Starinov, il pourrait effectivement passer pour un incapable. Et il faut malheureusement admettre que certains éléments au sein du gouvernement, ceux-là mêmes qui nourrissent toujours des ressentiments hérités de la guerre froide envers votre pays, seraient ravis d'exploiter un tel échec pour peser sur l'électorat russe et se mettre en valeur. »

Touché, songea le président. *Demain, on rase gra-*

tis. Les promesses habituelles. Il se tourna vers son ministre de l'Agriculture. «Carol, quelle forme d'aide peut-on leur fournir, et dans quel délai peut-on la mettre en œuvre?»

Femme élégante et mince, dotée d'une énergie inépuisable, elle faisait dix ans de moins que ses cinquante-cinq ans. Elle pinça les lèvres, songeuse, comme si elle faisait un rapide calcul mental. En vérité, le président et elle s'étaient déjà joué l'intégralité du scénario à l'avance. Ballard estimait et respectait Starinov et, plus important, il avait besoin de l'avoir comme allié. Il était prêt à tout pour soutenir sa popularité et le maintenir en fonction. Et sans faire preuve d'un cynisme excessif, il ne crachait pas sur l'idée de donner la becquée à des bambins affamés. Pourtant, il n'était pas non plus vraiment indigne de se servir de l'aide alimentaire comme levier – ou à tout le moins comme incitation – lors de certains pourparlers en cours sur les réductions d'armement ou certaines négociations commerciales.

«Nous avons des réserves suffisantes pour livrer au moins cent mille tonnes de blé, d'orge et d'avoine, un petit peu moins pour le maïs, répondit-elle après ce qui lui parut une pause raisonnable. Quant au calendrier, j'estime qu'on pourrait effectuer la première expédition dans un délai d'un mois. Bien sûr, en supposant qu'on arrive à persuader le Congrès de nous suivre.»

Ballard acquiesça, reportant son attention sur le vice-président. «Et pour l'aide financière, Steve?

– J'ai recommandé un prêt de trois cents millions de dollars comme première mesure. En demeurant réaliste, on pourrait mobiliser la moitié de cette somme, assortie de conditions strictes concernant son emploi et son remboursement.

– Selon moi, c'est l'aspect répartition de cet effort en bout de chaîne qui risque de poser problème, observa Bowman. Même avec une participation des troupes américaines réduite au minimum, chacun redoute la réédition d'une situation à la somalienne... »

Ce qui, comme tout le monde le savait dans la pièce, était un délicat euphémisme pour évoquer une situation où des soldats américains se voyaient contraints de repousser de violentes émeutes de pillards cherchant à intercepter le chargement de camions et razzier les entrepôts.

Bachkir regarda sévèrement Bowman. Homme mûr d'allure austère, dont le teint mat et les traits aplatis trahissaient les origines extrême-orientales, il était connu dans le milieu diplomatique pour être aussi fidèle à Starinov qu'ouvertement critique vis-à-vis de sa politique pro-occidentale.

« Avec tout le respect que je vous dois, monsieur le ministre, mon gouvernement est parfaitement capable de distribuer la nourriture à ses propres citoyens, une fois celle-ci livrée. Je ne vois donc aucune raison de faire intervenir vos soldats.

– À vrai dire, je situais plutôt cette intervention dans un cadre plus vaste, à l'échelon international. » Bowman se racla la gorge. « Si l'ONU participe comme prévu, il est probable qu'elle demandera à mon pays d'envoyer ses troupes comme simple élément intégré à une force humanitaire multinationale. Nous aurions mauvaise grâce à refuser une telle requête. »

Bachkir se trémoussa sur son siège mais s'abstint de tout autre commentaire.

Le voyant se raidir ainsi, le président jugea le moment opportun pour intervenir afin de briser la tension.

« Et si l'on réglait cette affaire le moment venu ? » observa-t-il avec ce sourire un rien péquenaud qui lui avait si bien réussi en tournée électorale. Il consulta sa montre, puis jeta de nouveau un coup d'œil sur le vice-président. « Nos pourparlers avec le Congrès débutent dans moins d'une demi-heure. Sur le soutien de qui pouvons-nous compter ?

– Sommers, le sénateur du Montana, paraît un

21

appui solide, répondit Humes. C'est un homme influent à la Commission des affaires étrangères et il est plein d'admiration pour l'énergie que met le ministre Starinov à préserver et faire avancer des réformes économiques vitales. »

Sans parler du fait que son pays a connu trois récoltes céréalières exceptionnelles ces trois dernières années, songea le président.

« Et le camp adverse ?

– Le sénateur Delacroix est un opposant résolu. Mais son propre parti sera divisé sur la question et je doute qu'il fasse plus que grommeler dans son coin. »

Le président Ballard opina.

« Parfait, eh bien, je pense que nous sommes tous prêts à déjeuner, conclut-il sur un ton enthousiaste. J'espère ne pas être le seul ici à envisager l'avenir sous d'excellents auspices. »

Starinov sourit. « Merci, mon ami. Moi aussi, j'ai confiance – en vos qualités de leader ainsi qu'en la générosité de votre peuple. »

Il se pencha au-dessus de la table, saisit la main du président et la serra vigoureusement.

Le visage inexpressif, Bachkir contemplait la scène dans un silence pesant.

5

Kaliningrad
26 octobre 1999

Gregor Sadov progressait dans les ténèbres comme un voleur dans la nuit. Mais Gregor n'était pas un voleur. Pas pour cette mission. Son équipe et lui avaient en tête un objectif d'une autre ampleur.

Leur cible se découpait dans l'obscurité. Un bâtiment bas, trapu, à deux étages seulement, mais qui occupait presque tout le pâté de maisons. En fait, un entrepôt, avec des entrées de service sur les quatre côtés et un quai de chargement s'étendant quasiment sur tout l'arrière. En des temps meilleurs, plus prospères, deux équipes d'ouvriers s'y relayaient pour y amener des vivres et charger les camions qui le traversaient dans un défilé ininterrompu.

Mais le temps n'était plus à la prospérité. Aujourd'hui, l'entrepôt n'était plein qu'à moitié et une seule équipe y travaillait. Une équipe qui devait pointer dans moins de trois heures.

Gregor leva la main. Autour de lui, ses hommes se fondirent dans l'ombre et se figèrent dans l'attente de sa prochaine instruction.

Il sourit. C'étaient des nouveaux, mais ils faisaient des progrès. Après des mois d'entraînement intense, les quatre éléments qui avaient survécu jusqu'ici commençaient à se révéler prometteurs.

Souriant toujours, il se pencha pour détacher les lunettes à amplification nocturne fixées à sa ceinture. Gregor avait consacré les sept dernières nuits à surveiller l'entrepôt, chronométrer les tours de garde, évaluer les forces adverses et préparer ses plans.

Il y avait quatorze gardes : dix en patrouilles irrégulières à l'intérieur du bâtiment et aux alentours, les autres postés sur le toit. Aucun ne se dissimulait. Pour les propriétaires de cet entrepôt, il importait moins de capturer voleurs et pillards, que de les dissuader d'agir, d'où cette présence bien visible.

Tous les vigiles étaient armés de la même façon : pistolet de petit calibre dans un étui latéral, AK-47 à la main. Gregor était sûr qu'ils avaient également des mousquetons, planqués sous clé quelque part à l'intérieur, mais ce n'était pas leur armement qui le préoccupait. Si lui et ses hommes se retrouvaient dans une situation où les gardes seraient susceptibles de leur tirer dessus, c'est qu'ils auraient échoué dans leur mission.

Non, ce qui l'inquiétait, c'étaient les unités K-9 formées d'un maître-chien et d'un berger allemand. L'horaire des patrouilles était apparemment aléatoire, mais Gregor avait remarqué que les deux unités s'arrangeaient pour rester en permanence de part et d'autre du bâtiment.

Voilà qui pourrait les aider. Ça laissait à ses hommes une fenêtre d'environ deux minutes et demie pour s'introduire dans la place, opérer et ressortir. Il pouvait même s'écouler un petit peu plus de temps avant qu'une des unités ne repasse devant leur porte, mais c'était le délai minimum dont ils disposeraient. Il faudrait faire avec.

Il chaussa les lunettes et fit signe à ses hommes de l'imiter. Quelques secondes encore et ils étaient parés. Désormais, ils n'avaient plus qu'à attendre.

Ce ne fut pas long. Gregor surveillait toujours attentivement le maître-chien patrouillant aux deux angles du bâtiment qu'il voyait. Depuis sa position, il pouvait situer sans peine l'autre patrouille.

Moins de trois minutes après leurs préparatifs, Gregor vit la première unité K-9 atteindre l'autre bout de l'entrepôt. Il se pencha pour presser à deux reprises le bouton d'appel de l'émetteur-récepteur radio fixé à sa ceinture. Il ne dit pas un mot. C'était inutile. Le double signal suffisait.

Sur le flanc opposé du bâtiment, Nikita, le cinquième et dernier élément de son équipe, déverrouilla sans bruit la porte des cages qu'elle avait amenées avec elle. Dans le même temps, elle pressa une touche sur le boîtier à piles posé à terre devant elle, envoyant une faible décharge électrique dans le plancher des cages. La réaction fut immédiate : les deux lapins en jaillirent comme des flèches, fuyant cette douleur inopinée.

Ils n'allaient pas tarder à s'éloigner, dès que la douleur aurait décru et qu'ils auraient senti la présence des chiens, mais à ce moment, l'essentiel serait fait : détourner momentanément l'attention.

C'est ce qui se passa. Exactement comme Gregor l'avait prévu. Le chien le plus proche se mit à aboyer et, peu après, le second l'imitait. Nikita eut un petit sourire. Récupérant ses cages, elle se fondit à nouveau dans la nuit pour attendre le retour de Gregor.

Ce dernier avait entendu les chiens se manifester mais il s'abstint de donner l'ordre d'agir. Il attendit, guettant l'instant où, comme ils l'avaient fait chaque nuit durant la semaine écoulée, les gardes tourneraient la tête comme un seul homme pour voir ce qui avait excité leurs chiens de la sorte.

Il leva la main pour prévenir ses gars, puis, dès que le dernier vigile eut détourné la tête, il referma le poing et rabaissa le bras. Aussitôt, son équipe fit mouvement, tâchant autant que possible de rester dans l'ombre avant de se glisser rapidement dans l'entrepôt.

Sadov les accompagna, prenant leur tête, comme toujours.

Dans l'entrepôt proprement dit, les mesures de sécurité étaient réduites. Une partie des vigiles effectuaient à l'occasion des patrouilles à l'intérieur, mais la plupart du temps, ils restaient dehors, bien visibles, pour dissuader quiconque se serait avisé de dérober des vivres. En ces temps difficiles, la nourriture valait plus que l'or – et Gregor s'apprêtait à faire encore monter les prix.

Après s'être choisi une position en hauteur, Gregor ordonna à ses hommes de se déployer. Dehors, les chiens s'étaient tus, mais peu importait dorénavant. Son équipe avait pris le dessus sur les vigiles. Et bientôt, ils se chargeraient eux-mêmes de les distraire.

Grâce à ses lunettes, il regarda ses hommes progresser dans le noir et semer leurs engins aux endroits convenus. Ces simples blocs de paraffine mêlés de grain et de sciure, assortis d'un mécanisme piézo-électrique destiné à déclencher une seule étincelle synchronisée, allaient suffire à abattre un régime. Au signal de Gregor, les dispositifs seraient mis à feu. Disposés à des emplacements stratégiques, ils enflammeraient sans peine l'ensemble des réserves de grain.

Mais le mieux était que nul ne pourrait jamais apporter la preuve d'un incendie volontaire. La paraffine était fort semblable à la cire utilisée pour sceller caisses et cartons, tandis que la sciure et le grain seraient indiscernables des caisses et de leur contenu. Seuls les détonateurs piézo-électriques auraient pu se faire remarquer mais c'était peu probable : ils étaient petits et seraient sans doute entièrement détruits par l'incendie.

Tandis que ses hommes disposaient les blocs de paraffine, Gregor désamorça le système d'extinction automatique. Il était ancien, n'avait plus été testé depuis des années et n'aurait sans doute pas fonctionné de toute manière, mais autant ne prendre aucun risque inutile.

Gregor s'apprêtait à passer à la tâche suivante quand un mouvement imprévu attira son regard. L'un des vigiles était rentré par la porte opposée et s'enfonçait dans les ténèbres de l'entrepôt, droit vers eux.

Problème. À lui seul, il serait certes incapable de les arrêter mais il était susceptible de tirer un coup de feu – et d'attirer les autres. Gregor et ses hommes seraient dès lors en infériorité numérique.

Autre problème, plus grave : alors qu'il s'avançait vers le garde, Gregor avisa Andreï, le plus jeune et le plus impétueux de sa bande, qui faisait de même. Et Andreï était en train de dégainer.

Il fallait l'en empêcher. La moindre détonation – d'où qu'elle vienne – allait rameuter les autres vigiles. Raison pour laquelle Gregor aurait voulu que ses petits gars se chargent de la mission sans armes… Mais c'eût été tenter le destin. Même les plans les mieux élaborés pouvaient tourner mal, et ses hommes méritaient d'avoir toutes les chances d'échapper à un fiasco.

Gregor voulut décrocher sa radio mais il était déjà trop tard. Il vit Andreï lever son pistolet.

Il n'avait pas le choix : il n'hésita pas. Dégainant son couteau, il le fit basculer entre ses doigts et le lança.

Il aurait pu viser le garde mais il n'osa pas. Il connaissait Andreï. En voyant l'autre tomber, il aurait cru à un mouvement d'esquive et aurait tiré de toute façon. Gregor fit donc la seule chose possible : viser Andreï.

La lame épaisse s'enfonça dans la gorge du jeune homme mais Gregor ne regardait pas. Sitôt le couteau lancé, il avait repris sa progression vers le garde.

Andreï poussa un grognement étouffé, déjà noyé dans son propre sang. Au bruit, le garde commença à se retourner au moment où les mains de Gregor se refermaient sur son cou. Une pression, une torsion et l'homme était mort, quelques instants à peine avant Andreï.

« Merde », chuchota Gregor. Il prit une caisse d'une pile voisine et la cala contre le cou du vigile. C'était loin d'être parfait, mais c'était le mieux qu'il pouvait faire dans un délai aussi court. Du reste, il n'était pas nécessaire de convaincre les autorités qu'il s'agissait d'un accident.

Son boulot était de mettre le feu sans qu'on songe aussitôt à un acte de malveillance. Une once de chance alliée à l'incompétence proverbiale des Russes et l'incendie ressemblerait à un accident. Sinon, tant pis. Les gens crevaient de faim, ils étaient terrorisés. Même si le gouvernement rassemblait les éléments du puzzle, jamais il n'oserait annoncer que ces incendies étaient délibérés. Sauf à vouloir déclencher la panique qu'il s'employait tant à éviter.

Retournant vers Andreï, Gregor récupéra son poignard, le nettoya et le remit dans sa gaine, puis il prit le cadavre sur son épaule. Le reste de l'équipe avait terminé la mise en place des blocs et il était temps de dégager.

Gregor cala le corps d'Andreï de manière plus confortable avant de donner le signal du repli. Ses hommes le retrouvèrent à la porte la plus éloignée de l'emplacement du départ du feu. Personne ne dit rien, mais à leur regard lorgnant son fardeau, Gregor sut qu'ils avaient appris cette nuit une leçon précieuse. Aucun ne se proposa pour le soulager du corps.

Posté dans l'ombre près de la porte tout en scrutant l'obscurité pour y guetter d'éventuels signes des gardes, Gregor introduisit la main dans sa poche et pressa le bouton du détonateur. Peu après, il décelait la première émanation de fumée.

Les gardes réagirent promptement – plus vite qu'il ne l'avait escompté – mais c'était aussi bien. Le feu était déjà trop bien parti pour qu'ils puissent l'éteindre et leur rapidité ne fit qu'accélérer le repli de ses hommes, accroissant encore leur étroite marge de sécurité. Gregor connaissait les céréales, et la facilité avec laquelle elles brûlaient, et il préférait être loin quand l'incendie ferait rage.

Une nouvelle fois, il donna le signal d'évacuation. Leur tâche ici était achevée et Gregor devait encore rendre compte. Ses patrons seraient très contents du boulot de cette nuit et de celui qu'il devait encore accomplir avec ses hommes au cours des prochains jours.

Alors qu'ils disparaissaient discrètement dans le noir et que Gregor essayait de ne pas trop songer aux erreurs qu'ils avaient commises, derrière eux, la première gerbe de flammes orange jaillit dans le ciel nocturne, et les premières réserves de grain explosèrent.

6

Territoire de Khabarovsk
près de la frontière sino-russe
27 octobre 1999

Disséminées sur les rives d'un fleuve que les Russes appellent l'Amour et les Chinois Heilongjiang, la «rivière du Dragon noir», la poignée d'habitations qui forment le village de Sikatchi-Alyan abritent une population d'indigènes Nanaï si réduite qu'ils sont oubliés des recensements, ce qui n'est d'ailleurs pas pour leur déplaire. Dépourvue du moindre hôtel ou restaurant, la colonie est située loin à l'écart des grandes routes commerciales et n'a attiré que de rares étrangers en dehors de quelques lettrés venus à l'occasion examiner les pétroglyphes millénaires gravés sur les rochers épars tout au long des berges envasées.

Cet isolement même, et la proximité de la frontière, en avaient fait un lieu idéal pour les réunions secrètes du groupe.

Le chalutier qu'ils avaient loué à Khabarovsk avait levé l'ancre au crépuscule et descendu le fleuve sur une quarantaine de kilomètres dans l'obscurité grandissante ; ses moteurs Khermat vieux d'un demi-siècle sifflaient et cliquetaient, et ses fanaux avant luisaient dans la brume et le crachin comme de minuscules yeux rouges. Le bâtiment avait été dépouillé de tout accastillage, jusqu'aux mains courantes. Il n'y avait aucun équipage à bord. La cabine minuscule ne pouvait accueillir qu'un seul occupant, un timonier nanaï qui ne baragouinait que trois mots de russe et qui avait reçu l'ordre de ne pas quitter la barre s'il tenait à être payé.

29

À présent, mouillé dans les eaux noires devant l'appontement du village, le petit bateau trapu avait fait taire ses moteurs. Derrière l'écoutille hermétiquement fermée de la cale, les passagers assis sur des banquettes de fortune fixées le long de la cloison se recroquevillaient comme ils pouvaient pour résister au roulis et au tangage.

À une exception près, c'étaient tous des hommes. Les deux Russes, Romuald Possad et Youri Vostov, étaient arrivés par des vols commerciaux séparés en provenance de Moscou, un peu plus tôt dans la journée. Teng Chou avait emprunté un itinéraire plus lent et fatigant, depuis Pékin via l'aérodrome d'Harbin, avant de finir le trajet de nuit sur la banquette arrière d'une Jeep de l'armée. Parvenu à Fuyuan à sept heures du matin, il s'était rendu aussitôt à l'embarcadère pour emprunter l'hydroptère de Khabarovsk sur la rive russe du fleuve, où l'avaient accueilli, trois heures plus tard, des membres du consulat de Chine. Le peu de sommeil qu'il avait pu voler dans leurs quartiers ne l'avait guère requinqué.

Assis en face de lui, la seule femme du groupe, Gilea Nastik, maudissait en silence le froid et l'humidité. Elle songeait avec dégoût que cette région du monde ne connaissait aucune transition d'une saison à l'autre : un jour, l'été, le lendemain, l'hiver. Son corps sec et nerveux, tanné par le soleil du désert, n'était pas fait pour ce climat détestable.

« Bon alors, t'en es où ? » demanda-t-elle en russe, lasse de l'indécision de Possad. Il n'avait pas ouvert la bouche depuis près de dix minutes. « Vas-tu décrocher l'aval de tes supérieurs au ministère, ou est-ce qu'on perd notre temps ? »

Il se mordilla la lèvre inférieure.

« Ça dépend, répondit-il. Ne te méprends pas, je vois comment ça pourrait se goupiller, pour peu qu'on ait de l'argent. Et un réseau de contacts fiable. »

Elle le dévisagea, et ses traits crispés, tendus sur les pommettes, lui donnaient presque l'air d'un pré-

dateur. Puis elle contempla ses mains avec un hochement de tête.

«J'ai déjà la garantie d'un financement illimité. Et
le matériel nécessaire, intervint Teng Chou d'une
voix hachée. Vous devriez savoir que je sais tenir
parole.»

Le regard de Possad glissa vers Vostov.

«Tes gars aux États-Unis... t'es sûr qu'on peut
compter sur eux?»

Vostov grommela pour dissimuler son irritation. La
morgue mal dissimulée de Possad l'emplissait d'un
dégoût qui confinait à la haine. Des plus insignifiants
bureaucrates aux fonctionnaires de plus haut rang,
tous les hommes du gouvernement n'étaient qu'un
ramassis de salauds hypocrites qui ne se regardaient
jamais dans la glace, comme s'ils n'avaient jamais
entendu parler d'intérêt personnel, d'avidité ou de
trahison.

«Si chacun s'en tient aux termes du marché, il n'y
aura aucun problème, remarqua-t-il. C'est pas compliqué.»

Possad continua de se pincer les lèvres, jusqu'au
sang. Dès sa rencontre avec ces trois-là, il avait eu
l'impression de plonger du haut d'un pont dans un
gouffre insondable. Mais il avait ses ordres. Quelle
autre solution avait-il, sinon de les suivre?

Des communiqués émanant de la délégation de
Washington indiquaient que Starinov avait rapidement conclu un accord avec le président et qu'une
majorité de membres du Congrès semblait encline à
les soutenir. Les Américains allaient sous peu être le
fer de lance d'une grande opération d'aide humanitaire. Et la presse moscovite saluait déjà en Starinov
un sauveur politique. Cette aide tombait à point
nommé pour renforcer cette image et l'aider à repousser dans l'ombre ses détracteurs. Bientôt, il s'en
servirait pour fourguer aux Russes de nouvelles
concessions à l'Ouest.

Seule une action radicale pourrait changer le

cours des événements, estimait Possad. Et même si ses alliés dans ce complot étaient un voyou qui avait fait fortune dans la drogue, le vol et le vice ; un trafiquant d'armes indonésien servant de couverture à Pékin ; et une fille perdue qui avait baigné dans le sang et le carnage... lorsque la nécessité vous a conduit en enfer, quel choix reste-t-il en fait que de s'allier aux démons ?

« Très bien, admit-il enfin. Le plan est gonflé et je suis prêt à conseiller au ministre de foncer. Mais il y a encore un détail...

– Je sais quel jeu nous jouons, comme devrait le prouver l'action de mes hommes à Kaliningrad la nuit dernière », observa Gilea. Elle les fixa, de ses yeux noirs scintillant comme des éclats d'onyx poli. « N'en doutez pas, la responsabilité en sera attribuée à qui de droit. M. Chou et moi avons déjà échangé nos points de vue sur la façon de procéder. »

Chou inclina légèrement la tête en signe d'acquiescement, mais ne dit rien.

Le silence retomba dans la cale exiguë non chauffée. L'eau clapotait en cadence contre le fond de la coque au rythme du roulis. Les amarres rouillées craquaient et grinçaient.

« Pas de bol que ce piège à rats soit dépourvu de réconforts matériels, observa Vostov. À l'heure qu'il est, on devrait avoir ouvert une bouteille de champagne pour trinquer à notre bonne fortune.

– Et à l'approche de la nouvelle année », renchérit Gilea.

Un sourire effleura les lèvres charnues de Vostov.

« Oui, fit-il, ce serait tout à fait approprié. »

Possad leur jeta un coup d'œil et sentit son estomac se crisper. Sans doute avait-il encore beaucoup à apprendre sur la cruauté de l'homme.

Au bout d'un moment, il détourna les yeux vers le rond de verre maculé qui était l'unique hublot de la cale – il avait besoin d'une distraction, pour se remémorer que le monde qu'il avait toujours connu était encore là, dehors, qu'il ne lui avait pas complètement tourné le dos.

Mais il ne vit rien d'autre que les ténèbres derrière le hublot.

7

Kaliningrad, Russie
2 novembre 1999

« Écoute, Vince, c'est pas pour être chiant, mais est-ce que tu pourrais me réexpliquer pourquoi il fallait qu'on se retape le trajet jusqu'au centre-ville ?

– Mon titre officiel est bien gestionnaire d'évaluation des risques, n'est-ce pas ?

– Ben, ouais…

– Alors tu tiens la première partie de ta réponse. Je suis ici pour évaluer des risques. C'est ma prérogative. C'est pour cela que Roger Gordian me paie grassement. À présent, est-ce que tu veux la deuxième partie de la réponse ?

– Ma foi, je suppose que ça me pend au nez…

– Tout juste, Auguste, et je suis ravi de te la donner. » Agrippant à deux mains le volant, Vince Scull tourna la tête pour contempler son passager à l'avant du Range Rover. « La deuxième partie, c'est que toi aussi, tu bosses pour Gordian. Et que ton boulot au sein de notre groupe d'intervention musclée est de t'occuper de la sécurité. Ce que tu accomplis en t'assurant qu'il ne m'arrive rien de fâcheux.

– Exact. » Neil Perry montra soudain l'extérieur par sa vitre. « Oups, j'ai l'impression que j'ai vu une place…

– Laisse tomber, ce n'est pas ce qui manque, on en

trouvera une plus près, répondit Scull. Et pour finir de te répondre...»

S'interrompant à mi-phrase, il écrasa la pédale de frein, bloquant le Range au ras du pare-chocs défoncé d'un taxi Volga qui venait de s'immobiliser au beau milieu de la rue pour débarquer ses clients.

Scull compta jusqu'à dix dans sa barbe, en lorgnant d'un œil torve le taxi arrêté tandis qu'un épais nuage noir s'échappait de son pot d'échappement et venait graisser son pare-brise. Puis il descendit la glace électrique et passa la tête à l'extérieur.

«Dis donc, *tovaritch*, tu vas me dégager ton tas de boue, ou quoi? s'écria-t-il tout en écrasant de la paume le bouton du klaxon. *Movki, movki!*

– Franchement, Vince, tu devrais essayer de te calmer quand tu es au volant. On est quand même dans un pays étranger.

– Inutile de me le rappeler. Je sens encore le décalage horaire après ce vol de douze heures jusqu'à Saint-Pétersbourg, plus trois pour rallier cet *oblast* perdu au diable Vauvert, ronchonna Scull. Et le décalage horaire, moi, ça met de mauvais poil.

– Bien sûr, je comprends. Mais ton portefeuille s'est déjà bien assez allégé grâce aux bandits de grand chemin de la GAI sur l'autoroute...

– Ça non plus, pas besoin de me le rappeler », rétorqua Scull sans cesser de klaxonner. Maussade, il se remémora l'incident survenu un peu plus tôt, quand leur véhicule avait été immobilisé à l'entrée de la ville par une brigade de la Gossavtoïnspektzia, l'Inspection automobile d'État, sous prétexte qu'il aurait roulé à cent à l'heure dans une zone à soixante. Ces salopards s'étaient collés derrière eux avec leur Ford Escort de patrouille, actionnant gyrophare bleu et sirène, le grand jeu, en leur faisant signe de se garer. Il avait obtempéré aussitôt, présentant permis, carte grise, passeport américain et visa en trois volets à l'agent qui lui avait demandé ces documents dans un anglais approximatif. Puis le flic éplucha ses papiers et il avait attendu, furibond, tandis que deux de ses collègues pointaient sur sa tête leur kalachnikov, ce qui était apparemment la procédure habituelle aux feux rouges en Russie. Au bout de vingt bonnes minutes, Scull avait été informé de l'infraction qu'il était censé avoir commise, puis sommé de régler sur-le-champ, et en liquide, une amende exorbitante – procédure habituelle, là aussi – avant d'être congédié, non sans avoir reçu l'avertissement qu'il risquait le retrait de permis, voire un séjour au poste et une garde à vue s'il s'avisait de commettre à nouveau des excès de vitesse.

Le taxi devant eux s'étant enfin décidé à se réinsérer dans le flot engorgé de voitures, Scull libéra le malheureux klaxon, au grand soulagement de Perry.

« Quoi qu'il en soit, Neil, pour revenir à ma réponse… (son pied glissa de nouveau sur l'accélérateur), la troisième et avant-dernière raison de notre venue en ville est que ça me permet d'acheter du hareng fumé que toutes les boutiques du coin ont en stock pour nos copains les mangeurs de choucroute, que c'est l'un des rares mets que je trouve appétissant dans ce pays, et qu'il est impossible d'en dégoter dans la cambrousse où l'on a décidé d'installer notre station au sol. »

Perry émit un vague grognement, jugeant qu'il valait mieux en finir une bonne fois pour toutes : « Bon, et la dernière raison ?

– À deux ou trois pâtés de maisons d'ici se trouve un gentil petit trou d'eau où les Américains qui bossent pour Xerox aiment se donner rendez-vous, répondit Scull. Et je me disais qu'on pourrait peut-être aller s'humecter le gosier… »

Perry sourit et se cala contre le dossier. Enfin, une réponse valable.

Dans l'esprit de Scull, les spécifications qui accompagnaient son drôle de boulot étaient simples et

directes : on l'avait engagé pour aider ses employeurs
à envisager l'avenir en leur fournissant des estimations plausibles sur celui-ci. Ce qui était moins
simple, en fait, était d'isoler les facteurs clés pour
une analyse. Mettons que Gordian veuille des prévisions sur les conséquences d'une crise agricole en
Russie, leur effet sur le climat sociopolitique du pays
et l'influence de tous ces éléments sur l'achèvement
du projet d'Uplink d'ouverture d'une liaison grâce à
son nouveau satellite européen en orbite basse. Le
moyen usuel d'y parvenir était de s'appuyer sur des
revues de presse, le contexte historique et de sèches
données statistiques, ce qui, aux yeux de Scull, était
une échappatoire pour flemmard. Tout ne pouvait
pas se régler derrière un bureau ; inévitablement, des
forces impossibles à quantifier sur le papier finissaient par intervenir pour dévier le cours des événements dans tel ou tel sens. Pour les détecter, il fallait
recourir à son radar personnel, détecter de subtils
changements de vent, ouvrir l'œil et rester tout ouïe
pour guetter l'éventuel détail crucial. Et dans cette
optique, plus on se baladait, mieux c'était.

C'est ce qu'il avait à l'esprit quand il avait expliqué
à Perry qu'il était à Kaliningrad pour « évaluer des
risques ». Cela faisait douze semaines qu'il était
revenu des États-Unis, et toutes les informations qu'il
avait recueillies depuis lors suggéraient une rapide
aggravation de la pénurie alimentaire en Russie.
Alarmé par les rapports et désirant évaluer de lui-
même la gravité de la crise, il avait décidé de se
rendre dans l'agglomération la plus proche dès son
retour dans la région. Et, d'après ce qu'il pouvait
constater maintenant, la situation n'était pas sans
évoquer l'issue du divorce que le juge avait prononcé
pour lui deux jours plus tôt, dissolvant officiellement
son troisième mariage et lui collant une pension alimentaire monstrueuse : une issue bougrement dure.

L'épicerie devant lui était fermée, ses étals vides.
La vitrine était criblée d'impacts évoquant des jets de

pierre et des coups de bâton. Sur un carton accroché à la porte, on pouvait lire : Пйца Нет – «Plus de nourriture» – griffonné en caractères cyrilliques. La même pancarte qu'il avait vue dans la boulangerie au bas de la rue : «Plus de pain», ou au-dessus des étals vides du marché : «Ni fruits ni légumes».

Scull jugea révélateur qu'aucun des panneaux n'affichât simplement «Fermé». Nonobstant leur absence, les commerçants avaient voulu prévenir tout risque d'effraction en soulignant bien qu'il ne restait rien dans leur boutique à l'adresse d'éventuels pillards.

Il s'approcha de la vitrine, mit sa main en visière et lorgna les rayonnages vides.

«Merde, fit-il attristé. Au temps pour mes putains de harengs fumés.

– J'espère juste qu'il est plus facile de se pinter que de se nourrir dans le coin», nota Perry.

Il tournait le dos à Scull, scrutant chaque bout de la rue. Quelque part, il lui semblait approprié que la ville ait pris le nom d'un des potes les moins fréquentables de l'ami Lénine : Mikhaïl Ivanovitch Kalinine. Même dans les meilleurs jours, le patelin était terne et triste. Les bagnoles paraissaient vieilles, les gens dépenaillés. Les rues exhibaient de sordides alignements d'usines, d'entrepôts et d'HLM en béton. Coincée entre la Pologne, la Lituanie et les États baltes, la région était séparée de la Russie par plusieurs frontières – sous le nom de Prusse-Orientale, elle avait appartenu à l'Allemagne jusqu'à la Première Guerre mondiale – et son intérêt essentiel était sa position stratégique de territoire tampon et de cité portuaire. Même pour les visiteurs allemands, l'attrait de l'antique Königsberg était moins romantique, fondé sur le tourisme ou le loisir, que bassement matériel, grâce à son statut de port franc et de zone hors taxes.

«Autant qu'on file vers le bar, conclut Scull en tournant le dos à la devanture.

« – Une seconde, je crois que c'est notre jour de chance. » Perry indiqua de la tête le coin de la rue où un vendeur commençait d'étaler des cagettes sorties du hayon de sa fourgonnette. Déjà, quinze ou vingt badauds s'étaient rassemblés, en majorité des femmes vêtues de robes grises informes, les bras chargés de gros cabas de toile.

Scull fronça les sourcils et passa la main dans ses cheveux clairsemés. Puis tout se mit aussitôt en place. Ses rides se creusèrent.

« Laisse tomber, merde, je vais quand même pas faire la queue, grommela-t-il. Allons-y. »

Perry hésitait toujours. Deux jeunes types en blouson de cuir – il estima leur âge à vingt, vingt-cinq ans – s'étaient portés à la hauteur d'une vieille femme qui venait de repartir. L'un des types était très grand, l'autre de taille moyenne. Le plus petit buvait à une bouteille cachée dans un sac en papier et sa démarche était titubante.

Drapée dans un châle noir usé, lestée d'un filet chargé de provisions, la femme voulut se faufiler entre eux, mais ils eurent tôt fait de l'encadrer.

Perry sentit une décharge au creux de l'estomac. C'était une sensation qu'il avait souvent éprouvée du temps où il était inspecteur de police à New York.

Ses pâles yeux bleus toujours rivés sur les trois personnages, il tapota Scull sur l'épaule en lui indiquant la scène. « Hé, Vince, qu'est-ce que tu dis de ça ? »

Scull regarda, l'air absent. Pour l'heure, il ne pensait qu'à une chose : trouver de quoi boire.

« Je vois deux vendeurs au marché noir qu'essaient de fourguer leur came, sans plus. » Il grommela. « Peut-être qu'ils ont du hareng. »

Perry hocha la tête. « Les gens qui font du marché noir cherchent l'argent des touristes. T'en as déjà vu s'en prendre ainsi à une babouchka ? »

Scull demeura silencieux. La vieille s'était arrêtée au milieu du trottoir pour plaquer contre elle son filet. Les deux loubards continuaient à la serrer de près. Le plus grand avait glissé une main dans sa poche de blouson et, de l'autre, il désignait le filet.

« Ces voyous vont la dévaliser, dit Perry.

– C'est pas nos oignons. Aux gens du quartier de régler ça.

– Tu vois quelqu'un faire mine de se bouger ? » De la main, Perry embrassa les deux côtés de la rue. Les passants qui croisaient la vieille ne semblaient pas se douter de ce qui se passait. Ou bien faisaient-ils comme s'ils ne voulaient pas voir ?

Bon Dieu, mais qu'est-ce que j'attends ? se dit-il en se précipitant vers le bout de la rue.

« Bordel, Neil, dit Scull en trottinant sur ses talons, j'te ferai remarquer qu'on n'est pas chez nous, bon sang ! »

Ignorant la remarque, Perry rejoignit les deux hommes et posa la main sur l'épaule gauche du plus grand.

« Bon, maintenant, ça suffit, fichez-lui la paix », dit-il avec un signe de main.

Le grand type se raidit un peu mais ne broncha pas. L'autre le fusilla du regard, puis but une lampée au contenu de son sac en papier. Scull se posta près de lui et attendit. Au centre du groupe, la vieille femme avait porté la main à sa bouche et regardait alentour, indécise, l'air nerveux, terrorisé.

« Je t'ai dit de dégager, dit Perry, conscient que le type avait toujours la main droite dans la poche. Dégage ! »

L'autre le lorgna de biais, et secoua les épaules pour tenter de se libérer. Il avait de petits yeux rapprochés et une barbe de trois jours. Perry resserra son étreinte.

Le type le considéra encore quelques instants, puis il pivota et lui cracha au visage, en même temps que sa main jaillissait de sa poche, révélant dans son poing un éclat métallique : un couteau.

Lorsque la lame jaillit vers lui, Perry bascula pour l'esquiver, tout en agrippant de la main le poignet gauche du type avant de le rabattre vers le bas. Le voyou chercha à redresser son couteau mais Perry abattit brutalement le tranchant de la main droite sur l'extérieur de la paume. Il entendit l'os céder tandis que l'autre grognait de douleur, la main devenue inerte, pendant sous un angle inhabituel, et que l'arme tombait en cliquetant sur le trottoir.

Sans lui lâcher le poing, Perry lui enfonça le genou dans le bas-ventre. Le type se plia en deux, recroquevillé, avant de s'affaler.

Perry se penchait pour récupérer le couteau quand il entendit un fracas de verre brisé.

Il se retourna vivement vers l'autre. Ayant saisi sa bouteille au goulot, il l'avait fracassée contre le mur de l'immeuble, avait arraché le sac en papier et brandissait maintenant vers Scull le tesson aux bords tranchants. Une traînée de bière mousseuse dégoulinait du mur à l'endroit du choc.

Scull esquissa un sourire. Le type projeta le tesson vers lui, semant les gouttelettes accrochées aux pointes acérées. Scull sentit un courant d'air contre son visage et se recula une fraction de seconde avant que le verre ne lui taillade la joue. Puis il porta la main à sa poche de blouson, sortit une petite bombe de gaz CO et pressa sur le gicleur, expédiant un cône de brouillard dans la figure du type. Ce dernier s'étrangla, lâcha la bouteille brisée et se mit à tâtonner à l'aveuglette, les mains plaquées au visage tandis que le gaz irritant dilatait les capillaires des yeux et engorgeait les muqueuses sensibles de la gorge et du nez. Scull remit la bombe dans sa poche, fit pivoter le type, et lui expédia un uppercut. L'autre s'effondra à genoux devant son copain, le souffle coupé, le menton luisant d'épais filaments de mucus.

Scull le toisa sans bouger. Désorienté, les yeux rouges et larmoyants, l'autre n'avait malgré tout toujours pas renoncé. Il essayait de se redresser et réussit tant bien que mal à se mettre à croupetons. Scull lui lança son pied dans la figure. Il s'écroula, les mains sur le nez. Du sang jaillissait entre ses doigts.

« T'aurais mieux fait de rester couché », grommela Scull.

Perry réalisa qu'il avait toujours en main le lourd cran d'arrêt de l'autre type. Il le replia avant de le glisser dans sa poche revolver.

Il sentit alors qu'on le tirait par la manche. La vieille. Elle s'était avancée, un sourire sur son visage poupin.

« *Spassibo* », fit-elle, pour le remercier. Elle sortit deux oranges de son filet et les lui tendit. « *Spassibo bolchoïa* » – merci beaucoup.

Perry lui posa la main sur le bras.

« Merci pour le geste, grand-mère, mais vous feriez mieux de les garder, dit-il en lui faisant signe de remettre les fruits dans son sac. Rentrez chez vous, à présent. Filez vite.

– On aurait intérêt à faire pareil », observa Scull.

Perry regarda de part et d'autre. Un attroupement avait commencé de se former. La cohorte des véhicules progressait toujours avec lenteur sur la chaussée, même si bon nombre de curieux s'étaient arrêtés au bord du trottoir pour contempler l'incident.

« Ouais, fit-il, toujours envie de boire ?

– Plus que jamais.

– Eh bien, je te suis. »

Et ils s'éloignèrent en hâte.

8

Washington, DC
5 novembre 1999

Il avait toujours semblé à Gordian que Dan Parker avait les yeux vrillés dans son dos, depuis qu'ils se connaissaient... ce qui remontait quand même à pas loin de trente-cinq ans. Au Viêt-nam, quand tous deux servaient avec la 355ᵉ escadre tactique basée en Thaïlande, il avait été l'ailier de Gordian au cours des innombrables raids de bombardement qu'ils avaient menés en territoire ennemi. Rasant les bases du Viêtcong avec leurs F-4 Phantom, ils avaient appris combien il était délicat de frapper des cibles camouflées et enterrées quand on les survolait à près de Mach 2 – ce qui leur avait permis de comprendre l'importance de la mise au point de systèmes d'armes guidées qui permettraient aux pilotes de larguer leur charge avec précision sans être contraints d'effectuer des passes multiples au-dessus de l'objectif, en se contentant presque de tendre le doigt pour évaluer d'où venait le vent.

Le jour de la quille pour Gordian – et, pour lui, de la fin des hostilités – avait été le 20 janvier 1968, quand il avait été abattu lors d'une mission d'appui tactique à cinq ou six kilomètres à l'est de Khe Sanh. Quittant son cockpit en feu au-dessus d'une crête tenue par l'ennemi, il avait tout juste eu le temps de déployer son parachute avant de se retrouver au milieu d'un cercle de fusils mitrailleurs nord-vietnamiens braqués sur lui. Pour eux, un pilote était une prise de choix, susceptible de fournir des informations sur la tactique et la technologie de l'aviation américaine – d'une valeur suffisante en tout cas pour que ses ravisseurs le mettent en cage comme un spécimen plutôt que d'exhiber sa tête au mur comme un trophée. Mais durant ses cinq années d'emprisonnement au Hilton d'Hanoï, il avait gardé ses renseignements pour lui, résistant à la tactique de la carotte et du bâton, qui faisait alterner promesses de libération anticipée et emprisonnement solitaire ou torture.

Dans l'intervalle, Dan avait achevé sa seconde période de service en 1970, avant de revenir aux États-Unis le torse bardé de médailles. Fils d'un célèbre élu de Californie, il avait réussi à faire jouer ses contacts dans le milieu politique pour que la Croix-Rouge parvienne à contacter Gordian. Les équipes humanitaires avaient fourni les traitements médicaux de base, transmis courrier et colis, informant la famille de Gordian sur son sort, nonobstant l'absence de coopération d'un gouvernement nord-vietnamien qui ne respectait que du bout des lèvres la Convention de Genève.

Bien loin de s'arrêter là, les efforts de Dan vis-à-vis de Gordian s'étaient poursuivis par la suite. Alors que les pourparlers de Paris s'acheminaient tant bien que mal vers un accord de cessez-le-feu, il s'était démené pour que son ami soit dans le premier contingent de prisonniers de guerre libérés. Et même si Gordian était revenu de captivité faible et amaigri, il était en infiniment meilleure condition qu'il l'eût été sans le soutien sans faille de Dan.

Au long des décennies suivantes, ce soutien allait même s'étendre au domaine professionnel, à mesure que grandissaient leur amitié et leur respect mutuel. Leur expérience au Viêt-nam avait laissé les deux hommes convaincus de l'utilité d'une technologie qui combinerait des capacités de navigation et de reconnaissance à un système de guidage de missile précis. Lorsqu'ils effectuaient leurs frappes aériennes, l'un et l'autre avaient dû à maintes reprises travailler au pifomètre, mettant leur existence en péril et provoquant d'inutiles dommages aux installations civiles voisines. Et Gordian n'avait jamais oublié qu'il avait dû son séjour en camp de prisonniers à un missile sol-air russe qu'il n'avait pas vu venir. Et si la situation avait changé du tout au tout depuis l'arrivée des armes intelligentes, on déplorait encore un manque d'intégration – une véritable faille, même – entre les systèmes de surveillance radar et ceux de poursuite par infrarouge.

À la fin des années quatre-vingt, Gordian avait commencé à envisager la possibilité, au moins théorique, de combler cette faille en recourant aux communications modernes par satellite... et Dan était bien placé pour l'aider à obtenir le financement nécessaire pour concrétiser ces idées. Ayant suivi la voie paternelle, il avait fait carrière dans la politique. Parvenu à son troisième mandat de représentant de la Californie, il siégeait désormais à plusieurs commissions budgétaires du Congrès. Sa confiance en Gordian avait été pour beaucoup dans l'obtention de subventions garanties qui, ajoutées aux investissements énormes de son ami dans la recherche et le développement, devaient permettre la mise au point de GAPSFREE, sans doute le joyau le plus impressionnant sur le diadème de silicium de la société Uplink.

Par son adaptabilité au matériel existant dans les domaines de l'avionique et de la communication, ce système – dont l'acronyme signifiait en anglais « sans faille » – était presque trop beau pour être vrai. Interfacé au système GPS de localisation par satellite, il permettait au pilote ou à l'officier de tir d'un chasseur de localiser précisément celui-ci par rapport à la cible ou à l'adversaire ; les données en temps réel étaient relayées directement du satellite aux ordinateurs de navigation embarqués, couplés à un radar à synthèse d'ouverture capable de percer le brouillard et la fumée des combats. Le système était en outre suffisamment léger et compact pour être intégré à des nacelles d'armement qu'on pouvait fixer jusque sur des appareils aussi spartiates que les A-10.

Ainsi transformés (après quelques modifications dans l'habitacle), ils devenaient de formidables chasseurs-bombardiers capables de larguer les armes intelligentes les plus sophistiquées. Cette souplesse d'emploi faisait de GAPSFREE le système couplant munitions et guidage de précision le plus économique et le plus efficace jamais conçu.

Comme on pouvait s'y attendre, il avait également fait de l'entreprise de Gordian le leader mondial des technologies de reconnaissance. Et fait de Gordian un homme immensément riche.

Parvenus à cette sorte d'apogée dans leur itinéraire professionnel, d'autres chefs d'entreprise auraient pris leur retraite, ou du moins se seraient reposés sur leurs lauriers. Mais Gordian avait déjà décidé de poursuivre ses idées vers la phase logique suivante. Prompt à négocier son formidable succès, il avait largement diversifié son entreprise, s'implantant dans des dizaines de pays, attaquant de nouveaux marchés et absorbant quantité de sociétés locales spécialisées dans la chimie et les télécoms sur les quatre continents. Son but ultime était de créer Worldlink, un réseau de communication mondial unifié à partir de satellites, autorisant des transmissions à bas prix à partir de simples téléphones mobiles, fax ou modems, vers n'importe quel point du globe.

Ce qui le motivait n'était ni la vanité ni le lucre, mais la conviction que Worldlink pourrait modifier réellement l'existence de millions, voire de milliards d'individus, en apportant services de télécoms et technologie de pointe jusqu'aux endroits les plus reculés de la planète. À ses yeux, l'accès rapide à l'information était une arme. Il était revenu du Viêt-nam avec la ferme intention de faire l'impossible pour lutter contre les gouvernements totalitaires et les régimes oppressifs. Car il était bien placé pour savoir que de tels régimes ne pouvaient se permettre d'être confrontés à la liberté des communications.

Pour parvenir à ses fins, toutefois, il avait besoin

du soutien des gouvernements d'une bonne douzaine de nations importantes. Il en avait besoin pour faire attribuer des fréquences radio à sa société ; pour avoir accès à leurs programmes spatiaux et obtenir les dizaines de lanceurs en orbite basse qui dépassaient les capacités de la NASA ; et il en avait enfin besoin pour avoir l'autorisation d'implanter des stations au sol tout autour de la planète afin de pouvoir se connecter à son réseau de satellites et renvoyer les signaux sur les réseaux de télécommunications terrestres existants.

Il avait également besoin de Dan Parker. Une fois encore. Comme toujours. Depuis 1997, Dan l'avait guidé dans le dédale réglementaire qui avait accompagné l'explosion des communications par satellite. Plus récemment, il avait gardé l'œil sur les décisions du Congrès susceptibles d'affecter son projet de mise en service de sa station-relais russe avant la fin de l'année.

Attablé face à Dan, Gordian but une lampée de bière et contempla les affiches sportives et politiques qui décoraient les murs du Washington Palm, sur la 19e Rue. Dan touilla son Martini pour faire fondre les glaçons, visiblement impatient de voir leur repas arriver. Gordian n'avait pas souvenance de l'avoir vu guetter son repas autrement qu'avec impatience.

Ils étaient installés à leur table habituelle, sous une caricature affectueuse de Tiger Woods[1]. Dix ans plus tôt, quand ils avaient inauguré leurs premiers déjeuners mensuels, au même endroit était affiché un dessin d'O.J. Simpson. Puis on l'avait décroché et Marv Albert[2] avait pris sa place. Finalement, Woods avait remplacé Albert.

---

1. Golfeur américain prodige qui entama une carrière professionnelle à l'âge de 14 ans. Son père Earl, ancien Béret vert, l'avait surnommé Tiger en souvenir du nom de guerre d'un ami vietnamien détenu dans le même camp que lui en 1975 *(N.d.T.)*.
2. Basketteur professionnel américain qui défraya la chronique en septembre 1997 lors d'un procès à scandale pour «perversions sexuelles» *(N.d.T.)*.

« Tiger, fit Gordian, songeur. L'idole de toute l'Amérique.

– Croisons les doigts pour qu'il reste là-haut, observa Parker.

– S'il s'en va, qu'est-ce qu'ils vont nous mettre à la place ? »

Dan hocha la tête. « Mieux vaut ne pas y songer… »

Ils durent encore attendre. L'essentiel de la clientèle autour d'eux était formé de personnel politique, de journalistes et de représentants des groupes de pression, avec çà et là quelques touristes désireux d'entrevoir une célébrité. Jusqu'ici, Gordian n'avait relevé aucun regard dans sa direction. Il se demanda mine de rien s'il n'était pas dans un mauvais jour.

« Bien, fit-il, alors, si tu me racontais les dernières divagations isolationnistes du père Delacroix. »

Dan lorgna la table voisine où un client attaquait un sandwich au corned-beef.

« Je veux ma bouffe.

– Je sais, dit Gordian. J'espérais juste te changer les idées. »

Dan haussa les épaules.

« D'après ce que disent mes collègues du Sénat, Delacroix a mis en avant ses thèmes habituels. Évoquant le coût d'un engagement humanitaire vis-à-vis de la Russie, soulignant – avec justesse, je dois l'admettre – que la facture de notre mission de maintien de la paix en Bosnie s'était en définitive révélée cinq fois supérieure aux projections initiales. Et que le Parlement comme le système bancaire russes étaient en grande partie contrôlés par la mafia, ce qui signifie qu'un pourcentage non négligeable de nos prêts finira dans la poche de fonctionnaires véreux. »

Gordian but une autre lampée de bière. « Quoi d'autre ?

– Il soutient que la proposition présidentielle entre dans une campagne d'apaisement… son argument étant qu'il préférerait manier la carotte plutôt que le bâton pour obtenir des concessions lors des prochaines négociations START sur la limitation des armements stratégiques et l'interdiction des essais nucléaires. »

Gordian avisa un garçon qui se dirigeait vers eux, un plateau en équilibre sur le bras.

« Et voilà nos bavettes d'aloyau, annonça-t-il.

– Dieu soit loué, répondit Dan en dépliant sa serviette. Ça fait combien de temps qu'on poireaute ? »

Gordian consulta sa montre : « Dix petites minutes… »

Ils se turent, le temps que le garçon dépose leurs assiettes devant eux et s'éclipse.

Dan prit ses couverts et attaqua son steak.

« Hmmm », grogna-t-il en singeant Boris Karloff dans *La Fiancée de Frankenstein*.

Gordian attaqua lui aussi son déjeuner, laissant à Dan une chance de reprendre son souffle avant de poursuivre leur conversation.

« Tu m'as donné les objections officielles de Delacroix à la proposition, reprit-il. Qu'en est-il de celles, sous-jacentes, qui relèvent de l'opportunisme politique ? »

Dan le regarda en mastiquant sa viande.

« Ça fait plaisir de voir en quelle estime tu tiens nos élus.

– Tu fais exception…

– Tu te souviens de la campagne menée par Delacroix pour la réduction des services publics, il y a quelques années ?

– Difficile de l'oublier. Ce n'est pas cette fois qu'il avait transpercé un cochon géant empaillé en plein Sénat, ou un truc dans le genre ?

– En fait, ça, c'est lors d'une session plus récente. Et c'était une *piñata*. » Dan s'échinait toujours sur son steak. « Non, lors du débat sur les restrictions budgétaires, son gadget avait été une bouche mécanique géante.

– Reconnaissons en tout cas que ce type voit toujours les choses en grand. »

Sourire de Dan. «Ce que je veux dire, c'est que personne n'a oublié son numéro. Même les conservateurs avaient à l'époque jugé son attitude excessive et vulgaire... Alors aujourd'hui, il redoute de passer pour un gland s'il n'élève pas la voix contre les millions de dollars de vivres et d'aide financière qu'on s'apprête à expédier à des étrangers... des Russes, qui plus est.»

Gordian hocha la tête. «Aucun rapport entre les deux problèmes. Même si l'on ne veut pas tenir compte du caractère d'urgence de la situation...

– Ce qui est indiscutable...

– Elle se ramène malgré tout à une affaire d'une importance stratégique pour notre pays», termina Gordian.

Dan éclusa son Martini et fit signe qu'on lui en reserve un. «Écoute, je ne suis pas là pour défendre le pitbull de Louisiane, mais imagine la réaction de ses adversaires politiques si Delacroix soutient le programme d'aide humanitaire. Ses propres partisans l'accuseront d'hypocrisie et ne manqueront pas de rappeler à l'opinion qu'il est le type qui réclamait la suppression des cantines dans les écoles américaines.»

Gordian se tut de nouveau. Il contempla son assiette. Depuis qu'Ashley avait donné instruction à leur cuisinier personnel de supprimer de leurs repas la viande rouge – il n'arrivait plus à se rappeler si c'était la présence de graisses saturées, d'antibiotiques cancérigènes ou d'hormones de croissance stéroïdiennes qui l'inquiétait –, ses steaks au Palm avaient pris des allures de rébellion, ils étaient devenus un répit, voire une évasion loin de la saine monotonie des légumes verts sautés, du poisson poché et du blanc de poulet grillé. Et pour renforcer ce plaisir interdit, le goûter dans toute sa plénitude saturée de cholestérol, il était passé de la cuisson à point à un bleu presque cru. Une fois par mois, il rompait ses chaînes diététiques pour se muer en loup, en mâle dominant et carnivore, plantant ses crocs dans la chair sanguinolente au terme d'une chasse réussie.

Aujourd'hui, toutefois, il n'avait guère d'appétit. Son steak paraissait si délaissé qu'il avait presque envie de lui présenter ses excuses.

« Deux membres de mon équipe russe se trouvaient à Kaliningrad, l'autre jour, reprit-il. Tu te souviens de Vince Scull ? Je te l'ai présenté, il y a quelque temps. »

Parker opina.

« L'expert en prospective ? Un esprit vif, quoique, m'a-t-il semblé, pour le moins… euh… lunatique.

– Je ne le paie pas pour être adorable. Personne ne vaut Vince pour anticiper les situations explosives, et il a quitté cette ville convaincu que la Russie va connaître des émeutes de la faim d'ici un mois. » Gordian marqua un temps, intercepta le regard du garçon et lui brandit sa chope de bière vide. « Il y a vingt ans – il bossait alors pour une société d'investissement canadienne implantée en Iran –, il a conseillé à ses employeurs de rapatrier d'urgence tout le personnel. Les pontes de la boîte jugèrent son évaluation du climat politique outrageusement pessimiste. Six jours après, les ayatollahs prenaient le pouvoir et le personnel de notre ambassade était pris en otage. Scull est resté sur place pour évacuer une partie des employés américains de l'entreprise. Le danger passé, il a donné sa démission et je l'ai récupéré.

– Qu'est-ce qui l'avait rendu si certain du désastre, à l'époque ?

– Un tas d'éléments. Je pourrai te faxer une copie de son rapport, si ça t'intéresse. En bref, il souligne que Kaliningrad dépend moins de l'approvisionnement local que les autres métropoles parce que les importations y sont facilitées par son statut de port franc. Or, il n'a vu que des étals vides sur les marchés. Si les habitants de cette ville souffrent, la situation doit être bien pire dans des endroits comme Saint-Pétersbourg, voire la capitale. » La bière de Gordian était arrivée ; il en but une gorgée. « Je sais que c'est anecdotique, mais Vince a même vu deux voyous tenter d'agresser une vieille femme pour la délester de son sac à provisions. Moins d'une demi-heure après son arrivée en ville…

– La situation à Kaliningrad reflète celle du reste de la Fédération. C'est ce que tu essaies de me dire ?

– En gros, ouais. »

Dan soupira. « Peut-être que l'incident que tu viens d'évoquer a brouillé la boule de cristal de Scull. Ou qu'il se goure complètement. Ça arrive aux meilleurs.

– Bref, Starinov serait venu nous demander l'aumône pour des prunes ? C'est ce que je dois comprendre ?

– Pose la question à Bob Delacroix, il te répondra que le ministre a exagéré la gravité de la crise. Qu'il a besoin de dramatiser les événements pour détourner l'attention de son rival Pedatchenko. Que ça lui donne l'étoffe d'un homme d'État capable de tenir sa place au milieu des autres dirigeants internationaux. »

Gordian le fixa sans ciller.

« Je ne parle pas à Delacroix. Dan, à l'heure qu'il est, j'ai plus d'une centaine d'employés en Russie. Plus quatre-vingts à quatre-vingt-dix ouvriers sous contrat, engagés pour les travaux de la station au sol. Oublions un instant mes investissements. Tous ces gens sont dans une situation vulnérable et mon principal souci est leur sécurité. Si l'accord d'assistance doit être sabordé, je les rapatrie. Alors, dis-moi, selon toi, comment cela va tourner. »

Dan ne l'avait pas interrompu, se contentant de faire tourner son verre. Le bout de ses doigts laissait de pâles traces autour. Finalement, il le porta à ses lèvres et but. Il reprit enfin : « Le président va sans doute parvenir à un accord, faire livrer au moins une partie de l'aide alimentaire. Avec un peu de chance, ce sera suffisant.

– Cela fait trois réserves en deux phrases », observa Gordian.

Dan le considéra, haussa les épaules. « La leçon la

plus dure, lors de ma première année au Congrès, ça a été de savoir refréner mes espoirs. Mais c'est ce qui m'a permis d'être toujours là.

– Bref, tu me conseilles de la boucler et d'espérer que ça s'arrangera ?

– Tout juste. »

Gordian s'affala dans son siège et poussa un soupir, plongé dans ses pensées.

Dan guignait son assiette.

« Tu comptes finir ton steak ? »

Gordian fit signe que non.

« Alors, fais passer, d'accord ? »

9

Région de Kaliningrad
16 novembre 1999

Planqué dans l'ombre, Gregor Sadov regardait monter les flammes. Ces quatre derniers jours, lui et son équipe avaient incendié sept entrepôts. Le point positif était qu'ils n'avaient plus perdu personne depuis Andreï. Le point négatif était que ça n'était pas suffisant.

Mais, d'un autre côté, ça ne l'était jamais.

De la main gauche, il tenait plaqué contre son flanc un bout d'étoffe, à l'endroit de la légère blessure qu'il avait reçue. Il ne savait plus trop si c'était un éclat lors de l'explosion du dernier silo, ou bien une éraflure due au tir chanceux d'un vigile. Peu importait, du reste. La blessure était douloureuse mais superficielle et Gregor n'allait pas se laisser arrêter par une vétille.

Non, ce n'était pas la blessure qui le tracassait.

Mais bien le message reçu dans la matinée. Bref et précis, il disait : « Incendies d'entrepôts efficaces mais il faut plus. Préparez vos hommes à frapper intérêts américains dans le secteur. »

Et voilà. Aucune précision sur le genre d'intérêts américains à frapper, ni sur le moment de la frappe. Gregor savait qu'on lui fournirait l'information en temps opportun. Pour sa part, il n'y voyait aucun inconvénient. Ils connaissaient sa façon de travailler, et savaient qu'ils n'attaqueraient pas avant d'être prêts, lui et ses hommes.

Tapi dans l'ombre, la main toujours plaquée contre son flanc, Gregor contemplait les dégâts qu'il avait provoqués, et il sourit.

Elaine Steiner ferma la caisse à outils posée à ses pieds, s'épousseta les mains et se redressa lentement, arquant le dos pour apaiser les courbatures dues à une station accroupie prolongée. Une mèche de cheveux gris s'était échappée du fichu qu'elle portait lorsqu'elle travaillait et elle leva machinalement la main pour la remettre en place. Près d'elle, Arthur, son époux, referma la trappe de service puis il tourna la tête de gauche à droite pour décrisper les muscles de son cou.

Ils étaient dans l'un des plus petits bâtiments en lisière du complexe que Roger Gordian faisait bâtir dans une zone peu peuplée de la région de Kaliningrad. La ville la plus proche était à plus de quatre-vingt-dix kilomètres, aussi le complexe qu'ils étaient en train de construire devait-il vivre quasiment en autarcie, avec des bâtiments d'habitation pour le personnel et diverses formes d'équipements de loisirs. Sans oublier la sécurité. Une sécurité renforcée. Mais cela, c'était vrai où qu'ils aillent.

Elaine et Arthur faisaient équipe avec Gordian depuis près de vingt ans. C'est lui qui choisissait le site de ses stations au sol, et le couple Steiner se rendait sur place pour les construire et les faire fonctionner. C'était un bon partenariat, et une chouette existence, surtout quand, comme maintenant, ils étaient sur le point d'assurer la première mise en route d'une station au sol.

« Ça ne s'est pas si mal passé », dit-il en jetant un coup d'œil à son épouse.

Elle esquissa un sourire. Arthur voyait toujours le bon côté des choses. C'était l'un des points qu'elle admirait le plus chez lui, peut-être à cause de son propre pessimisme.

« Pas comme en Turquie, répondit-elle, avant de le faire se retourner pour lui masser la nuque. Souviens-toi quand on n'arrivait pas à maintenir le système en ligne plus de dix minutes d'affilée.

– Ouais. » Il laissa sa tête rouler en avant pour accentuer l'effet du massage. « Ces putains de transistors périmés que nous avaient fourgués les Afghans n'arrêtaient pas de chauffer. Il nous a fallu une éternité pour trouver ce qui se passait.

– Dire que c'était juste un tronçon de câble mal arrimé. J'ai bien prévenu les Russes de l'équipe de maintenance qu'ils ne pouvaient pas faire courir une telle longueur de câble sans support intermédiaire, mais depuis quand a-t-on vu les autochtones daigner nous écouter ?

– Ça finira bien par arriver, dit Arthur. Ils apprendront. »

Elaine hocha la tête en soupirant, mais il y avait un sourire bienveillant sur son visage quand elle reprit son massage. Il était bon de savoir que certaines choses dans la vie ne changeraient jamais.

« Allons, dit-elle. Il reste une bouteille de vin de la dernière livraison. J'estime qu'on a bien mérité un petit dîner en tête à tête, ce soir. »

Arthur se retourna et la serra dans ses bras. Levant la main pour essuyer une tache de graisse qui lui maculait la joue, il l'embrassa doucement et nota : « Tu vois ? La situation s'améliore déjà. »

10

Brooklyn, New York
28 novembre 1999

Le miroir du sol au plafond qui occupait un mur entier du bureau de Nick Roma n'avait pas un grain de poussière, pas une trace, pas le moindre défaut sur sa surface à l'argenture impeccable. Nick demandait à l'un de ses petits gars – il adorait cette expression : « ses petits gars » – de le nettoyer au Miror deux ou trois fois par jour, voire plus parfois, dès qu'il notait la plus imperceptible ternissure susceptible d'altérer son reflet. Un jour qu'il avait remarqué une infime rayure sur le verre, il avait fait remplacer sur-le-champ le panneau entier.

Nick ne se jugeait pas obstiné. Simplement, il prêtait une attention extrême à son apparence et le miroir était pour lui d'une importance primordiale. C'était sans doute l'élément le plus important de son bureau au Platinum Club, plus important encore que son équipement multimédia, son téléphone ou son calepin personnel. Au moins aussi important que son MP5K.

Nick était justement devant sa glace, procédant à d'infimes rectifications de sa tenue – remonter le col de sa chemise noire, lisser un faux pli sur son torse, vérifier le tomber impeccable de son jean noir. Le moindre détail devait être parfait.

Deux étages plus bas, une camionnette était en train de se garer à reculons contre le quai de chargement ; le grondement du moteur résonnait sous la porte cochère donnant sur la 15e Avenue.

Il lorgna sa Rolex.

Onze heures.

La livraison s'était effectuée pile à l'heure. Et il était certain qu'il en serait de même du ramassage. Les gens avec qui il traitait prêtaient une extrême attention à ce genre de détail.

Il examina ses bottes, vérifia le brillant impeccable de leur cirage. C'étaient des Justin noires, taillées dans une sorte de lézard qui exigeait des soins tout particuliers – bien plus que le cuir, en tout cas. Un des petits gars les nettoyait et les faisait briller tous les jours, comme le miroir. Mais il fallait toujours les avoir à l'œil, s'assurer qu'ils utilisaient de la cire neutre et surtout pas du cirage noir. Le cirage bousillait la peau et vous finissiez avec la dégaine d'un immigrant fraîchement débarqué de la Petite Odessa. Cette seule idée l'emplissait de colère et de dégoût.

Six mois auparavant, il avait été jugé en cour fédérale pour trafic d'essence ; on l'accusait d'avoir fraudé le fisc en détournant trois millions de dollars d'impôts sur le revenu grâce à un jeu d'écritures compliqué. Pour conclure leurs réquisitions, les procureurs avaient indiqué au jury qu'il était Vory V. Zakone, parrain du milieu d'Europe de l'Est. Ils avaient employé le terme *botchya* – équivalent russe de *big boss*. On l'avait accusé de diriger la branche américaine d'un syndicat du crime qu'ils baptisaient indifféremment *organitzatsiya* et *mafiya*. À un moment, ils avaient même prétendu que son influence était sur le point d'égaler celle des familles de la Mafia sicilienne et des gangs asiatiques.

C'est parti, songea-t-il, ennuyé, en tirant le peigne de la poche revolver de son jean pour le passer dans sa crinière de cheveux ondulés.

Le procès avait duré deux mois mais il avait réfuté l'acte d'accusation et obtenu l'acquittement. Cela n'avait pas été évident, car l'anonymat des jurés avait été jalousement gardé. On les conduisait au palais de justice en fourgon banalisé, escortés par les flics de l'antigang, et au prétoire, on ne s'adressait à eux que par leur numéro. La blonde aux jolies gambettes à qui Nick n'avait cessé de lancer des sourires et des œillades était le juré numéro un. Le gros bonhomme assis, les bras croisés sur son bide, était le juré numéro neuf. Le tout dans un climat de secret-défense. Mais les secrets gouvernementaux le faisaient marrer. Nick s'était montré tenace. Ses hommes connaissaient des fonctionnaires du parquet qui avaient accès à des bases de données de « haute sécurité » ; c'est ainsi qu'il avait obtenu les informations nécessaires pour contacter deux des membres du jury.

Cinquante mille dollars – assortis de la garantie que leurs familles seraient protégées – avaient permis à Nick Roman d'obtenir l'acquittement. Il avait estimé le marché équitable. En fait, il se voyait avant tout comme un *négociateur*. À trente-cinq ans, il avait déjà réussi à conclure des accords réciproques avec les Italiens, les Triades chinoises, les cartels colombiens et même le Yakuza. Il s'était élevé à la force du poignet, démarrant avec des petites affaires juteuses, genre prostitution et trafic de drogue, puis il avait pris pied dans le système bancaire, lançant des opérations financières élaborées, ouvrant de nouveaux marchés dès qu'il voyait pointer un dollar. S'étant lié aux milieux officiels et politiques, il avait implanté des entreprises de blanchiment pour ses activités dans plus d'une douzaine d'États – raison pour laquelle il avait pris comme un affront personnel que le ministère public ait osé le qualifier de truand amateur, de vulgaire chef d'une bande de velléitaires étrangers.

Pour lui, rien n'aurait pu être aussi loin de la vérité.

Il avait immigré de Russie avec ses parents alors qu'il n'avait que six ans et depuis, il n'était jamais sorti du pays et n'avait même pas quitté la ville de New York. Il avait douze ans quand sa mère avait obtenu la naturalisation pour eux deux. Il avait travaillé sa prononciation jusqu'à ne plus avoir la moindre trace d'accent. À vingt et un ans, il avait simplifié et italianisé son nom. C'est ainsi que Nikita Romanov était devenu Nick Roma.

Il se sentait aussi foncièrement américain que n'importe qui d'autre au prétoire. Et chaque fois qu'il songeait aux procureurs, il se promettait de leur faire payer leur insulte au centuple. On ne se moquerait pas de lui impunément. Il…

Nick entendit frapper à sa porte, rajusta une mèche de cheveux et remit le peigne dans sa poche.

« Qu'est-ce que c'est ? » Il se tourna pour regarder par la fenêtre. En bas, la camionnette était vide à présent, son chargement avait été transféré dans la boîte de nuit sur un diable. Il regarda le chauffeur refermer le hayon, remonter dans la cabine, s'engager dans l'avenue.

La porte s'entrouvrit et l'un des gars de Nick, un jeune type musclé du nom de Bakach, passa la tête par l'entrebâillement.

« L'Arabe est arrivée, dit-il en anglais avec un fort accent. Avec son ami. »

Nicky reporta son attention sur le miroir et s'inspecta une dernière fois. Elle était même plus en avance que prévu. Quels que soient ses plans définitifs pour la marchandise, visiblement, elle ne perdait pas une minute.

« Fais-les monter, dit-il, satisfait de son aspect. Et dis à Janos et Kos que je veux leurs colis. »

Bakach acquiesça, disparut et revint une minute plus tard, avec les deux visiteurs de Nick.

Nick se tourna vers la femme dès son entrée.

« Salut, Gilea », dit-il en la regardant. Elle était belle, vraiment supersexy, avec ses cheveux bruns au ras des épaules ; ses grands yeux en amande lui faisaient penser à un chat exotique. Son manteau de tweed ouvert révélait de longues jambes fuselées sous une minijupe en cuir.

Il se demanda fugitivement si elle pourrait être intéressée par autre chose qu'une simple relation professionnelle.

«Nick», dit-elle et ses bottes à hauts talons cliquetèrent sur le plancher quand elle entra dans la pièce. Le grand type qui l'accompagnait exhibait une fine balafre sur la joue sous une barbe mal taillée. Il la suivait à un pas d'écart et s'arrêta en même temps qu'elle. Nick nota le léger renflement d'un pistolet sous son veston.

«J'ai vu la camionnette, dehors, expliqua-t-elle. Puis-je en déduire que ma livraison est arrivée?

– Mes hommes la montent en ce moment même.» Il lui indiqua un siège près du bureau. «Et si vous vous détendiez en attendant?»

Elle le dévisagea sans ciller.

«Je reste debout.»

Quelques minutes plus tard, on frappa de nouveau. Nick ouvrit la porte et deux de ses hommes entrèrent. Ils portaient une caisse en bois d'assez bonne taille. Deux autres caisses attendaient encore dans le couloir. Les hommes déposèrent la première avec délicatesse avant d'aller chercher les suivantes. Une pince-monseigneur était posée sur le couvercle de la dernière.

Gilea contemplait les caisses, sans un mot.

«Je veux y jeter un coup d'œil», dit-elle enfin.

Nick fit un signe de tête à Kos.

Kos saisit la pince-monseigneur, inséra sa lame plate entre le couvercle et l'angle supérieur de la caisse et la fit jouer. Tout en patientant, Nick examina la jeune femme à la dérobée. Elle avait plissé les paupières et le bout de sa langue ne cessait de caresser sa lèvre inférieure.

Enfin, le couvercle céda. Gilea se pencha sur la caisse et plongea la main à l'intérieur, fouillant sous une couche de polystyrène expansé.

La caisse était remplie de globes réfléchissants analogues aux boules à facettes qu'on voit au plafond des cinémas et des dancings. Chacune avait la taille d'un pamplemousse. Nick en avait lui-même fait installer une, bien plus grande, au plafond de sa boîte de nuit, la «boule disco», comme il l'appelait.

«Donne-moi cette pince.» Gilea tendit la main vers Kos, sans cesser de lorgner avec fascination le contenu de la caisse.

Il obéit sans mot dire.

Elle étudia un moment les boules à facettes, puis en saisit une et la frappa d'un coup sec de pince-monseigneur. Le globe se fendit en deux. Elle frappa encore. Le verre éclata et se répandit en une fine avalanche de poudre scintillante, ne laissant dans sa main que le contenu du globe.

Le paquet plat et rectangulaire portait d'un côté des inscriptions en chinois. L'emballage transparent révélait une substance blanche et cireuse évoquant un bloc de pâte à modeler.

«Le plastic», dit Gilea. Elle ferma les yeux, releva la tête, les lèvres tremblant imperceptiblement tandis que ses doigts agrippaient le paquet.

Nick avait presque l'impression de voir une mystique en pleine extase.

«Vous avez fait du beau boulot», dit-elle en se tournant enfin vers lui au bout d'un long moment. Ses yeux flamboyaient.

Il sourit et soutint son regard.

«Toujours», répondit-il.

Nick Roma attendait devant la fenêtre de son bureau en regardant dehors. Enfin, Kos passa la tête à l'intérieur et lui confirma ce qu'il savait déjà. Gilea et son gorille étaient partis. Il fit un signe à Kos. Ce dernier s'éclipsa en refermant la porte derrière lui.

Il était temps qu'il vérifie son assurance.

Nick retourna se placer devant la glace, ressortit le peigne de sa poche revolver, s'arrangea les cheveux. Il s'était décoiffé en baisant la main superbe d'une femme dangereuse.

Puis il rangea le peigne et pressa un petit bouton dissimulé à l'angle inférieur droit de la glace.

Le panneau géant coulissa lentement devant lui, révélant un empilement de magnétoscopes. Chaque machine enregistrait les images d'un secteur précis du bâtiment. Les bandes sans fin avaient une durée de vingt-quatre heures, effaçant à mesure le contenu précédent. De cette manière, il n'avait qu'à retirer une cassette si jamais s'y trouvait une séquence digne d'intérêt.

Son assurance, par exemple.

Il plongea la main dans la cavité derrière le miroir et retira la bande où était enregistrée toute activité dans son bureau. Cette cassette, sur laquelle Gilea ouvrait la boule à facettes et caressait le C-4 qu'elle contenait comme si c'était un godemiché qu'elle avait hâte d'essayer, était une garantie. Non pas qu'il se soit jamais fait coincer. Mais si cela devait se produire, il était prêt à parier que cette bande, ainsi que toute une vidéothèque de bandes analogues qu'il planquait dans un endroit très secret, lui vaudraient un «billet de sortie» bien sympathique en cas d'inculpation.

Après avoir remis une cassette vierge dans la machine, il pressa une touche encastrée à l'intérieur de l'encadrement de la glace. Il regarda l'écran géant d'un système de vidéoprojection descendre du plafond à l'autre bout du bureau, en même temps qu'apparaissaient huit enceintes Bose réparties à des endroits stratégiques dans toute la pièce. Rien n'était trop beau pour Nick Roma. Tout en patientant, il ne pouvait s'empêcher de songer aux autres emplois que pourrait avoir son miroir avec une femme d'une telle beauté. L'image n'était pas désagréable.

Si improbable que puisse être pareille scène, tout homme avait droit à ses fantasmes.

Ils entretenaient sa jeunesse.

Il glissa la cassette dans le magnétoscope encastré avec le combiné laserdisc/DVD derrière un panneau dans le mur, puis retourna s'asseoir dans son fauteuil de bureau pour contempler le spectacle.

Presque à l'autre bout de la ville, dans un entrepôt abandonné dont les propriétaires se cachaient derrière une telle épaisseur de sociétés écrans que même l'enquêteur le plus motivé ne pourrait jamais se douter de quoi que ce soit, une copie numérique de la séquence que Nick Roma visionnait au même moment se chargeait dans un puissant ordinateur. Étiquetée électroniquement avec la date et l'endroit de la prise de vues, l'information avait son existence discrète, secrète, presque invisible. Le système de Nick avait accompli sa tâche à la perfection.

D'une certaine manière, la scène qui venait d'être enregistrée, comme toutes celles déjà stockées sur le disque dur, était aussi explosive que les pains de C-4 que Nick venait de vendre à Gilea.

L'information, comme le plastic, pouvait tuer.

Et bientôt, ce serait le cas.

11

New York
23 décembre 1999

Le préfet de police Bill Harrison avait hâte de voir sombrer le *Titanic* pour pouvoir enfin rentrer chez lui terminer son rapport.

D'une manière générale, il détestait les comédies musicales. Il n'arrivait pas à accrocher. Et le spectacle auquel il assistait en ce moment même devait être le plus déroutant qu'il lui ait été donné de voir.

La plus grande catastrophe maritime de l'histoire, près de quinze cents malheureux engloutis et bouffés par les petits poissons. Et, nom de Dieu, il avait fallu que quelqu'un ait l'idée d'en faire une comédie à Broadway. Franchement, il avait du mal à voir le côté divertissant d'une aussi épouvantable tragédie. Qu'est-ce qu'ils avaient tous à chanter et lever le pied ? Ils allaient tous sombrer corps et biens !

Il jeta un coup d'œil à la dérobée vers son épouse, assise près de lui, qui ne manquait pas une miette du spectacle. Elle semblait apprécier. Non, rectificatif : elle ne semblait pas. Elle appréciait réellement. C'était manifeste à sa façon d'incliner le menton, à l'esquisse de fossettes au coin de ses lèvres. Quand deux conjoints étaient mariés depuis aussi longtemps qu'eux, chacun pouvait deviner l'autre d'un regard. Plus tard, après le café et les gâteaux, elle ne manquerait pas de vanter les décors, la partition, la chorégraphie, la mise en scène. Et il l'étudierait avec cette espèce de fascination énamourée qu'il avait ressentie trente ans plus tôt lors de leur premier rendez-vous de lycéens, admirant sa beauté radieuse et intelligente, son teint café-au-lait, sa façon de s'habiller, les mouvements gracieux de ses mains pour commenter les divers aspects du spectacle – bref, tout en elle l'émerveillait, et il se demandait à chaque fois ce qu'il avait fait pour mériter l'indéfectible soutien qu'elle lui avait apporté tout au long de leurs années de mariage, cette foi, cette persévérance qui l'avaient aidé à passer des rues difficiles d'Harlem au poste le plus élevé de la police new-yorkaise.

Mais on n'en était pas encore là. Pour l'heure, c'était toujours le premier acte d'un délire musical de plus en plus incompréhensible sur le thème d'une épave magnifique dont les passagers avaient péri suffoqués dans les eaux glaciales. Harrison lorgna sa montre, en se demandant combien de temps sa propre torture allait encore durer. Neuf heures. Encore une plombe à tirer. Plus peut-être. Certaines pièces ne se prolongeaient-elles pas jusqu'à des dix heures trente, onze heures ?

Harrison éprouva un brusque sursaut d'embarras. Après tout, c'était le genre de truc que le policier en chef de la ville était censé connaître, non ? Il espérait surtout ne pas être en train de décrocher de la réalité. Vous pouviez décorer Times Square autant que vous vouliez, vous pouviez même évacuer les sex-shops pour laisser la place au monde merveilleux de Disney, mais les mains cachées sous ces gants de Mickey d'un blanc immaculé auraient toujours des ongles en deuil, et cela resterait toujours un quartier où le vice et la violence pouvaient à tout instant sortir de l'ombre pour vous happer vers les abysses, comme ces pauvres crétins qui s'agitaient sur scène. On avait fait un tel battage autour de la renaissance du quartier, ces dernières années, qu'on finissait par oublier qu'une baisse de la criminalité ne signifiait pas forcément que les criminels étaient partis vers le sud avec armes et bagages. En fait, ce n'était que par une présence policière renforcée et bien visible sur le secteur qu'agresseurs, junkies, putes et autre engeance avaient été tenus à l'écart. Il subsistait encore quelques poches d'obscurité entre les lumières du Grand Mur blanc, et chacun devait en être conscient. Surtout la police.

Harrison essaya de se concentrer sur le spectacle : il voulait suivre l'intrigue pour au moins pouvoir en discuter avec Rosetta. Qui était le personnage barbu ? Le capitaine ? Un savant fou ? Seigneur, inutile, il était largué. Un chœur mélodramatique monta pesamment de la fosse d'orchestre et l'un des comédiens se mit à pousser la chansonnette. Les paroles évoquaient une histoire de navire rêvé. Harrison prêta l'oreille une minute mais repartit bien vite dans sa propre rêverie, comme un poste de radio qui dévie sans cesse de la fréquence d'une station.

Les yeux fixant la scène sans la voir, il se remit à songer au plan qu'il désirait revoir avant de se coucher. Il l'avait baptisé Opération 2000, un nom aux consonances un rien pompeuses, propre à inspirer confiance au conseil municipal.

Au cours du mois écoulé, il s'était entretenu presque chaque jour avec ses principaux adjoints, de même qu'avec les commandants de la police des transports, du SAMU, et de la Brigade antiterroriste formée conjointement par la police de New York et les fédéraux, discutant des problèmes qu'ils risquaient d'affronter en voulant assurer la sécurité de la multitude de touristes entassés autour de Times Square pour y célébrer le réveillon du nouvel an. Les années ordinaires, c'était déjà une sacrée corvée, mais cette année-ci sortait de l'ordinaire. Cette fois, on arrivait au 31 décembre 1999. Le tournant du siècle[1]. Le genre d'Événement avec un grand E qu'on ne voit qu'une fois dans sa vie.

Et tandis qu'Harrison et ses hommes s'échinaient à mettre au point une logistique qui tienne debout pour une situation qui sans aucun doute défiait toute logistique, qu'avait fait le maire ? Eh bien, il avait assailli les médias – pour se faire mousser, bien sûr ! On l'avait donc vu paraître sur tous les journaux des chaînes locales et délirer sur les festivités prévues pour l'ultime compte à rebours. Il s'était tapé tous les plateaux, de David Letterman à Conan O'Brien. On l'avait entendu sur tous les programmes de radio, des *Matins d'Imus* à l'émission d'Howard Stern, présentant le triangle formé par l'intersection de la 7e Avenue, de Broadway et de la 42e Rue comme le « centre du monde », et quasiment prêt à déboucher une bouteille de champagne en direct pour convier les auditeurs à se joindre à la fiesta du millénaire.

---

1. Réglons une fois pour toutes ce problème de chronologie : notre calendrier ayant commencé en l'an 1 (il n'y a pas eu d'année zéro), le premier siècle s'est logiquement achevé au bout de 100 ans et le suivant n'a débuté qu'en l'an 101. Le prochain changement de siècle (et de millénaire) n'interviendra donc que le 31 décembre 2000, même si l'immense majorité des gens comptent surtout fêter ce « passage à zéro du compteur » *(N.d.T.)*.

Harrison avait la tête emplie d'un curieux mélange d'inquiétude et de résignation. Tout indiquait que les gens réagissaient en masse au laïus du maire. En se fondant sur les multiples demandes de renseignements, les divers sondages et le chiffre record de réservations dans les hôtels et restaurants du centre-ville, on estimait que près de deux millions de fêtards allaient s'entasser sur Times Square pour voir tomber le ballon. Si l'on y ajoutait entre trois et quatre millions de spectateurs répartis dans Battery Park, sur les quais de South Street et tout le long de la rive de Brooklyn pour assister au feu d'artifice tiré au-dessus du port de New York, les forces de police risquaient de ne pouvoir guère faire que de la figuration. Et pour quoi, en définitive ? Entre ceux qui croyaient en l'avènement d'une ère de miracles, et ceux qui s'attendaient à la fin des temps, Harrison avait tendance à penser qu'au matin du nouvel an, la planète serait toujours le même asile de fous que la veille, hormis peut-être un nombre d'accidents supérieur à la normale...

Il soupira inconsciemment. Dans ses périodes de nervosité extrême, il avait songé à donner sa démission, partir en stop, laisser tomber cette monstrueuse pièce montée là où était sa vraie place, à savoir sur les genoux du maire. Peut-être qu'il parviendrait à se trouver un boulot d'agent de sécurité à Stonehenge ou sur le mont Fuji ; les foules de millénaristes y seraient sans doute plus clairsemées. Ou pourquoi pas en Égypte ? Il avait entendu dire que pour dix plaques, on pouvait assister au gala qu'une agence de tourisme organisait devant la grande pyramide de Gizeh. Nul doute que l'ancien préfet de police d'une grande métropole serait à même de contribuer là-bas au maintien de l'ordre. Si Hizzoner voulait jouer les imprésarios, les Monsieur Loyal du plus grand chapiteau du monde, parfait, grand bien lui fasse. Mais de quel droit fallait-il qu'il bassine les autres avec ça ?

Harrison entendit un tonnerre d'applaudissements et contempla la scène. Le rideau était descendu. La salle se rallumait lentement. Que se passait-il? Un coup d'œil à sa montre lui révéla qu'il n'était que neuf heures et demie. Trop tôt pour la fin du spectacle. D'ailleurs, il n'avait pas encore vu sombrer le *Titanic*.

Entracte, donc. Ce devait être l'entracte.

Rosetta lui flanquait des coups de coude.

«Alors, qu'est-ce que t'en penses?» Sur un ton pour le moins allègre.

C'est un truc rebattu, fastidieux, et j'ai hâte de rentrer à la maison, songea-t-il.

«Super... Surtout le morceau qui parle d'un navire rêvé.»

Rosetta acquiesça avec un sourire. «J'ai hâte de savoir comment les choses vont tourner pour Ida et Isidore. Tu veux qu'on aille au bar prendre un verre?»

Il lui prit la main.

Alors qu'ils se levaient, effleurant un couple assis au bout de leur rangée, et s'apprêtaient à remonter l'allée vers le foyer, Harrison songea qu'Ida et Isidore, qui qu'ils puissent être, n'avaient pas vraiment des masses de choix. Soit s'entasser dans une des chaloupes et finir sauvés par le *Carpathia*, soit couler avec le capitaine et l'équipage. Mais il s'abstint d'en parler à Rosetta.

Quel que soit le destin qui attendait les héros, ce ne serait sûrement pas lui qui lui gâcherait son plaisir.

12

New York
28 décembre 1999

Quelques minutes avant sa mort, Julius Agosten poussait son stand de vendeur ambulant hors du parking de la 33e Rue en essayant de s'imaginer ce qu'il ferait si jamais il gagnait à la loterie.

La première décision sur sa liste, estimait-il, serait de refiler le stand à son beau-frère, avec la patente, la place de stationnement, tout le bataclan. Stefan était encore assez jeune pour supporter les longues heures debout en plein vent, pour quitter le domicile à quatre heures du matin et rentrer après huit heures du soir, parfois après minuit les samedis et dimanches, été comme hiver, qu'il pleuve ou qu'il vente. D'autant qu'avec le bébé qu'ils venaient d'avoir, le stand donnerait à René et Stefan une chance de gagner honnêtement leur vie, voire de mettre de côté quelques sous pour l'avenir de la gamine.

Il n'y avait qu'un nombre limité de patentes de vendeur ambulant à New York, et encore moins d'emplacements aussi animés que celui que s'était choisi Julius, à l'angle de la 42e Rue et de Broadway, au cœur même de la cité. Pendant la semaine, vous aviez la clientèle des cadres, hommes à mallettes et femmes en tailleur strict qui encombraient par milliers les trottoirs, se déversaient des bouches de métro et traversaient Times Square en tous sens, s'arrêtant juste pour prendre un café ou un en-cas – un millefeuille, un petit pain ou autre – avant de filer à leur boulot. Et puis, vous aviez les chauffeurs de taxi, les flics, les vendeuses, bref, tout le monde, en fait. Qui avait encore le temps de prendre son petit déjeuner à la maison, de nos jours ?

Julius poussa le stand jusqu'au bout de la rue où attendait sa camionnette. Sur le pavé, les roues cliquetaient avec un bruit assourdissant dans le silence du petit matin. Dans trois heures, la cité allait s'éveiller, mais pour l'instant, les rideaux de fer cachaient encore les devantures, personne encore ne poussait les portes à tambour des immeubles de bureau, et l'on ne voyait circuler que de temps en temps un fourgon de livreur de journaux, ou bien un taxi filant sous la pâle lueur des réverbères. *Encore une chance !*

Parce que dès que la rue était bondée, les agents de la circulation déboulaient en force, il se voyait coller une prune pour stationnement interdit, le temps qu'il aille chercher sa roulotte au parking. Mais comment voulait-on qu'il fasse ? La pousser à la main depuis chez lui ? Il habitait à vingt pâtés de maisons, ce qui faisait déjà une sacrée trotte par beau temps, et plus longue encore en décembre.

Quarante millions de dollars, songea-t-il, se rappelant le billet de loto au fond de sa poche. S'il gagnait, il prendrait sa retraite et filerait sous les tropiques. Il s'achèterait une grande baraque, une maison de maître, avec des hectares de pelouse et une allée de gravier montant en courbe derrière de hautes grilles en fer forgé. Peut-être avec la vue sur l'océan d'un côté – Gerty, Dieu ait son âme, avait toujours adoré l'océan. Fini le stand abandonné la nuit dans un parking souterrain, finis les deux cents dollars de loyer mensuel pour avoir le privilège de le mettre à l'abri des voleurs et des vandales. Finis les réveils difficiles à trois heures du matin, pour avoir le temps de passer chez son grossiste dans le Queens, faire le plein de viennoiseries, puis sortir le stand du parking et l'installer à son coin de rue habituel avant le début de la cohue matinale.

Telle avait été sa routine depuis plus de dix ans, semaine après semaine, d'une année à l'autre. Et si Julius n'était pas homme à se plaindre à tout bout de champ, il devait bien admettre que de jour en jour, il devenait de plus en plus dur de se lever aux aurores. Et sa journée de travail achevée, il n'avait plus le temps de voir ses petits-enfants. Il avait des problèmes circulatoires dans la jambe droite, et des rhumatismes à l'épaule gauche.

Mais surtout, il en avait sa claque des hivers rigoureux.

Aujourd'hui, il avait mis une parka matelassée, mais malgré la capuche rabattue sur sa tête, la bise qui soufflait de l'Hudson lui cinglait les joues et le froid glacial lui broyait les os. Depuis quelque temps, Julius superposait les vêtements, mais apparemment, sans jamais parvenir à se réchauffer.

C'était l'âge, sans doute... mais pourquoi n'avait-il pas senti s'enfuir sa jeunesse avant qu'il ne soit trop tard pour s'y préparer ?

Parvenu à la camionnette, il tira son stand pour le placer derrière et s'agenouilla pour le fixer à la boule d'attelage. *Quarante millions, quarante millions, quarante millions*... Vu le montant du jackpot, peut-être aurait-il dû acheter plusieurs billets, cette semaine. Il avait bien entendu dire qu'un ou cent, ça ne faisait pas de différence dans les probabilités, d'un strict point de vue statistique, mais quand même...

Julius avait à peine fini d'atteler la remorque quand il entendit derrière lui des pas précipités. Il tourna brusquement la tête, surpris. Ils semblaient venir du coin de la 5e Avenue.

Un instant après, la femme déboucha dans la rue.

Au début, Julius la prit pour une pute. Que ferait une femme honnête dans la rue à pareille heure, surtout par un temps pareil ? Restait que malgré la vaste campagne municipale de nettoyage, le tapin était toujours aussi florissant dans le quartier – autant que le «service au volant», tout près d'ici, à l'angle de la 28e et de Lexington, avec ces voitures garées en double ou triple file à l'intérieur desquelles on voyait des têtes s'agiter sous les tableaux de bord, les vendredis soir.

Alors qu'elle approchait, Julius s'avisa toutefois qu'elle n'avait pas franchement l'air d'une péripatéticienne ; en tout cas, elle n'avait pas la dégaine des filles qu'il avait vues bosser dans le secteur et qui pour la plupart se tartinaient deux centimètres de maquillage et s'habillaient pour exposer la marchandise, même si elles devaient se geler les miches. En fait, elle ressemblait plutôt à ces femmes d'affaires qui s'arrêteraient pour lui acheter un croissant d'ici quelques heures.

Vêtue d'un manteau de tweed, d'un pantalon noir et coiffée d'un béret descendu presque au ras des oreilles, elle était remarquablement belle, avec son visage exotique aux pommettes hautes et ses longs cheveux bruns que le vent rabattait sur ses épaules.

Elle arrivait droit sur lui, marchant à pas vifs dans le noir, soufflant de la vapeur par la bouche.

«Aidez-moi, dit-elle, visiblement bouleversée, je vous en prie.»

Julius la dévisagea, confus.

«Hein, quoi? fit-il, emprunté. Que... qu'est-ce qui se passe?»

Elle s'était arrêtée à deux centimètres à peine de lui, ses grands yeux noirs rivés dans les siens.

«J'ai besoin d'une voiture...»

Il fronça les sourcils. «Je ne saisis p...

– Tenez, que je vous montre...» Et elle fouilla dans le sac qu'elle portait en bandoulière.

Julius l'observa, de plus en plus confus. Pourquoi s'adresser ainsi à un parfait inconnu et lui demander...?

Avant qu'il ait pu achever, il entendit un froissement dans son dos, et sentit soudain le contact d'un objet dur et froid plaqué contre sa nuque.

La femme se contenta de hocher la tête.

Pas à son intention, réalisa-t-il, mais à l'inconnu qui avait surgi de l'ombre.

Son cœur cognait dans sa poitrine. Il s'était fait piéger, distraire...

Julius n'entendit pas le coup partir; il ne sentit rien, sinon la secousse du canon contre sa tête quand l'autre pressa la détente du Glock avec silencieux, avant que la balle ne lui transperce le crâne, lui emportant l'œil droit et une bonne partie du front.

Alors qu'il s'effondrait sur le dos, l'autre œil encore agrandi de surprise, le pistolet s'inclina vers le bas pour lui cracher trois autres balles en pleine tête.

Gilea regarda de chaque côté, constata que la rue était déserte, puis s'accroupit au-dessus du corps, évitant la mare de sang qui s'étalait déjà sur le trottoir. Elle dégrafa la licence de vendeur ambulant épinglée sur le devant de la parka et la glissa dans son sac. Elle fouilla en hâte les poches du vêtement et du pantalon, découvrit un portefeuille et un trousseau de clés, puis leva les yeux vers le barbu au pistolet.

« Filons d'ici, Akhad. » Et elle lui lança les clés.

Il glissa le Glock sous sa veste, ouvrit la porte latérale du fourgon, puis revint chercher le corps qu'il hissa derrière la banquette avant.

Dehors, Gilea acheva d'atteler la remorque, remonta sur le trottoir et passa la tête par la porte coulissante. Avisant une couverture qui traînait sur le plancher, elle la jeta sur le cadavre. Puis elle grimpa à l'avant.

Installé au volant, le barbu trouva la clé de contact parmi le jeu qu'il tenait à la main, et mit en route le moteur.

Ils démarrèrent et prirent vers l'ouest par la 28e Rue, traînant derrière eux la remorque de vente à l'étal.

À cinq heures dix, le fourgon pénétra dans l'atelier de mécanique situé à l'angle de la 11e Avenue et de la 52e Rue. Bien que l'atelier n'ouvre qu'à huit heures et demie, la porte du garage était déjà levée. Trois hommes en salopette grise attendaient à l'intérieur, près de la porte du bureau.

Gilea ouvrit sa portière et sauta du marchepied.

« Où est Nick ?

– Il arrive », répondit en russe un des types.

Elle le lorgna, mécontente. « Il aurait dû être là. »

L'autre ne dit rien. Gilea laissa se prolonger le silence.

« Le corps est dans le fourgon, dit-elle enfin. Faudra vous en débarrasser.

– D'accord. »

Elle chercha dans son sac le badge plastifié de la licence et le lui tendit.

« Faut me modifier ça immédiatement. Et je veux que le stand soit prêt dès ce soir.

– Ce sera fait.

– Ça vaudrait mieux. On a moins de trois jours.

– T'inquiète, y aura pas de problèmes. »

Elle frissonna, s'entoura de ses bras. « Il fait un froid de canard, dans ce trou. Comment t'arrives à supporter ça ? »

D'un signe de tête, il indiqua la camionnette et répondit en souriant : « Avoir de l'occupation, ça aide. »

13

Sites divers
31 décembre 1999

À quelques instants seulement de la prise d'antenne, Arkadi Pedatchenko ne savait trop comment entamer son rendez-vous télévisé hebdomadaire. Et cela n'avait rien à voir avec un changement de format ou un manque de préparation. Chaque émission débutait immanquablement par dix minutes, un quart d'heure de monologue où il abordait divers problèmes, seul devant la caméra. Puis venait une séquence téléphonique qui lui donnait l'occasion de dialoguer avec les téléspectateurs sur le ton de la conversation – il était censé prendre les appels au hasard, même si, en réalité, l'essentiel des questions et des réponses était préparé, les premières étant posées par des comparses à l'autre bout du fil. La seconde demi-heure de l'émission présentait interviews ou débats en plateau avec des invités politiques et diverses personnalités.

Non, son problème n'était pas le format. Pedatchenko appréciait avant tout les valeurs établies et il répugnait à tout écart par rapport aux méthodes éprouvées. Ce n'était pas non plus le contenu de l'émission qui le préoccupait, puisque ses remarques liminaires étaient déjà inscrites au téléprompteur et que son invité, le général d'aviation Pavel Ilitch Broden, était arrivé à l'heure au studio et attendait au maquillage d'entrer sur le plateau.

Non, c'était plutôt une question de style, de ton qui tracassait Pedatchenko. Devait-il délivrer son exposé avec sa véhémence coutumière, ou bien adopter une attitude plus distante, plus détendue ? Ses conseillers en communication penchaient pour la seconde solution. Selon eux, mieux valait éviter tout ce qui pouvait suggérer le pessimisme quand les spectateurs étaient d'humeur festive, qu'ils avaient envie avant tout d'oublier leurs tracas et cherchaient désespérément une nouvelle motivation auprès de leurs dirigeants. D'un autre côté, quelle meilleure occasion que cette veille de l'an 2000 pour jouer sur les émotions ? Leur rappeler les maux de l'internationalisme et l'échec d'une politique qui n'avait pas changé d'Eltsine à Starinov ? Et se présenter comme le seul recours à même de faire traverser au pays cette phase historique critique ?

Pedatchenko réfléchit à la question. Il n'était pas homme à gâcher une bonne occasion. Mais un semblant de retenue minimal n'était peut-être pas une mauvaise idée. Il comptait bien faire comprendre à son auditoire qu'il y avait place pour l'espoir et l'optimisme, à l'aube du XXIe siècle[1]... Si, et il soulignerait le *si*, s'ils suivaient la voie qu'il leur traçait.

« Soixante secondes », annonça le chef d'antenne.

Pedatchenko scruta son image sur le moniteur. Beau quinquagénaire aux cheveux blonds coupés court, moustache bien taillée surmontant une bouche aux dents éclatantes, et carrure entretenue par un

1. À un an près (voir note, p. 65) *(N.d.T.)*.

exercice quotidien, il voyait d'abord dans son physique un atout, sans en tirer pour autant vanité. Enfant, il avait appris qu'un sourire détendu pouvait lui gagner l'indulgence de ses parents et de ses enseignants, et plus tard, il avait découvert l'utilité de ce même charme pour attirer les femmes dans son lit et se faire bien voir des personnages influents. Il savait que son statut de personnalité médiatique devait autant à ses traits télégéniques qu'à ses opinions politiques, et ça ne le gênait pas. L'important était de s'assurer coûte que coûte le soutien populaire. L'important était de parvenir à ses fins.

Il indiqua une tache de lumière sur son front et la maquilleuse surgit de derrière la caméra, lui remit de la poudre et s'éclipsa derrière le décor.

Le chef d'antenne leva la main et, les doigts tendus, décompta les secondes : « Quatre, trois, deux, un… »

Pedatchenko regarda la caméra.

« Chers amis et compatriotes, bonsoir, commença-t-il. À l'heure où nous nous apprêtons à fêter l'avènement d'un nouveau siècle, je crois que nous ferions bien de regarder un instant derrière nous pour méditer les leçons de l'histoire. Et alors que nous luttons pour un avenir meilleur, nous sommes en droit de manifester un juste courroux devant la mollesse d'une autorité qui a tant nui à la cause nationale et à qui l'on doit la majorité des problèmes auxquels chacun de nous, à son niveau, se voit confronté aujourd'hui. Au début du siècle dernier, lors de la Première Guerre patriotique, nos soldats se sont battus contre la Grande Armée de Napoléon et l'ont chassée de notre capitale. Un peu plus tard, nous avons à nouveau mobilisé le courage et la détermination de notre peuple pour défendre notre terre contre les fascistes allemands, et les vaincre dans ce qui est devenu la Grande Guerre patriotique. Eh bien, ce soir, mobilisons-nous pour l'Ultime Guerre patriotique. Une guerre sacrée qui ne se déroulera pas seulement sur le champ de bataille mais sur un terrain moral ; une guerre où ce qui nous menace, ce ne sont pas les canons ou les bombes mais la stagnation culturelle et la décadence. Une guerre, mes chers compatriotes, qui exige que nous procédions à un examen de conscience, que nous défendions nos traditions vénérées et luttions contre la tentation avec une discipline de fer… »

« … une guerre qu'on ne remportera ni en courant après le dollar, ni en quémandant des miettes de pain aux Américains, tels des mendiants, ni en laissant la mode et la musique venues d'Amérique corrompre notre belle jeunesse, poursuivait Pedatchenko, avec une ferveur convaincante. Je ne nie pas que la situation soit grave, mais nous devons assumer nous-mêmes nos responsabilités… »

Starinov, qui regardait la retransmission sur le téléviseur de son bureau, devait bien admettre que tout en ressassant les vieux thèmes éculés, il avait su faire vibrer la corde sensible du sentiment national comme personne depuis bien longtemps. Son recours à des expressions comme « guerre sacrée » ou « juste courroux », deux allusions aux plus fameuses rengaines militaires de la Seconde Guerre mondiale, ne manquait pas d'astuce. Et présenter son programme politique sous la forme d'une nouvelle guerre patriotique était un trait de génie : manipuler ainsi les passions bouillonnantes, en évoquant les racines les plus profondes de l'orgueil national, en assimilant les problèmes actuels du pays aux difficultés du passé, et en replaçant le combat à remporter dans le même contexte que les batailles légendaires contre les envahisseurs ennemis des batailles victorieuses, chaque fois, uniquement après que la mère patrie eut puisé au tréfonds de ses ressources, et que citoyens et soldats se furent mobilisés dans un gigantesque élan de solidarité.

Starinov inspira, expira. Jamais il n'oublierait ce 1er Mai de 1985, quarantième anniversaire de la victoire contre les nazis – ces foules immenses rassemblées pour la cérémonie du souvenir autour de la tombe du Soldat inconnu, dans le parc Alexandre, l'assourdissant défilé des soldats, des chars et des fanfares, les feux d'artifice éclaboussant le ciel au-dessus de la place Rouge, les chants inspirés et le claquement des drapeaux soviétiques, les groupes d'anciens combattants de la Seconde Guerre mondiale défilant au pas, raides et dignes, et quelque part, glorieux malgré leur fragilité…

Ce jour-là Starinov se trouvait aux côtés du secrétaire général Mikhaïl Gorbatchev et d'autres hauts dignitaires du Parti sur le balcon du musée Lénine pour assister à l'immense défilé, les yeux emplis de larmes d'orgueil, convaincu que malgré les échecs du communisme, malgré les problèmes économiques et sociaux, l'Union soviétique se dresserait toujours aussi solide, unifiée, vigoureuse pour avancer vers l'avenir.

Il ne saisissait que trop bien l'attrait de la ferveur rhétorique de Pedatchenko, il se sentait même, malgré lui, touché au plus profond de lui-même, ce qui ne la rendait que plus dangereuse. Voilà qu'à l'aube d'un nouveau millénaire, il redoutait d'assister à un regain de nationalisme qui allait irrévocablement conduire son pays à l'isolationnisme et à l'affrontement avec l'Ouest… et c'est pour cela que ses nuits étaient devenues cette épreuve impitoyable, suite de brèves phases de sommeil prises dans une toile de cauchemars d'où il s'éveillait couvert de sueurs froides, la bouche pleine d'un goût de cendre et de poussière.

Sur l'écran, Pedatchenko était arrivé au bout de son éditorial. Il croisa les mains sur son bureau, se pencha, tout sourire. Ses yeux bleus perçants semblaient fixer droit le téléspectateur. « À présent, mes amis, je vous invite à téléphoner au studio pour poser vos questions… »

«Très peu pour moi, *mon ami* », grommela Starinov. Il pressa la touche rouge de sa télécommande et Pedatchenko se volatilisa soudain, présence importune qu'on repousse, mais était-ce bien vraiment le cas ?

Car, malencontreusement, les choses n'étaient jamais aussi simples. Par-delà les murs du bureau de Starinov, d'un bout à l'autre de la Fédération de Russie, Pedatchenko était présent partout.

«Vous êtes à l'antenne. M. Pedatchenko vous écoute.

— Bonsoir, monsieur le ministre. J'aimerais connaître votre opinion sur la récente visite en Chine du ministre Bachkir et sa promesse d'une coopération accrue entre nos deux pays.

— Merci, cher auditeur. Je crois qu'il convient d'envisager séparément les intentions du ministre et les accords avec la Chine proprement dits. À la lumière de l'élargissement de l'OTAN et d'autres efforts récents des États-Unis pour régenter la politique internationale, j'admettrais volontiers avec lui que nous partageons quantité de points communs avec notre voisin asiatique. La puissance américaine est une menace qui doit être entravée, et pour ce faire, nous n'avons d'autre choix que de nous tourner vers l'Est. Mais j'estime que le ministre Bachkir a outrepassé ses attributions en annonçant imprudemment un plan de transfert technologique et d'importation de matériel militaire chinois. Nos propres usines d'armements, qui sont les meilleures du monde, souffrent d'une baisse de leurs commandes. De plus, la Chine a toujours été l'un de nos principaux clients. Pourquoi, dans ces conditions, renverser les termes de l'équilibre ? Cela me paraît aussi stupide que maladroit… »

Dans sa datcha située au nord-ouest de Moscou, Leonid Todchivaline somnolait devant son téléviseur quand un fracas de verre brisé le réveilla en sursaut.

78

Il se retourna brusquement dans sa chaise longue et vit que l'on avait défoncé une des fenêtres de derrière. La bise s'engouffrait dans le séjour à travers le carreau cassé. Des éclats de verre jonchaient le tapis devant l'appui. Dans un coin, il avisa un gros caillou au milieu des débris. Une feuille de papier y avait été fixée avec un élastique.

Resserrant sa robe de chambre, il se leva d'un bond pour se précipiter vers la fenêtre. Il s'agenouilla pour ramasser le caillou, en prenant garde de marcher sur le verre brisé, tout en lorgnant par la fenêtre la cour enneigée. Personne. Mais il avait l'impression de savoir pourquoi on avait jeté la pierre.

Il ôta l'élastique et déplia le bout de papier. Il y était inscrit, en gros caractères :

SALOPERIE DE SANGSUE

Il sentit un éclair de rage. Depuis deux mois, sa compagnie ferroviaire transportait les livraisons de blé américain depuis les entrepôts centraux de Moscou jusqu'aux provinces occidentales voisines. La quantité livrée à chaque région était calculée en fonction de la population, et s'il n'avait pas pris sur lui de prélever une partie des réserves, la dotation de sa ville aurait été négligeable. Il avait assumé le risque. Pourquoi dans ces conditions ne méritait-il pas de s'octroyer un petit bénéfice en ajoutant une surtaxe au blé qu'il distribuait ?

« Les ingrats ! s'écria-t-il en réexpédiant le caillou à ses agresseurs invisibles. Vous avez encore trop bu ! Foutez-moi le camp ! »

Pas de réponse. Il se releva, jurant dans sa barbe, et se dit qu'il ferait mieux de nettoyer les dégâts. Il faudrait que quelqu'un paie. Lui qui se promettait de passer un réveillon de nouvel an bien tranquille. Oui, il faudrait que quelqu'un paie.

Todchivaline allait chercher un balai dans la penderie quand il entendit des coups violents frappés à sa porte. Il s'immobilisa sur place, puis pivota et regarda de nouveau dans la cour de derrière. Il nota plusieurs séries de traces de pas superposées dans la neige. Étaient-elles déjà là auparavant? Il n'en était pas certain, et estima que c'était sans importance. Le problème était qu'elles se dirigeaient vers le devant de la maison.

On frappa encore. Et encore. Il tourna les yeux vers la porte, vit les gonds trembler.

«Foutez le camp! hurla-t-il. Foutez-le camp avant que j'appelle la *polizei*!»

La porte vibrait de plus en plus. Le pêne du verrou cliquetait dans sa gâche. Le chambranle commença à voler en éclats.

Todchivaline entendit le souffle rauque de sa propre respiration. Des gouttes de sueur s'étaient formées sur son nez et son front. Il sentit les cheveux se dresser à la racine.

On tambourinait de plus belle.

Il resta plusieurs secondes interdit au milieu de l'entrée, puis décida d'aller chercher son fusil dans le placard de la chambre. Il devait faire vite, avant que la porte ne cède.

Il se rua vers la chambre et parvint à l'entrée juste à l'instant où la porte s'ouvrait d'un coup, le chambranle expédiant des éclats de bois en tout sens. Son regard revint d'un coup vers l'entrée. Trois hommes au visage masqué sous un bas avaient surgi. Deux brandissaient des tuyaux métalliques. Le troisième avait un jerrican dans la main.

«Vous êtes tous cinglés, hurla Todchivaline. Vous ne pouvez pas faire ça! Vous...»

L'un des assaillants se jeta sur lui et le frappa en plein abdomen. Todchivaline s'effondra comme un accordéon qui se vide, le souffle coupé. Les deux agresseurs armés de tuyaux s'acharnaient maintenant sur lui. Il leva les mains pour se protéger le visage et l'un des coups lui écrasa les doigts. Il grogna de douleur et se blottit sur le côté, gémissant, les mains plaquées entre les cuisses.

Les hommes continuèrent à le tabasser sans répit, s'acharnant sur le cou et le visage. Ils le frappèrent à la bouche, lui faisant avaler ses incisives. Le sang ruisselait de son nez et d'une plaie à la joue.

Les yeux larmoyants, il vit le troisième homme renverser le jerricane. Un liquide s'en déversa et une odeur d'essence empesta la chambre. L'homme arpenta rapidement la pièce avec son bidon, arrosant rideaux et mobilier. Puis il revint vers Todchivaline pour répandre de l'essence sur sa robe de chambre.

«Non, je vous en supplie…», gémit-il faiblement. Il avait le tournis, sa bouche était inondée de sang. «Je peux… vous donner… de l'argent… de la nourriture…

– La ferme, sale pute!»

Un tuyau le frappa juste sous le maxillaire et il émit un petit glapissement étranglé. Puis les hommes s'écartèrent de lui. Il vit dans un brouillard l'un des types sortir de sa poche un briquet et un chiffon, en approcher le briquet, y mettre le feu.

«*Vledovilsta*», lança l'homme sous son masque.

Et il lança le chiffon enflammé vers sa robe de chambre imbibée d'essence.

Todchivaline hurla en se tortillant au sol, alors que les flammes jaillissaient de son dos et l'enveloppaient de leur éclat dévorant.

Il entendit des pas s'éloigner et se retrouva seul dans la maison, tandis que le feu grondait à ses oreilles et qu'une fumée noire roulait dans la chambre. Il brûlait! Il brûlait! Il entendit une voix, voulut crier à l'aide, et puis se rendit compte que ce n'était que la télévision, Pedatchenko qui continuait de ronronner en fond sonore alors qu'il était en train de brûler vif. Il voulut s'agenouiller, se releva d'à peine un centimètre avant de retomber sous un rideau de flammes déchiquetées, chair calcinée, douleur grésillante, en se disant qu'ils l'avaient tué, les salauds, ils l'avaient…

«Vous êtes à l'antenne.

– Ce que je voudrais savoir, monsieur le ministre, c'est votre opinion sur la lenteur des livraisons de blé américain. Certaines villes de l'est du pays n'ont reçu qu'un seul camion de sacs à partager entre des centaines de familles. Et dans ma région, du côté de Stary Oskol, on n'a rien vu du tout…

– Bonne question, mon ami. Comme vous le savez, certains membres de notre gouvernement attribuent ces retards de livraison à des querelles politiciennes aux États-Unis. Mais peut-être que nous devrions envisager une autre explication. Les Américains n'auraient-ils pas décidé de se lancer dans un sabotage économique en s'arrangeant pour que l'aide nous parvienne au compte-gouttes ? Leur objectif ne serait-il pas de nous dominer en nous plaçant à long terme sous leur dépendance ? Tôt ou tard, il faudra bien que nous nous posions la question… »

Vince Scull jeta un œil sur la pendule accrochée au mur devant lui, puis il éteignit la télévision. Ça suffisait comme ça. Il avait largement sa dose de fausse indignation de Pedatchenko pour la soirée. Même en Russie, un homme avait le droit de profiter du réveillon. Ou, à tout le moins, de laisser dehors les saletés indésirables.

Il tourna de nouveau son visage rond vers la pendule. Il était vingt heures. Soit pas encore midi en Californie où sa femme Anna – non, rectificatif – son ex-femme Anna et leurs deux filles devaient s'apprêter à fêter le grand événement. Si sa mémoire était fidèle, ils allaient tous se rendre chez la mère d'Anna, à Mill Valley. Il se demanda s'il devait téléphoner aux gosses là-bas ; sans doute veilleraient-ils jusqu'à minuit pour fêter la nouvelle année, le prochain siècle, le prochain millénaire, voire tel ou tel autre tournant cosmique dont Scull n'avait même pas idée.

Minuit en Californie, songea-t-il. Ça faisait aux

alentours de sept heures du matin pour lui... Soit trois heures du mat à New York, où sa mère vivait toujours, toujours vaillante à quatre-vingt-deux printemps. Il était sûr qu'elle allait fêter l'événement à sa manière, regardant le ballon descendre du toit du 1, Times Square à la télévision, un verre de vin posé sur un accoudoir de son fauteuil, un plateau d'amuse-gueule en équilibre sur l'autre.

Scull se leva pour prendre son blouson. Ses quartiers personnels sur le site de Kaliningrad – trois chambres dans un préfabriqué qui abritait cent personnes plus les équipements de loisirs – étaient confinés et propices à la claustrophobie, comme s'ils avaient été construits avec une boîte de Lego géante. Il avait vraiment besoin d'air frais.

Il remonta la fermeture Éclair de sa parka, gagna la porte, hésita, la main sur le bouton de la porte, puis se ravisa et retourna vers sa cuisinette. Il posa le pied sur la pédale qui ouvrait le minifrigo, s'agenouilla devant et lorgna la bouteille de Roederer Cristal couchée sur la clayette supérieure. Il avait envisagé de l'ouvrir à minuit, mais enfin merde, à quoi bon attendre ? Nul doute qu'il devait bien être déjà minuit quelque part sur la planète.

Il sortit la bouteille, puis récupéra dans le minuscule bac à glace la flûte qu'il y avait mise à givrer. Marrant, quand on se mettait à songer au temps. Contemplez une étoile lointaine au firmament : ce que vous voyez en fait, c'est l'aspect qu'elle avait quelques millions d'années plus tôt. Renversez la perspective et cela devient encore plus bizarre : un extraterrestre vivant sur un système solaire lointain qui contemplerait la terre au travers d'un méga-télescope futuriste, verrait en fait des dinosaures arpenter les jungles de la préhistoire. Tous les efforts de l'humanité pour reconstruire en partie le passé, les fouilles pour retrouver des fossiles, le débat scientifique sur le mode de vie de ces monstres, pour savoir si *Tyrannosaurus Rex* était vif ou lent, malin ou stupide – et pendant ce temps-là, Mork l'astronome d'outre-espace saurait la vérité d'un seul coup d'œil. Pour lui, ce soir était le réveillon de l'an 2000 à New York, mais un million d'années plus tôt…

Et ça peut devenir encore plus tordu, songea Scull. *Dans un million d'années d'ici, quand il ne restera plus rien de moi, hormis quelques grains de poussière – et encore –, une grosse tête sur cette même planète pourrait me voir sortir d'ici avec ma bouteille de champagne et faire le petit tour que je m'apprête à faire. Dans un million d'années moins dix, il nous verrait, Anna et moi, sur le point de prendre nos premières vacances ensemble, une croisière romantique dans les îles Caïman, passée pour l'essentiel dans notre cabine à mettre en route bébé numéro un. Un million d'années moins une, toutefois, et Mork serait témoin de l'épisode navrant où Anna me surprend avec une autre femme, comme un vrai bougre d'imbécile irresponsable.*

Scull soupira. Tout cela lui avait non seulement traversé l'esprit en une fraction de seconde, mais lui avait en plus flanqué un blues carabiné.

Il déboucha le champagne. Puis renversa la flûte sur le col de la bouteille et, ainsi équipé, retourna vers la porte.

Son appartement était au rez-de-chaussée du bâtiment, et quand il franchit le seuil, il avait devant lui une vaste étendue plate au bout de laquelle se dressaient les trois radômes des antennes satellite du complexe. Perchées au sommet de leurs socles bétonnés, à trois cents mètres de là, les sphères recouvertes de leurs tuiles métalliques polyédriques évoquaient d'immenses gemmes aux multiples facettes.

Sans raison précise, il s'avança dans leur direction. L'air était sec et d'un froid mordant, le sol gelé sous une mince couche de neige damée. Une forêt dense ininterrompue bordait le terrain sur trois côtés. Seule une route pavée coupant à travers bois offrait une issue à l'est du périmètre. Les branches nues et cou-

vertes de glace brillaient comme du verre délicatement soufflé dans l'air limpide de cette nuit d'hiver.

Scull s'arrêta à mi-chemin des habitations et de la
batterie d'antennes, pour goûter le silence. Dans son
dos, presque toutes les fenêtres étaient éclairées,
maculant la neige de leurs reflets. La majorité du
personnel devait être à la fête qu'un couple de techniciens, Arthur et Elaine Steiner, donnait dans une
des salles de détente. Les autres devaient participer à
des soirées plus intimes dans les chambres. Et Anna
et les gosses étaient à des milliers de kilomètres.

Il prit le verre, l'emplit à moitié de champagne,
déposa la bouteille au sol. Puis il se redressa et, les
joues cinglées par le vent, resta quelques instants à
réfléchir à un toast.

« Que mes vices crèvent avant moi », lança-t-il enfin,
avant de porter la flûte à ses lèvres.

14

San José, Californie
31 décembre 1999

Gordian leva le pied de la pédale de frein, juste de
quoi permettre aux pneus de sa Mercedes SL d'accomplir une rotation complète, avant de l'immobiliser
de nouveau avec un froncement de sourcils impatient.
Dire qu'il faisait du quinze à l'heure dans cette cohue
pare-chocs contre pare-chocs eût été par trop opti-
miste. Bloqué sur la file centrale de l'I-280, flanqué de
deux énormes semi-remorques, il se faisait l'effet d'un
vairon coincé entre deux baleines échouées.

Coup d'œil à la pendulette du tableau de bord.
Presque vingt heures.

Merde!

Il fouilla dans sa poche de blazer pour sortir son portable et composa le numéro de chez lui.

« Oui ? répondit son épouse dès la première sonnerie.

– Salut, Ashley, c'est moi.

– Roger ? Mais où es-tu ? C'est quoi, tout ce boucan derrière toi ?

– Je suis sur le chemin de la maison. Et le bruit, c'est la circulation sur l'autoroute. »

Silence au bout du fil. Il s'en était douté. Il ne chercha pas à le rompre.

« Ça fait plaisir de voir que tu ne paniques pas », dit-elle enfin avec une pointe de sarcasme.

Gordian estima qu'il l'avait mérité. Il contempla, derrière son pare-brise, l'arrière d'une Jeep Cherokee, vit un petit chien blanc à l'œil barré de noir lui rendre son regard à travers la glace du hayon.

« Écoute, Ashley, je prends tout le temps cette route. Si j'avais su qu'elle serait à ce point encombrée ce soir…

– Un soir de réveillon, ce serait malheureux ! Et dois-je te rappeler que nous avons réservé pour neuf heures ?

– Je vais appeler le restaurant, pour voir s'ils ne peuvent pas décaler d'une heure notre réservation », fit-il, conscient de la stupidité de sa proposition avant même qu'elle ne sorte de sa bouche. Comme venait de le souligner son épouse, c'était le réveillon de nouvel an. Ce serait le cirque assuré.

Gordian attendit sa réponse. Rien ne bougeait sur l'autoroute bouchée. Le chien de la Cherokee frotta son nez contre la vitre en continuant de l'observer.

« Te tracasse pas, surtout », reprit-elle. Son sarcasme avait tourné à la colère. « Je suis plantée là en robe du soir, prête à sortir. Sacré nom d'une pipe, tu m'avais juré d'être à l'heure. »

Gordian sentit son estomac se retourner. Non seulement il le lui avait juré, mais il avait bien eu l'intention de tenir parole. Seulement, avec la majeure partie de son équipe qui était partie en avance à cause des congés, il avait décidé de mettre à profit ce calme si rare pour ranger la paperasse qui traînait, s'imaginant s'en aller à six heures et demie et être chez lui en moins d'une heure. Pourquoi n'avait-il pas pensé un seul instant à l'éventualité d'un embouteillage ?

« Chérie, je suis désolé. Je voulais régler deux ou trois bricoles…

– Bien sûr. Comme toujours. À l'exclusion de tout ce qui pourrait de près ou de loin toucher à ta vie personnelle, dit-elle avec un soupir audible. Je ne vais pas discuter de ça au téléphone, Roger. Je ne me laisserai pas réduire au rôle d'épouse geignarde. Du reste, on en a déjà discuté cent fois. »

Gordian ne savait vraiment pas quoi répondre. Le silence dans son écouteur sonnait vide et creux. Ces derniers mois, Ashley lui avait parlé de le quitter. Et là encore, il ne savait jamais quoi répondre. Sinon qu'il l'aimait, qu'il ne voulait pas qu'elle parte, et qu'il était surpris de la voir juger que les choses allaient si mal entre eux qu'elle puisse simplement envisager de le quitter.

Il y eut un imperceptible mouvement dans l'embouteillage. Cela commença sur la file de gauche, où l'un des semi-remorques s'ébranla dans un sifflement d'air comprimé quand le chauffeur relâcha les freins. Puis la Jeep se mit à avancer et Gordian posa le pied sur l'accélérateur.

Il estima avoir parcouru une longueur de voiture sur l'asphalte avant que les feux stop de la Jeep ne s'allument, l'obligeant à freiner juste derrière.

« Je crois que je ferais mieux de ne pas me trouver à la maison quand tu rentreras, reprit Ashley.

– Chérie…

– Non, Roger. Non. Pas maintenant. »

Gordian avait l'estomac de plus en plus noué. Il sentit à son ton monocorde que toute discussion était inutile. Elle y avait mis fin.

«J'ai besoin d'un peu d'air. Cela risque d'aggraver les choses si on se voit ce soir.

– Où vas-tu aller ?

– Je ne sais pas encore trop. Je te rappellerai plus tard pour te le dire. » Et elle raccrocha.

Clic.

Gordian garda le téléphone à l'oreille pendant encore presque une minute avant de le glisser de nouveau dans sa poche.

Il se cala contre le dossier du siège, se massa le front et laissa échapper un soupir las et résigné.

Plus de raison de se presser de rentrer, désormais, songeat-il.

Devant lui, le petit chien, la truffe contre la vitre, s'était mis à aboyer et frétiller de la queue. En tout cas, c'est l'impression qu'il donnait, car on ne risquait pas de l'entendre à travers deux épaisseurs de verre et le grondement de plusieurs centaines de moteurs au ralenti.

Gordian leva la main et fit un petit signe au chien qui remua la queue de plus belle.

« Bonne année, mon toutou », lui lança-t-il de l'intérieur de sa voiture.

15

New York
31 décembre 1999

23 h 40

À l'un des étages supérieurs d'un immeuble de bureaux, lisse tour de verre et d'acier dominant l'angle de Broadway et de la 44e Rue, un groupe de cadres allemands de l'empire de presse international Fuchs

Inc. s'était rassemblé derrière une baie courant du sol au plafond pour observer la cérémonie dans la rue. Bien avant leur visite pour les congés de nouvel an, tout l'espace de bureau utilisé par l'équipe rédactionnelle américaine avait été converti en salle de banquet-salon d'observation avec fauteuils clubs profonds, longues-vues perfectionnées, bar et buffet de luxe servi par un personnel en gants blancs. De même, dès avant leur arrivée, une circulaire conviant le personnel à quitter en avance le soir du 31 décembre avait parcouru toute la hiérarchie. Le souhait exprès des dirigeants était que la passerelle d'observation soit inaccessible aux Américains, quelle que soit leur fonction dans l'entreprise. Ce spectacle de Times Square si étrangement vulgaire et bigarré, la direction allemande tenait à le voir – et à le commenter – dans un cadre intime et en toute sécurité.

Les réveillons de nouvel an débridés étaient peut-être une tradition bien américaine mais les hommes d'affaires allemands qui avaient investi des millions de dollars dans la rénovation du quartier estimaient qu'il revenait à eux seuls de pouvoir en profiter de haut.

23 h 43

On avait dressé une grande tribune sur l'îlot bétonné occupant le milieu de la place s'étendant en gros entre les 42e et 43e Rues. En vue des festivités, le bureau de recrutement et les bancs qui occupaient l'emplacement en temps normal avaient été déplacés par le comité d'organisation Nouvel An 2000 de monsieur le maire. C'était l'endroit qu'il avait choisi pour s'installer avec les autres personnalités, leur famille, leurs amis, leurs soutiens politiques et un aréopage de vedettes du spectacle, pour faire des discours, saluer la foule, être les premiers à crier «Vive New York!», sourire aux objectifs des photographes et convier l'assistance à prendre du bon temps, mais surtout, surtout, rester courtois avec le type qui vous enfonçait ses coudes dans les côtes ou pelotait le cul de votre petite amie. Dominant la rue côté nord de Times Square, l'écran géant Panasonic Astrovision – qui avait remplacé le Jumbotron de Sony en 1996 et avait été loué peu après à la chaîne NBC – affichait des images gigantesques des invités officiels sur ses cent mètres carrés de pixels, afin que toute la foule puisse baigner dans leur proximité charismatique.

Installé près de son épouse et de sa fille sur les gradins – devant lesquels un célèbre fantaisiste new-yorkais bon teint venait de commencer à débiter ses vannes au micro –, le préfet de police Bill Harrison se faisait l'effet d'un morceau de viande froide dans un buffet scandinave improvisé. D'une minute à l'autre, quelqu'un allait renverser tout ce barda et la meute affamée se mettre à festoyer.

Il regarda autour de lui, sceptique. Il aurait bien voulu avoir plus confiance dans les mesures prises pour assurer la sécurité des invités de marque, sans parler de sa propre famille, qui avait absolument tenu, malgré ses protestations, à l'accompagner dans ce fiasco. Assistaient aux festivités la moitié des pontes de la municipalité, plus une brochette de stars suffisante pour meubler les soirées télévisées pendant une semaine. Malgré les écrans pare-balles transparents disposés devant les orateurs, malgré la constellation de policiers en uniforme, d'inspecteurs en civil et de gorilles privés entourant la tribune, malgré les flics à cheval, les chiens de l'antidrogue et les tireurs d'élite surveillant la scène du haut des toits, malgré les interminables revues de détail de l'Opération 2000 par les organisateurs, on pouvait toujours redouter un coup tordu. Avec plus d'une douzaine de rues transversales et la majorité des lignes de métro pour desservir le secteur, comment pourrait-il en être autrement ?

Alors qu'il continuait de balayer le voisinage immédiat, son regard s'attarda brièvement sur le camion de l'ESU – l'Emergency Services Unit –, les services d'urgence dont le PC mobile était garé à proximité de la tribune officielle, sur la 42e Rue. Le gros véhicule trapu n'était pas seulement bourré jusqu'à la gueule de matériel de secours et d'équipement tactique, il était aussi doté d'un arsenal qui allait du mini-14 Ruger aux fusils Ithica calibre 12 en passant par les pistolets automatiques et les M16 équipés de tubes lance-grenades et de munitions diverses. Garés derrière, deux camions radio, un fourgon de surveillance, un PC de campagne et un camion de déminage.

Harrison se sentit rasséréné en songeant au personnel d'élite de l'ESU, formé pour réagir à n'importe quelle crise ; au moindre pépin, ils seraient capables de relever le défi dans l'instant. Mais réaction ne valait pas prévention, et le spectre de l'attentat d'Oklahoma City planait, menaçant, dans son esprit. Il n'avait alors fallu qu'une seconde pour que disparaissent des centaines de vies innocentes.

« N'est-ce pas Dick Clark ? s'écria Rosetta en indiquant une soudaine agitation au pied de la tribune. Là-bas, près de ces caméras ? »

Il s'avança un peu, se dévissa le cou.

« Je crois pas. M'a l'air trop vieux.

— Tu sais, Bill, ça doit quand même lui faire pas loin de soixante-dix ans, maintenant.

— Dick Clark a cessé de vieillir à trente, répondit-il. Contrairement à ton pauvre époux dépenaillé, dont l'énergie décline d'heure en heure et qui sent qu'il va dormir comme une souche dès qu'il aura retrouvé son lit…

— Voyez-vous ça !

— Mes années de joyeux noctambule sont derrière moi, chou… »

Elle lui posa la main sur la cuisse et l'y laissa, l'esquisse d'un sourire aux lèvres, avec dans les yeux un reflet qui chaque fois lui étreignait la gorge et le cœur.

Ce soir ne ferait pas exception à la règle.

Il la considéra avec surprise, le souffle coupé.

«Je te l'ai dit, mon vieux, on ne sait jamais»,
fit-elle.

23 h 45

«Hé, mec, t'as des beignets à la confiote?»

Le vendeur barbu quitta des yeux sa montre-brace-
let et fit non de la tête.

«Et du flan?

– Non plus.»

Des Sanford se retourna vers son pote Jamal. Jamal
lui rendit son regard et haussa les épaules. Les deux
ados étaient identiquement vêtus de sweat-shirts à
capuche sous laquelle ils portaient également un bonnet tricoté. Ils partageaient la même surprise devant
ce Blanc qui, au lieu de chercher à faire son beurre ce
soir, semblait n'avoir strictement rien à fourguer. Ils
venaient de fumer un peu de ganja et, déjà bien partis,
avaient filé vers sa roulotte, avec dans l'idée qu'une
petite sucrerie passerait impec. Avec peut-être un ou
deux petits cafés pour chasser ce froid qui leur glaçait
les os.

Des se frotta les mains pour se réchauffer. Merde,
pourquoi le nouvel an ne tombait-il pas en juillet?

«Tu vas quand même pas me dire qu'y a pas de
Choco-pops, non plus? reprit-il. Je veux dire, tu dois
avoir des Choco-pops. Obligé.

– Tous vendus», leur répondit le type en lorgnant
de nouveau sa montre.

Des glissa un doigt sous son bonnet et se gratta le
front. Il jura devant Dieu que même s'il devenait cen-
tenaire, jamais il ne fricoterait avec ces Blancs, qu'ils
viennent ou non du Bronx, et qu'ils aient ou non un
drôle d'accent comme ce tordu. Un mec qui s'était
trouvé un emplacement de première, à l'angle sud-
est de la 42e, pile sous l'immeuble avec l'écran géant,
pile à l'endroit où d'une minute à l'autre le ballon
allait dégringoler du toit, alors qu'est-ce qu'il leur
faisait à rester planté là, et à raconter aux gens qu'il

92

n'avait plus de ceci ou de cela en matant sa toquante comme s'il avait mieux à faire !

Des se pencha pour déchiffrer le nom du vendeur sur son badge.

« Ben mon petit Julius, t'aurais p't-être intérêt à nous dire ce que t'as. »

L'autre indiqua d'un vague signe de tête les malheureux beignets nature ou sucrés oubliés sur la tablette supérieure de son chariot.

Des souffla entre ses lèvres serrées, avec un petit bruit de dégoût. Non seulement les beignets avaient l'air rassis, mais il était manifeste qu'ils sortaient d'une boîte.

« Ce genre de bouffe, tu vois, mec, on pourrait l'acheter dans n'importe quelle épicerie. Le panneau sur ta roulotte, il dit beignets *frais*. J'veux dire, comment qu't'as fait pour être dévalisé alors qu'il est même pas encore minuit ? »

Le vendeur lorgna Des. Ses yeux bleus semblaient le transpercer. Puis il glissa la main sous le comptoir.

Des adressa un nouveau coup d'œil à Jamal, perplexe, en se demandant s'il n'avait pas poussé le bouchon un peu loin, si le type était pas du genre à avoir un problème avec les blacks, et s'il n'aurait pas planqué un truc sous son tablier, au cas où quelqu'un lui causerait sur un ton qui lui plairait pas. Jamal, qui se posait la même question, allait lui suggérer de se tirer quand la main du vendeur reparut, tenant ouvert un sac en papier kraft.

« Tiens, dit-il en fourrant la poignée de beignets dans le sac avant de le fermer et de le tendre à Des. Cadeau de la maison. »

Des le regarda, hésitant.

« T'es sûr, mec ? »

Le vendeur acquiesça, la main tendue de plus belle, enfonçant le sac dans la poitrine de Des.

« Prends-les, j'te dis. Profites-en. »

Des attrapa les beignets. Avec l'impression que s'il

ne l'avait pas fait, l'autre tordu aurait ouvert la main et laissé choir le sac dans le caniveau.

« Euh, merci », bafouilla-t-il avant de lever les yeux vers l'écran géant. L'Astrovision montrait le maire en gros plan : le bonhomme était en train de débiter son laïus du haut de cette tribune au milieu de la rue. Pour meubler jusqu'au compte à rebours, il débitait tout un tas de conneries sur le thème de New York-exemple-pour-le-monde, de ces millions de gens rassemblés à Times Square et des rues en fête dans un climat de joie, de paix et de fraternelle camaraderie, et surtout, surtout en n'oubliant pas qu'entre boire ou conduire, il fallait choisir. Pas un mot en revanche sur les marchands de beignets qui n'avaient plus de beignets, mais enfin, merde, c'était la fête. Sous son visage, l'écran affichait maintenant 23:50 en gros chiffres rouges, moins de dix minutes d'ici le Big 21.

Des dut l'admettre, il se sentait au comble de l'excitation.

« Allez, viens, on recule un peu. Je veux pouvoir mater le ballon quand il va descendre », dit-il en se tournant vers Jamal.

Jamal acquiesça. Il regarda le vendeur, le remercia un peu à contrecœur, d'un vague signe de menton, puis emboîta le pas à son copain.

Le vendeur les regarda frôler une femme en béret et manteau de cuir noir qui approchait du stand, s'arrêter pour s'excuser en la déshabillant du regard, puis se fondre dans la foule.

23 h 47

Bousculant deux jeunes blacks, Gilea s'approcha du vendeur de beignets et fixa Akhad, derrière son comptoir.

« Plus rien à vendre ? » demanda-t-elle.

Il acquiesça. « Je fermais juste…

– Pas de bol.

– Il devrait y avoir d'autres vendeurs. Eux aussi, ils vendent des beignets.

– J'en ai repéré, effectivement.

– À la bonne heure. Alors, vous devriez pas avoir de problèmes», conclut-il.

Elle fourra les mains dans son manteau. Dans la poche droite, il y avait un émetteur radio pas plus gros qu'un bâton de rouge à lèvres et de forme identique. Akhad possédait le même, par sécurité. Une rotation dans le sens des aiguilles d'une montre émettait un signal codé vers un déclencheur à distance situé à l'intérieur du stand de beignets, faisant détoner le C-4 placé en sandwich entre les fines tôles d'alu des quatre côtés du coffrage. D'autres blocs de plastic, soit au total près de cinquante kilos, avaient été entassés derrière les portes des placards. Outre le C-4, ceux-ci contenaient des milliers de clous et de billes de roulement en acier. Projetés en tous sens par la déflagration, ces véritables shrapnels arroseraient le secteur sur des centaines de mètres, multipliant la force dévastatrice de l'explosion, transperçant la chair humaine comme de la chevrotine un mouchoir en papier. Tous les compartiments étaient truffés de détonateurs électroniques, tous câblés sur le même système de mise à feu, afin d'assurer une ignition simultanée des charges avec leurs projectiles meurtriers.

Et ce ne serait que le début.

Gilea consulta la montre qu'elle portait à la main droite, la gauche toujours dans la poche, serrant l'émetteur.

«Bientôt minuit, j'ai intérêt à dégager, dit-elle en soutenant le regard d'Akhad. Merci pour ton aide.

– Sans problème. Bonne nuit.»

Elle sourit, se tourna et fila vers l'angle sud du pâté de maisons.

Akhad prit une grande inspiration et vérifia l'heure à son tour. Lui aussi allait quitter son stand dans deux minutes pile... pas trop tôt!

Il s'agissait d'être le plus loin possible du secteur quand il se transformerait en puits de flammes rempli de cris perçants jaillis du tréfonds de l'enfer.

23 h 48

« ... nous sommes en direct sur Times Square, en compagnie de notre ami Taylor Sands qui se trouve au cœur de l'événement pour Fox TV. Taylor, quelle est l'ambiance là-bas ?

– Jessica, la température dégringole peut-être rapidement, mais cela n'a pas empêché la foule de grossir sur la place et – pour paraphraser la chanson de Buster Poindexter – la chaleur gagne de plus en plus. Tout à l'heure, un représentant de la police municipale m'a confié que l'assistance avait pulvérisé toutes les prévisions et pourrait en définitive dépasser les trois millions de personnes... et je peux même vous dire que, de l'endroit où je me trouve, il est virtuellement impossible de voir le moindre centimètre carré de chaussée inoccupé. Pourtant, tout le monde semble bien s'amuser et jusqu'ici, on n'a noté que quelques incidents mineurs ayant nécessité l'intervention de la police.

– Taylor, le maire semble réellement être...

– Pardon, Jessica, pourriez-vous répéter ? Comme vous l'aurez remarqué sans doute, le public a décidé de manifester bruyamment son enthousiasme et il devient pour le moins difficile de vous entendre...

– Je disais simplement que le maire semble jouer à fond son rôle de maître de cérémonie.

– C'est exact. Il a prononcé quelques mots avant de préparer la foule à l'ultime compte à rebours de l'ultime nouvel an du siècle, et il y a quelques instants, il n'a pas hésité à coiffer un chapeau claque rouge et or décoré de rubans de crêpe. Le bruit court, incidemment, qu'il devrait être rejoint sur scène par le légendaire compositeur et chanteur de folk-rock Rob Zyman dont le fameux titre *The World's A Gonna Change* est devenu l'hymne de toute une génération et qui, comme vous le savez sans doute, a acquis la célébrité ici même, dans les rues de Greenwich Village. On attend également les retrouvailles entre Zyman et son amie Joleen Reese, avec qui il a déjà eu l'occasion de collaborer. Voilà qui promet un spectacle étonnant !

— Je n'en doute pas, Taylor. Merci encore pour vos commentaires. Nous allons nous séparer pour une brève pause publicitaire, mais nous reviendrons pour poursuivre notre retransmission en direct de Nouvel An 2000 dans soixante secondes pile... »

23 h 50

Sadov parvint au bout du couloir carrelé de la station Rockefeller Center, puis gravit l'escalier donnant sur la 50e Rue, en prenant tout son temps – il n'était pas pressé d'arriver. Un quart d'heure plus tôt, il était descendu d'une rame de la ligne B qui remontait vers le nord et s'était attardé sur un banc du quai, en faisant mine d'attendre un train en correspondance jusqu'à ce qu'il juge le moment venu de remonter. S'il l'avait voulu, il aurait pu emprunter une des lignes passant plus près de Times Square, mais Gilea avait fait remarquer que les mesures de sécurité seraient plus strictes à l'intérieur comme aux alentours de ces stations, et qu'il était idiot de prendre des risques inutiles.

Au débouché de l'escalier, il entrevit un ruban de ciel nocturne entre les toits crénelés, et bientôt l'air glacé le cingla et il se retrouva au niveau de la rue.

Même ici, à deux avenues d'écart de la place, il pouvait entendre les cris excités et les éclats de rire couvrant les nappes sonores assourdies, dense torrent de voix humaines jailli entre les hautes tours des bureaux de chaque côté de lui.

Il tourna vers le nord sur la 6e Avenue, puis poursuivit son chemin d'un pas tranquille. Sa veste de cuir crissait un peu lorsqu'il rajustait la bandoulière de son sac de gym. Un sac de nylon bleu marine tout à fait banal. Cela dit, la police avait installé des chevaux de frise à tous les carrefours, et il était sans doute probable qu'ils devaient procéder à des contrôles systématiques de tous les sacs et paquets. Par conséquent, le plan était que Sadov attende à l'extérieur du barrage de police à l'angle nord-est du carrefour de la 7e Avenue et de la 53e Rue, jusqu'à ce que la première explosion détourne leur attention. C'est à cet instant seulement qu'il se joindrait fugitivement à la foule paniquée et abandonnerait son sac. Au même moment, Korut, l'homme de Gilea, en compagnie de deux des soldats de Nick Roma, procéderait de même aux trois autres coins de la place. Chaque charge était munie d'un détonateur réglé sur dix minutes et sauterait donc au plus fort de la confusion.

Ceux qui se trouvaient dans la zone de l'explosion seraient taillés en pièces. Des centaines, peut-être des milliers d'autres personnes seraient blessées durant la panique qui s'ensuivrait, piétinées par le troupeau humain affolé. Et les cris des blessés et des mourants résonneraient dans les rues éclaboussées de sang.

Sadov prit à l'ouest la 53e et regarda devant lui : un barrage de police bleu et blanc bloquait le milieu de la rue, gardé par une masse de flics en uniforme qui riaient et bavardaient, les bras croisés sur la poitrine, n'ayant guère mieux à faire que justifier leurs heures supplémentaires.

Sadov profita de l'ombre allongée d'une tour de bureaux pour ralentir et consulter sa montre. D'ici quelques petites minutes, les flics auraient certainement largement de quoi s'occuper. Quel que soit le bilan final des explosions, on se souviendrait encore de cette nuit dans deux siècles, alors que le monde s'apprêtait à entrer dans un nouveau millénaire, et le commun des mortels aurait l'esprit envahi de la crainte de l'avenir tandis que les dirigeants de nations encore à naître se demanderaient quels péchés avaient pu inspirer une telle rage aveugle.

Prêtés par la FAA, la Direction générale de l'aviation civile, à la demande personnelle du préfet, les spécialistes de la détection des bombes étaient venus avec deux de leurs meilleurs chiens. Fay, dont le nom était un hommage évident à l'organisme de tutelle de ses maîtres, était une chienne labrador noire de cinq ans, qui par quatre fois déjà avait réussi à détecter des valises piégées à l'aéroport international Kennedy au cours des deux dernières années. Quant à Hershey, un doberman retriever, il avait mis à profit son flair phénoménal pour déclencher l'alarme lors de la convention du Parti républicain, l'été précédent, et prévenir ainsi une explosion catastrophique, en attirant l'attention des équipes de sécurité sur un pain de plastic A-3 dissimulé dans un vase de fleurs posé devant le pupitre des orateurs. Bien que considéré comme l'animal le plus intelligent de l'équipe, Hershey avait la grande faiblesse de se laisser distraire par l'odeur du chocolat... d'où son nom, qui rendait hommage, lui, au plus grand confiseur industriel américain.

L'agent Mark Gilmore faisait depuis douze ans partie de la branche sécurité civile de la FAA, et il était maître-chien depuis presque six. Il adorait ces bêtes et connaissait leurs capacités incroyables, mais il avait aussi tout à fait conscience de leurs limites. Et, dès le début, il avait craint que la mission qu'on lui avait confiée se révèle tout bonnement irréalisable.

Les chiens détecteurs de bombes étaient surtout efficaces dans des zones de recherche relativement confinées, celles du moins où l'on pouvait réduire au minimum les sources de distraction : ainsi, les cabines d'avion, les soutes à bagages, les chambres d'hôtel ou, comme dans le cas précis de la convention républicaine, les salles vides. Plus ils recevaient d'informations sensorielles, plus leur flair risquait d'être abusé, au point parfois de perdre la piste. Les grands espaces découverts et le brouhaha réduisaient leur capacité à se concentrer sur les infimes traces olfactives laissées par les explosifs chimiques. Une nuit ordinaire, Times Square serait déjà un secteur délicat ; ce soir, avec cette ambiance de carnaval, l'endroit serait impossible à gérer : un tourbillon effréné d'images, de sons et d'odeurs.

Une autre difficulté venait d'un simple problème de circulation. Quelques heures plus tôt, quand la foule était bien plus clairsemée, les chiens avaient encore de la place pour évoluer. À présent, en revanche, la foule était quasiment impénétrable et les bêtes commençaient à devenir nerveuses. Ce qui obligeait à les tenir étroitement en laisse, et donc à réduire leur périmètre de détection aux zones interdites au public, comme les alentours de la tribune officielle.

Un dernier souci pour Gilmore, avec ces bêtes surexcitées, était de prévenir toute déshydratation susceptible de les mettre en état de choc, voire de les tuer en quelques minutes, si elle était sévère. Avec leurs soixante-dix kilos, il fallait qu'elles boivent en abondance pour éviter toute surchauffe de leur métabolisme canin tournant à plein régime. Prudent, Gilmore avait donc placé plusieurs bidons d'eau fraîche dans la camionnette de détection des bombes garée devant le 1 de Times Square, et les chiens l'avaient déjà tiré deux fois dans cette direction, la langue pendante, au cours de l'heure écoulée.

Il s'était placé d'un côté de la scène, pour regarder Rob Zyman et Joleen Reese prendre place près du maire, quand il nota, non sans une certaine contrariété, que Fay tirait à nouveau sur sa laisse. En ces derniers moments avant le compte à rebours, il aurait voulu rester à proximité des deux chanteurs de folk, usés mais sûrement pas épuisés, pour une raison, il devait bien l'admettre, qui n'était pas uniquement professionnelle. Gilmore était fan de Zyman depuis le jour où son frère aîné était rentré à la maison avec son premier album, *Big City Ramble*, à la fin des années soixante, et les apparitions publiques du maître se faisant de plus en plus rares désormais, il s'était dit que c'était peut-être bien sa dernière chance de le voir jouer avant qu'il ne repasse sa vieille Gibson à l'épaule et ne reprenne sa route solitaire. Même s'il se contentait de fredonner un ou deux couplets d'*Auld Lang Syne*, avec sa célèbre voix râpeuse si souvent imitée, Gilmore avait estimé qu'il ne pouvait pas manquer ça.

Et puis Fay s'était mise à haleter en tirant sur sa laisse, pour lui faire comprendre de manière non équivoque qu'elle avait besoin de remettre de l'eau dans le radiateur.

Il se dirigeait à présent vers le fourgon, en se cantonnant à la zone dégagée sous la scène, précédé des chiens fermement tenus en laisse, Fay la langue pendue presque jusqu'au bitume. Hershey, comme à son habitude, était resté très service-service, la tête inclinée, flairant çà et là, comme s'il n'avait voulu suivre sa partenaire que par pure galanterie canine.

Soudain, à dix mètres à peine de l'endroit où était garé le fourgon, Hershey freina des quatre fers et obliqua sur la gauche – vers la foule – geignant et jappant, ses oreilles triangulaires rabattues sur la tête. Gilmore le contempla, intrigué. Le chien était surexcité. Plus étrange encore, Fay s'était mise à son tour à aboyer comme une folle, tournée dans la même direction que son compagnon, toute soif apparemment oubliée.

Sentant le malaise l'envahir, Gilmore redonna du mou à la laisse. Les chiens le tiraient maintenant de plus en plus sur la gauche, menaçant presque de l'envoyer contre le montant horizontal d'une barrière de police. Il les rappela au pied avec un ordre sec, puis les guida vers la chicane entre deux chevaux de frise, sans cesser de scruter la foule.

Tout ce qu'il voyait, c'étaient des gens. Par milliers et par milliers, tellement entassés qu'ils semblaient composer un seul organisme amorphe. La plupart regardaient vers la scène ou l'écran géant Panasonic, guettant le début du compte à rebours, dans moins de dix minutes maintenant.

Puis Gilmore avisa le stand du vendeur, trois mètres devant, à l'angle de la 42e Rue, avec «Beignets frais» s'étalant en grosses lettres au-dessus de l'étal. Son regard aurait pu passer dessus, s'il n'y avait pas eu deux détails insolites : les rayons vitrés étaient vides et le vendeur en ressortait par une porte latérale, avec une hâte pour le moins suspecte.

Il rabaissa les yeux vers les deux chiens qui regardaient fixement le stand de beignets, les poils du cou hérissés.

Un concert de sonneries d'alarme retentit sous le crâne de Gilmore. Pas fort, au début – il n'avait toujours pas éliminé la possibilité qu'Hershey ait flairé l'odeur de rien de plus mortel qu'un beignet au chocolat abandonné, et que sa ferveur ait contaminé Fay –, mais l'alarme était assez insistante pour le pousser à y voir de plus près.

Il se laissa de nouveau guider par Fay et Hershey. Ils foncèrent vers la roulotte comme deux missiles guidés, en grognant, les yeux agrandis de fureur. Intimidé par leur taille et leur comportement excité, la marée de spectateurs s'ouvrait devant eux pour les laisser passer.

Quand ils furent parvenus à moins d'un mètre du vendeur, celui-ci s'immobilisa entre le stand et les chiens furieux, les fixant d'abord puis levant soudain les yeux vers Gilmore.

«Excusez-moi, monsieur», dit ce dernier, en soutenant son regard. Les chiens tiraient si fort sur la laisse qu'il crut qu'ils allaient lui démantibuler l'épaule. «Voulez-vous vous écarter un moment ? J'aimerais jeter un œil à votre stand.»

Le vendeur le dévisagea.

«Pourquoi ?

– Simple routine.»

Le type resta planté là, le regard passant alternativement de Gilmore à ses chiens. Gilmore nota qu'une pellicule de transpiration luisait sur les joues du bonhomme, au-dessus de son collier de barbe.

« Pas l'temps, j'remballe », ronchonna le vendeur. Il s'humecta les lèvres. « Je vois pas ce que vous me voulez.

– Monsieur », reprit Gilmore, et cette fois, dans sa tête, les signaux d'alarme carillonnaient à tout va, « j'ai peur d'avoir à vous demander de vous écarter ».

Le type ne broncha pas. Il déglutit par deux fois. Puis glissa la main gauche dans sa poche de pardessus.

« Va te faire foutre, l'Amerloque ! » lança-t-il.

Et il brandit un petit objet cylindrique dont il fit pivoter l'extrémité avec la main gauche, d'un coup sec.

Gilmore voulut dégainer son arme de service mais il n'eut jamais l'occasion de la sortir de son étui.

Compte tenu des événements qui allaient suivre, toutefois, cela n'aurait pas changé grand-chose.

23 h 55

Le flic du PC radio de l'ESU eut à peine le temps de remarquer un parasite sur son équipement de surveillance, une salve de transmission à basse fréquence, dans la gamme des trente à cinquante mégahertz – inférieure aux signaux d'un récepteur d'appel ou d'un téléphone mobile, mais bien supérieure à celle de ces commandes d'antivol centralisé équipant les clés de contact des automobiles.

Il se tourna vers son collègue assis sur le tabouret voisin, jugeant l'incident suffisamment inhabituel pour être signalé.

« Dis donc, Gene, qu'est-ce que tu dis de… ? »

Le grondement de la déflagration aspira le reste de sa phrase quand le fourgon, son matériel et ses occupants se volatilisèrent dans une immense gerbe de flammes.

Au coin de la 6ᵉ Avenue et de la 42ᵉ Rue, Gilea attendait minuit, le détonateur calé dans la paume de la main, quand l'explosion emplit le ciel d'un éclat fulgurant. Le bruit arriva juste après, roulant au-dessus d'elle avec une violence physique, lui martelant les tympans, l'ébranlant jusqu'à la moelle des os, faisant vibrer le sol sous ses pieds. Alarmes de voiture et de magasins se mirent à beugler dans tous les coins autour d'elle. Les vitres des tours de bureaux volèrent en éclats d'un bout à l'autre de l'avenue.

Akhad, songea-t-elle, le cœur battant à tout rompre, la bouche inondée du goût métallique de l'adrénaline.

Le souffle coupé par une joie intense, Gilea tendit la main pour prendre appui au mur, tournée vers l'ouest, en direction de Times Square, ses yeux reflétant l'éclat de la montagne de flammes rouge orangé s'élevant au-dessus de la place.

« Superbe, murmura-t-elle, mon Dieu, c'est magnifique. »

16

San José, Californie
1ᵉʳ janvier 2000

Il était minuit cinq.

À l'emplacement des scènes de fête sur Times Square que les caméras de télévision avaient montrées en une succession de plans brefs, on voyait désormais une colonne de flammes orange veinée de reflets éblouissants montant dans le ciel au milieu d'un crépitement de foyers plus petits qui, vus de dessus, évoquaient des bouts d'allumettes se consumant sur une nappe noire.

Des allumettes, songea Roger Gordian. *Si seulement ça pouvait être vrai.*

Le visage terreux, l'esprit frappé d'horreur et d'incrédulité, il avait agrippé l'accoudoir du divan sans pouvoir retenir sa main de trembler. Le verre de Courvoisier qui lui avait échappé des mains était renversé sur le tapis au milieu d'une flaque brune qui s'élargissait. Mais il avait oublié la tache, le cognac répandu, il avait tout oublié sauf la tragédie qui se déroulait sur l'écran.

Minuit cinq.

Dix minutes plus tôt, l'humanité entière s'apprêtait à fêter le siècle nouveau comme les habitants d'un village réunis à la gare pour voir débarquer le cirque – mais en fait de cirque, c'était plutôt un équivalent de l'Apocalypse qui avait déboulé sur les voies. Et bizarrement, dans les premiers instants d'hébétude après l'explosion, Gordian avait essayé de résister à la réalité de ce qui venait d'arriver, refusant cette intrusion, cherchant à se convaincre que tout cela n'était qu'une monstrueuse erreur, qu'un technicien du studio avait pressé le mauvais bouton et lancé la bande-annonce de quelque épouvantable film-catastrophe en lieu et place du reportage en direct de Times Square.

Mais il n'avait jamais été homme à esquiver trop longtemps la réalité, surtout quand elle atteignait de telles proportions.

Les traits liquéfiés, il se releva sans bouger, se maintenant aux accoudoirs comme si le plancher venait de se dérober sous lui. Pourtant, alors qu'il fixait l'écran de télévision, encore largement sous le choc, une petite partie de son esprit continuait d'exercer ses facultés d'analyse, interprétant machinalement les images qui se déroulaient sous ses yeux, rectifiant l'échelle, calculant l'étendue des dégâts. C'était une capacité – d'aucuns auraient dit une malédiction – qu'il avait héritée du Viêt-nam et, à l'instar de la boîte noire d'un avion, elle intégrait un mécanisme d'observation capable de travailler même quand le reste de sa personnalité était neutralisé sur le plan affectif.

L'incendie en bas à gauche pourrait être celui d'un bâtiment. D'assez bonne taille. Et au-dessus, la tache éblouissante en forme de larme, c'est une flamme à très haute température, très lumineuse. Sans doute de l'essence et du métal en fusion... un véhicule qui brûle, donc. Non, plutôt une fourgonnette ou un camion. Peut-être même un autobus.

Gordian inspira avec lenteur, le souffle tremblant, mais il ne se sentait toujours pas capable de bouger sans s'étaler. Figé devant la télé qui diffusait toujours sa cauchemardesque vue aérienne de Times Square, tandis que les commentateurs débitaient sur un ton haché des bribes d'information sur la catastrophe, il se souvint du Viêt-nam, se souvint des raids de bombardement, se souvint des flammes qui piquetaient la jungle comme d'horribles furoncles rougeoyants. Que ce soit en esquivant un missile sol-air soviétique ou en survolant un blockhaus viêt-công tout juste touché par une bombe de deux cent cinquante kilos, il avait appris à déchiffrer les traits et les points éblouissants du combat aérien pour y lire des signes de succès, d'échec ou de danger. Il n'aurait jamais imaginé que ce talent pourrait un jour lui servir dans le civil, et pour l'heure, il aurait donné n'importe quoi pour découvrir qu'il s'était trompé.

Le semis de petits points, ce sont des fragments de débris épars. Et cette zone mouchetée de noir et de rouge que surmonte la fumée la plus épaisse, ce doit être le point zéro.

Gordian se força à se concentrer sur le compte rendu de CNN. La voix de la présentatrice semblait faible et lointaine, alors qu'il savait que le volume de son téléviseur était assez fort pour être audible des autres pièces. Seul dans la maison, s'ennuyant d'Ashley, il avait écouté la retransmission de Nouvel An 2000 à New York depuis son antre où il était allé se servir un cognac, et il avait parfaitement entendu le début du reportage.

Ashley... Elle avait téléphoné à dix heures pour lui dire qu'elle restait coucher chez sa sœur à San Francisco, et un bref instant, il avait pensé lui téléphoner. Mais pour lui dire quoi ? Qu'il ne voulait pas être seul en un moment pareil ? Qu'il regrettait la chaleur réconfortante d'un être aimé ? Vu comment il l'avait ignorée presque tout le temps ces derniers mois, ce besoin avait quelque chose d'égoïste et d'injuste.

Concentre-toi plutôt sur la journaliste. Tu ne veux pas perdre un mot de ce qu'elle dit.

« ... une fois, j'insiste pour vous rappeler que nous voyons en ce moment une image en direct, prise du sommet de la tour Morgan Stanley, à l'angle de Broadway et de la 45e Rue. Je crois savoir que le réseau d'ABC, qui avait l'exclusivité des images depuis ce site, a autorisé leur libre diffusion par l'ensemble des réseaux télévisés, jusqu'à ce que des moyens de retransmission puissent être rétablis sur le secteur. Nous ne disposons d'aucune image du quartier de Times Square depuis le niveau de la rue... quoi qu'il ait pu se passer, les dégâts matériels sont considérables... et tandis que, selon certaines sources, non confirmées, l'explosion serait due à une bombe, nous tenons à vous préciser que rien ne prouve, je répète, absolument rien ne prouve qu'il s'agirait d'un engin nucléaire, comme l'a affirmé un commentateur d'une autre chaîne. Le bruit a filtré de la Maison-Blanche que le président devrait prononcer une allocution télévisée d'ici une heure... »

Gordian sentit un doigt glacé lui caresser l'échine quand lui revint soudain le souvenir d'une expression qu'il n'avait plus employée ni entendue depuis bien des années : *Un travail de Revenants.* Encore une livraison exprès du Viêt-nam de trente ans plus tôt. Ces Revenants, *Spookies* en anglais, étaient les hélicoptères AC-47 équipés de mitrailleuses de 7,62 qui traquaient les positions ennemies au cœur de la nuit, libérant des rideaux de feu nourri au rythme de six mille projectiles à la minute, dont un sur trois ou quatre était une balle traçante. Tandis qu'au loin les troupes de fantassins américains trouvaient le réconfort dans le spectacle de ce mur continu de lumière rouge déversé par les hélicos de combat invisibles, l'adversaire se terrait dans ses tranchées, terrifié par ces barrages d'artillerie. Pour lui, ce devait être comme si les cieux eux-mêmes donnaient libre cours à leur ire. Comme s'il n'y avait aucune sécurité nulle part.

« ... Attendez, un petit instant, bafouillait la présentatrice, la main plaquée sur son oreillette. J'apprends à l'instant que le gouverneur de l'État de New York vient de décréter un couvre-feu général dans toute l'agglomération, avec ordre à la police et aux unités de la Garde nationale de le faire respecter. Je vous répète ce que je viens d'entendre : le couvre-feu vient d'être décrété sur l'ensemble des cinq quartiers de New York... »

Bon Dieu, songea Gordian. *Bon Dieu.*

Ce soir, en Amérique, les Revenants étaient à l'œuvre.

17

New York
1er janvier 2000

Le préfet Bill Harrison ne devait jamais entendre la déflagration qui avait tué sa femme.

Bien d'autres souvenirs de ce terrible événement

devaient en revanche revenir le hanter – bien trop nombreux – jusqu'à la fin de ses jours.

Le souvenir d'avoir tenu la main de Rosetta, assise à ses côtés sur la tribune officielle, tandis qu'il contemplait d'un œil perplexe le duo de chanteurs folk qui avait rejoint le maire sur la scène centrale, le souvenir d'avoir eu le regard attiré par deux chiens détecteurs d'explosifs qui faisaient du chambard à quelques mètres sur leur droite. Le souvenir d'avoir repéré un stand de vendeur ambulant installé là, et de s'être demandé, en rigolant, si les clébards n'avaient pas détecté une bouffée d'un truc infiniment moins meurtrier qu'une bombe, sauf qu'ils étaient soumis à un régime interdisant les beignets nappés de vanille ou autres friandises. Et puis, il avait remarqué le visage préoccupé de l'agent du K-9, noté son comportement révélateur alors qu'il s'adressait au type en salopette de vendeur, et son inquiétude avait grandi. Depuis vingt-cinq ans qu'il était flic (il avait débuté comme simple agent de police dans le haut de Manhattan), il savait repérer les attitudes de prudence et de circonspection observées par les flics à l'approche d'un individu suspect.

Il se maintient à deux ou trois mètres devant le type afin de pouvoir surveiller ses mouvements, observer ses mains, s'assurer qu'elles restent bien en vue, avait songé Harrison. *Et lui-même garde la main près de son arme de service.*

Harrison n'oublierait jamais son brusque vertige en voyant le vendeur plonger la main dans sa poche, puis le flic saisir son arme. Il n'oublierait jamais sa terreur soudaine, cette impression que le temps s'emballait, filait bien trop vite, telle une cassette de film passant en accéléré au beau milieu d'une scène critique. Et puis, son regard s'était porté sur l'écran Panasonic au-dessus de lui, et il avait noté que l'affichage indiquait 23:56, et s'était dit : *Quatre minutes encore... minuit pile, évidemment, c'était le moment qu'ils*

auraient choisi, à moins qu'un événement quelconque
ne les oblige à précipiter les choses...

Harrison n'oublierait jamais son brusque mouvement de tête vers Rosetta et sa fille, Tasheya, en se
disant qu'il fallait les évacuer de la scène, les éloigner
d'ici, et ses doigts s'étaient alors fermés autour de la
main de sa femme et il s'était levé, la tirant par le
bras, affolé, elle lui avait alors jeté un regard surpris,
interrogateur, formulant sans bruit la phrase «Qu'y
a-t-il?» – mais avant qu'il ait pu lui répondre, tout
s'était dissous dans un éclair aussi aveuglant qu'une
nova, il avait reçu la gifle du souffle d'air surchauffé,
perçu la vibration du sol, puis il s'était senti projeté
dans les airs, tourbillonnant dans cette lumière infer-
nale et brûlante, agrippant toujours la main de
Rosetta, agrippant sa main, agrippant sa main...

Puis, brusquement, le cocon éblouissant s'était
ouvert et la chaleur, bien que toujours intense, ne formait plus ce mur compact. Harrison prit conscience
d'être toujours sur la tribune, couché sur le flanc,
la joue gauche écrasée contre un tas d'esquilles acérées. Il avait le visage humide et collant, et l'univers
semblait avoir pris une inclinaison vertigineuse. Il
semblait se retrouver la tête plus bas que les pieds.

Il était entouré de flammes et de fumée. Une grêle
de verre brisé tombait du ciel. Des sirènes vrillaient
la nuit et il y avait des gens partout, bon nombre
étaient immobiles et couverts de sang, d'autres cou-
raient, rampaient, hurlaient, gémissaient, s'interpel-
laient. Dans tous les coins.

Harrison entendit un concert de craquements, puis
un grincement de métal tordu au-dessus de lui. Dans
un brouillard, il comprit que la tribune s'était effon-
drée près du milieu, les extrémités plongeaient dans
cette direction, ce qui expliquait l'angle bizarre de sa
posture. Comme s'il était couché sur une planche à
laver. Des flammes crachaient et crépitaient à travers
les planches, et les belles rangées de pliants n'étaient
plus qu'un amoncellement de chaises renversées,

éparpillées comme un jeu d'osselets. À perte de vue, d'énormes blocs de béton jonchaient le lieu de la catastrophe, transformant Times Square en paysage lunaire.

Harrison vit un gigantesque champignon de flammes pulser et rouler quelque part au loin sur sa droite ; il se rendit compte qu'il montait d'un énorme cratère, oui, un cratère, et jugea aussitôt que ce devait être l'endroit où était placé le stand du vendeur de beignets, l'endroit précis où s'étaient trouvés le flic et ses chiens, le point zéro de l'explosion…

Ce constat sortit brutalement son esprit du brouillard où il flottait depuis le choc initial, et une terrible révélation lui tomba dessus avec la force d'une enclume : il ne s'était pas encore occupé de Rosie et Tasheya.

Tout juste conscient jusqu'ici de la position dans laquelle il avait atterri, Harrison se rendit compte qu'il avait le bras gauche étendu derrière lui et que sa main agrippait toujours celle, plus douce et menue, de son épouse.

« Rosie ? » gémit-il faiblement.

Pas de réponse.

« Rosie… ? »

Toujours pas de réponse.

Harrison se força à bouger. Au-dessus de lui, le grincement de métal tordu s'était amplifié, devenant de plus en plus menaçant, ravivant sa terreur et son désarroi. Avec raideur, il se laissa rouler vers sa femme, gémit à nouveau son nom, redoutant de se demander pourquoi elle n'avait pas répondu.

« Rosie, est-ce que tu… ? »

Sa phrase resta en suspens quand il la découvrit étendue sur le dos, un œil clos, l'autre fixant le vide dans un visage maculé de sang et couvert d'une poussière de ciment qui lui donnait l'aspect sépulcral d'un masque de Kabuki. Ses cheveux étaient en bataille et sous sa nuque s'élargissait une auréole humide et noire. À l'exception du bras qu'il agrippait, elle était ensevelie du menton à la taille sous un amas de décombres.

Apparemment, elle ne respirait pas.

«Chérie, je t'en prie, je t'en supplie, il faut qu'on s'en aille d'ici, qu'on retrouve Tasheya. Il faut que tu te relèves… »

Elle ne bougea pas. Son expression demeura figée.

Fou d'angoisse, sachant en son for intérieur qu'elle n'était plus, que tout être humain aurait été écrasé sous un tel monceau de gravats, Harrison se releva sur un genou et la tira par le bras. Il tira presque sauvagement, des sanglots dans la gorge, ses joues ruisselant de larmes.

Le bras se sépara du corps à la cinquième secousse, sectionné au-dessus du coude, laissant un moignon déchiqueté, avec un bout d'os saillant de l'épaule enfouie.

Harrison resta le regard fixe, les yeux exorbités.

Il fallut un moment pour que son esprit admette l'évidence.

Alors, il se mit à hurler.

Lors d'une explosion, il se produit une brusque onde de choc, suivie d'une rapide aspiration en sens inverse, un violent appel d'air vers le vide formé au point zéro. C'est selon ce principe que les experts en démolition mettent à feu les charges d'HMX, de TNT ou de nitrate d'ammonium placées à l'intérieur des bâtiments qu'ils désirent faire imploser. Plus intense est la libération d'énergie initiale, plus ses effets risquent d'être notables, et le phénomène de succion consécutif à l'attentat de Times Square avait été énorme – soufflant les fenêtres, arrachant les portes de leurs gonds, abattant les échafaudages métalliques, renversant les murs, soulevant du sol les véhicules, aspirant les hommes dans sa gorge monstrueuse comme de vulgaires fétus. Des témoins de la catastrophe devaient plus tard comparer le bruit de l'appel d'air à celui d'un train fonçant vers eux à toute vitesse.

Au-dessus de l'estrade officielle sur la 42ᵉ Rue, le gémissement de métal torturé s'amplifiait à chaque seconde, à mesure que les montants de l'Astrovision, gravement endommagés par la force de la détonation, et encore affaiblis par l'effet d'aspiration consécutif, continuaient à fléchir et ployer au-delà de leur seuil de tolérance.

Quelques secondes après l'attentat, l'écran géant avait basculé vers le côté nord de Times Square, pour s'immobiliser de guingois comme une diapo coincée de biais, en faisant pleuvoir par centaines de kilos les débris de verre de son panneau d'affichage et de ses tubes à décharge brisés. Des éclats qui tombaient en grêle meurtrière sur la chaussée, mutilant, lacérant, tranchant veines et artères, sectionnant les membres, pourfendant les malheureux qui cherchaient à fuir, rajoutant des dizaines de victimes avant même que ne soient retombés les échos de la déflagration. En l'espace de quelques minutes, la chaussée était recouverte d'un gluant tapis de sang qui noyait les caniveaux et ruisselait vers les bouches d'égout, avant de venir buter contre les grilles déjà obstruées par les décombres.

Une tornade d'éclats déferlait par vagues successives, à mesure que les fixations de l'écran pliaient et se rompaient, accentuant chaque fois son inclinaison, jusqu'à ce qu'il ait basculé presque à angle droit.

En fin de compte, dans un ultime gémissement de protestation, l'épave succomba à la gravité et s'écrasa au sol.

Et dans la lumière des incendies qui ravageaient les rues, l'ombre de l'écran dégringolant du ciel s'étendit sur la foule comme un immense manteau de ténèbres. Piégés par leur nombre même, hommes, femmes et enfants situés dessous ne purent que hurler lorsqu'ils le virent plonger sur eux : un grand nombre de ces malheureux périrent écrasés sous la masse de cette charpente métallique haute de neuf mètres, les autres mutilés par la grêle d'acier, de câble et de verre.

On était depuis huit minutes dans l'an 2000 quand cela se produisit.

Deux minutes plus tard, le premier des sacs piégés disposés autour de la place explosait.

« Ici le 911, service d'urgence, je vous écoute...

– Dieu soit loué, Dieu soit loué, la ligne sonnait occupé, je suis dans une cabine téléphonique et je me demandais si j'arriverais à vous avoir...

– Madame, quel est votre problème ?

– C'est ma fille... ses... ses yeux, oh, Dieu tout-puissant, elle a les yeux...

– Est-ce d'un enfant dont vous parlez ?

– Mais oui, oui, elle n'a que douze ans. Avec mon mari, on voulait l'avoir avec nous ce soir... on s'était dit... oh, merde, peu importe, je vous en prie, il faut que vous l'aidiez...

– Madame, écoutez-moi, il faut vous calmer. Vous êtes bien à l'angle de la 43e Rue et de la 7e Avenue, n'est-ce pas ?

– Oui, oui, comment avez-vous...

– Votre position s'affiche automatiquement sur nos ordinateurs...

– Dans ce cas, envoyez-nous quelqu'un, bon Dieu ! Envoyez-nous quelqu'un tout de suite !

– Madame, il est très important que vous écoutiez mes instructions. Nous sommes au courant de la situation à Times Square. Des équipes de secours se rendent sur les lieux au moment où je vous parle, mais il leur faudra un certain temps pour porter assistance à tout le monde, et nous devons instaurer des priorités. J'ai besoin de savoir dans quel état est votre fille...

– Des *priorités* ? Qu'est-ce que vous racontez ?

– Madame, je vous en prie, essayez d'être coopérative. Des tas de gens ont besoin d'aide.

– Vous croyez peut-être que je le sais pas? Merde, vous croyez peut-être que je suis pas au courant? Je suis en train de vous parler des yeux de ma petite fille, de ses yeux, ses *yeux*... »

Des sirènes vrillaient l'air, stridentes, insistantes, recouvrant toute la ville d'une nappe de sons discordants. Dans les rues et sur les voies express, des flottes de véhicules d'urgence convergeaient vers Times Square en faisant crisser leurs pneus, gyrophare pulsant sur le toit.

Escorté par deux voitures de police, le premier engin du SAMU parvint sur les lieux à minuit quatre et établit en hâte un centre de tri sur la 44ᵉ Rue, en retrait de Broadway. L'état des victimes était évalué en fonction de la gravité de leurs blessures et de la capacité des services d'urgence à les traiter avec les moyens limités à leur disposition. Les patients sur pied, souffrant de brûlures et de coupures mineures, étaient dirigés vers un poste de premiers secours installé près du fourgon. Les plus gravement atteints étaient placés sur des civières et, quand il n'y en eut plus, on les étendit sur la chaussée, là où on pouvait. Des dizaines de blessés reçurent des perfusions de glucose et de sérum physiologique. D'autres, plus nombreux encore, étaient oxygénés. On plaçait des attelles sur les membres brisés. On arrêtait les hémorragies. On administrait des antalgiques aux brûlés à la peau noircie et aux vêtements carbonisés. On releva dans les parages immédiats neuf urgences cardiaques nécessitant médication et défibrillation électronique, dont deux devaient expirer avant que les équipes débordées n'aient eu le temps de leur porter secours.

Les morts étaient numérotés et alignés sur le trottoir en deux rangées. En quelques minutes, les employés municipaux étaient à court de sacs plastique et furent contraints de laisser les corps découverts.

À l'angle donnant sur Broadway, un jeune couple

était coincé sous une lourde poutrelle métallique et sous les gravats tombés d'un chantier de construction ravagé par l'onde de choc. Les deux jeunes gens s'étreignaient au moment de l'explosion et leurs corps pris au piège étaient encore partiellement enlacés. La fille était morte, la poitrine horriblement défoncée. Le garçon avait eu la vie sauve car la poutre avait atterri de biais, l'atteignant à la jambe et non pas de plein fouet. À demi inconscient, il perdait son sang en abondance par son artère fémorale sectionnée.

Au mépris de leur propre vie, les sauveteurs de la protection civile s'étaient escrimés à l'extraire des décombres avant même l'arrivée des ambulances du SAMU, déblayant à mains nues les débris de maçonnerie avant de mettre en œuvre vérins hydrauliques et sacs gonflables récupérés dans leur PC mobile. Épais de cinq centimètres seulement, les sacs en néoprène avaient été introduits sans difficulté entre la chaussée et la poutre, puis raccordés à une bonbonne d'air comprimé qu'on actionnait à l'aide d'une manette. Le sauveteur aux commandes gonfla avec précaution le sac jusqu'à sa hauteur maximale d'un mètre vingt, sans quitter des yeux le manomètre placé au centre de son pupitre de contrôle. Pour ne pas aggraver l'état de la victime, il était vital que le soulèvement soit très progressif, le sac n'étant gonflé que de quelques centimètres à chaque fois.

À minuit huit, le garçon avait été dégagé de sous la poutre et évacué sur une civière, sous les vivats des sauveteurs. Mais ni eux ni leur matériel de secours ne devaient connaître de répit : on venait d'entendre l'appel à l'aide d'une autre victime ensevelie sous les gravats de l'autre côté de la rue.

Avec la police, les équipes médicales et les pompiers qui se débattaient sur la 44ᵉ Rue dans ces conditions apocalyptiques, ce fut un jeu d'enfant pour Bakach, l'homme de main de Nick Roma, d'échapper à leur attention, de déposer son sac piégé sur le trottoir à côté du fourgon du SAMU, puis de le glisser sous le châssis du véhicule avec la pointe de son soulier.

Quelques minutes après l'installation du poste de tri devant son établissement, la barmaid de service au Jason's Ring, une taverne sur la 44ᵉ Rue, avait commencé la distribution de bouteilles d'eau minérale aux victimes et aux sauveteurs reconnaissants. La cave était bien garnie et c'est son patron lui-même qui les remontait par caisses entières, parfaitement indifférent à ce qu'il lui en coûterait.

La serveuse venait de passer dans l'arrière-salle pour se réapprovisionner quand elle entendit une violente détonation derrière elle, dans la rue. Elle tourna brusquement la tête, affolée, et vit le fourgon du SAMU exploser dans une aveuglante boule de feu orange et bleu. Une milliseconde plus tard, une grêle de débris fumants pulvérisait la devanture du bistrot, criblait les murs, brisait les bouteilles, percutait le comptoir comme une bizarre pluie de météores. Le souffle brûlant qui les accompagnait la projeta en arrière, en même temps que l'ambulance et tous ceux qui se trouvaient à proximité – sauveteurs, policiers, patients – étaient carbonisés, sans exception.

Derrière elle, fixant la devanture défoncée, son patron restait interdit, le décapsuleur à la main, le regard incrédule, convaincu que ce qu'il voyait, ou croyait voir, ne pouvait être qu'un horrible cauchemar.

Tragiquement, il n'en était rien, même s'il devait s'écouler très, très longtemps avant que l'un ou l'autre ne parvienne à retrouver le sommeil sans revoir l'explosion chaque nuit.

Le visage maculé de suie et de larmes, Bill Harrison fouillait frénétiquement les décombres de la plateforme pour tenter de retrouver sa fille, hurlant son

117

nom sans arrêt, en état de choc, à demi fou de chagrin et de désespoir. Il avait le regard vitreux d'un homme qui a cru vivre le pire avant d'être submergé par la crainte que ce ne soit que le prélude à une horreur pire encore.

Se traînant à quatre pattes au milieu des débris, il relevait fragments de béton, bouts de verre, planches brisées – tout ce qui était susceptible de dissimuler une trace de sa petite fille. Il avait la pulpe des doigts arrachée et couverte d'ampoules à force de prendre et d'écarter des morceaux de planches enflammées ou des éclats de métal chauffés au rouge.

Épuisé, essoufflé, il cria de nouveau son nom. Cette fois, il avait la voix brisée et de nouvelles larmes lui brouillaient la vue. Il sentit une monstrueuse vague de chagrin monter dans sa poitrine et se mit alors à frapper le sol avec le débris qu'il avait en main, à frapper aveuglément, envahi par la rage et le désespoir, jusqu'à ce qu'il sente une main se poser sur son épaule.

Il leva les yeux vers le visage au-dessus de lui.

Les cligna.

« Mon bébé ? » fit-il, comme brutalement sorti d'une transe. Il posa la main sur la sienne. Il avait besoin de la toucher, la sentir, avant de s'autoriser à croire qu'elle était vraiment debout devant lui. « Tasheya ? Mon Dieu, je te croyais… ta mère… »

Sa fille acquiesça sans un mot, en larmes, accentuant la pression sur son épaule. Elle avait le front et la joue entaillés, et la manche de son pardessus en lambeaux était imbibée de sang, mais elle était en vie. Dieu merci, *en vie*. Zyman, le chanteur, était avec elle, la soutenant d'un bras, bien que lui-même fût blessé et presque aussi chancelant qu'elle.

« Allez, mon vieux. Faut qu'on descende de cette estrade tant qu'il est encore temps, dit-il, la main tendue vers Harrison. Elle va pas tarder à s'effondrer complètement. »

Harrison saisit la main, se laissa relever, et aussitôt après, il étreignait Tasheya, sentant le contact de son menton au creux de son cou, du flot tiède de ses larmes contre son visage. Et l'espace d'un instant, là, au milieu des décombres, il comprit que même si plus jamais il ne pourrait dire que la vie était belle, il avait des raisons d'espérer un jour connaître une accalmie.

« Notre ami a raison, dit-il enfin avec un signe de tête à Zyman. On a intérêt à filer. »

18

Brooklyn, New York
1er janvier 2000

Nick Roma était assis, silencieux et pensif, dans le noir, à son bureau du Platinum Club. Aucun bruit ne montait du dancing, à l'étage au-dessous. Il était deux heures du matin. Presque tous les clients qui avaient entamé la soirée en se trémoussant comme des fous étaient repartis depuis un moment, la fête s'étant achevée brutalement après que la nouvelle de l'attentat de Times Square se fut répandue dans l'assistance comme le virus de la peste. Les rares à être restés appartenaient pour la plupart au petit noyau de ses fidèles dont l'unique préoccupation était de se saouler la gueule.

Bien sûr, il avait su ce qui allait se produire, su que les festivités de New York se transformeraient en cérémonie de deuil national avant la fin de la nuit. Mais, étrangement, il fallut qu'il voie les premiers reportages télévisés pour appréhender l'ampleur de la destruction qu'il avait contribué à provoquer.

Assis dans le noir et le silence, Nick réfléchissait. Il avait noté que, dans la rue également, le calme était presque total. De temps à autre, les phares d'une voiture balayaient les fenêtres donnant sur l'avenue, dessinant un curieux damier d'ombres sur ses traits, mais autrement, tous les passants semblaient avoir disparu. Ils avaient vu l'éclair tomber soudain du ciel et s'étaient terrés au fond de leurs trous, comme des souris affolées.

Pouvait-on vraiment s'en tirer quand on avait trempé dans une telle opération ? Si l'on découvrait qu'il était lié à la pire attaque terroriste jamais commise sur le sol américain, en cette nuit symbolique, au cœur même de sa plus grande métropole… Jamais le pays n'avait reçu un tel coup, et la pression des services de police pour retrouver les instigateurs de l'attentat serait formidable.

Roma pesa la chose un certain temps. Pouvaient-ils finir par se marcher sur les pieds ? Sans doute le risque pour eux n'était-il pas négligeable. Pris par la concurrence entre services pour être les premiers à procéder à des arrestations, il était fort possible qu'ils dissimulent des pistes, refusent de s'échanger des renseignements. Cela s'était déjà produit lors d'enquêtes antérieures qui menaçaient de mal se terminer pour lui, et chaque fois, il avait réussi à retourner la situation à son avantage.

Malgré tout, il avait toujours préféré recourir à des expédients. La seule chose qui l'intéressait, c'était de faire tourner ses affaires, pas l'extrémisme politique. Il ignorait comment Vostov s'était retrouvé impliqué dans cette histoire, peu lui importait du reste, mais il avait bien fait comprendre à ses messagers que, même s'il préférait éviter tout désaccord avec l'*organitzatsiya*, il ne se laisserait contrôler par personne à Moscou. Si Vostov cherchait de l'aide pour introduire clandestinement le C-4 aux États-Unis, il allait falloir qu'il paie. Et s'il voulait qu'il apporte un soutien plus large à Gilea et son groupe, il faudrait payer encore plus. En argent et en services.

Un million de dollars avait suffi pour calmer ses réticences et s'assurer sa participation, mais Roma continuait à se demander s'il s'en était tiré à si bon compte. Il se dit qu'il se sentirait sans doute moins vulnérable une fois que le commando aurait quitté le pays…

Le bruit du bouton de la porte qu'on tournait sans bruit le tira brutalement de ses réflexions. Il se pencha, sa main plongea dans le tiroir du bureau où il rangeait son MP5K.

Il garda la main sur la crosse même après qu'il eut reconnu la silhouette menue de Gilea se glissant furtivement dans la pénombre.

«Vous auriez pu frapper…

– Oui.» Elle referma la porte et il entendit le déclic du verrou à bouton dans son dos. «J'aurais pu.»

Roma la considéra dans la faible lumière des réverbères entrant par la fenêtre.

«Il y a un interrupteur au mur derrière vous.»

Elle hocha la tête mais ne bougea pas.

«Nous avons réussi, dit-elle en s'avançant dans la pièce. Mais je suppose que vous êtes déjà au courant.

– J'avais mis la télé tout à l'heure», acquiesça-t-il. Il tenait toujours le pistolet.

Elle avança d'un pas, puis d'un autre, s'immobilisa devant le bureau, ses doigts montèrent au col de son manteau de cuir noir, défirent le premier bouton, le deuxième.

«Pourquoi êtes-vous passée? reprit-il. Vous savez bien que Zachary n'aura pas fini vos papiers avant demain. Et j'imagine que ce n'est pas uniquement pour me dire bonne nuit.

– Non, pas vraiment», concéda-t-elle. Elle posa les deux mains à plat sur le bureau et se pencha en avant, presque nez à nez avec lui dans la pénombre.

Gilea finit de déboutonner son manteau, s'en dégagea, le jeta sur la chaise à côté d'elle. Dessous, elle portait un chandail noir.

Il attendit.

«J'ai trop apprécié cette nuit pour la voir finir,

121

Nick », dit-elle. Elle se pencha plus près, murmurant presque : « Tu n'as pas besoin de tenir ce pistolet. »

Roma déglutit. *Apprécier cette nuit ?* Quel genre de femme était-ce ? Deux heures plus tôt, elle était responsable d'un carnage phénoménal, et voilà que maintenant, au débotté… ?

Il éprouva quelque chose de l'ordre de l'horreur, et pourtant…

Pourtant…

Ce qui lui faisait le plus horreur, c'était sa propre réaction spontanée à la proximité de cette femme.

Son pouvoir d'attraction était incroyable.

Elle vint plus près encore, collant son visage au sien, ses lèvres effleurant son oreille.

« Tu sais pour quelle raison je suis venue, dit-elle. Tu sais ce que je désire. »

Roma avait la gorge sèche. Son cœur battait à tout rompre.

Il inspira. Inspira encore.

Sa main lâcha l'arme et se tendit pour l'attirer vers lui. Et quand sa chair tendre entra en contact avec sa peau, si chaude, il jeta un œil vers son miroir en esquissant secrètement un sourire.

19

New York et San José, Californie
1er janvier 2000

6 h 30

La ville était en état de choc.

Il n'y avait pas d'autre mot pour qualifier le malaise qui s'était emparé de la grande métropole. Même l'attentat contre le World Trade Center n'avait pas mis à ce point à l'épreuve les ressources humaines et matérielles de Manhattan et des arrondissements voisins.

Mais évidemment, l'attentat du World Trade Center n'avait pas anéanti le cœur de la cité.

Times Square était presque aussi bondé qu'au moment de l'explosion. L'éclat des gyrophares bleus et rouges des véhicules de secours qui cernaient le lieu de l'attentat et celui des lampes à arc installées par les sauveteurs s'effaçaient pour laisser place au soleil rasant de l'aube.

La journée s'annonçait froide et dégagée, et la lumière du petit matin accentuait le relief de la scène. Des panaches de vapeur s'échappaient de cheminées provisoires de trois mètres, posées en hâte par des ouvriers municipaux pour protéger les sauveteurs en déviant vers le haut la vapeur brûlante s'échappant des conduites de chauffage urbain rompues. Des volutes de brume s'y accrochaient, recouvrant le site et le noyant sous des arcs-en-ciel à contre-jour qui lui donnaient un aspect surréel. On voyait des sauveteurs arborant au dos de leur blouson le nom de divers services – FBI, NYCFD, ATF, NYPD – ramper parmi les gravats, en quête du plus infime fragment susceptible de les mener vers les responsables de cette atrocité. Des soldats de la Garde nationale, mobilisés en hâte, tenaient à distance les badauds afin que le site demeure intact – si l'on peut dire, puisqu'il se réduisait à un cratère de bombe – et pour faciliter la tâche des sauveteurs. Chacun, quelle que soit son activité, laissait place aux personnels des services d'urgence et aux équipes de chiens qui passaient les décombres au peigne fin. Les chiens recherchaient des survivants. Leurs maîtres priaient pour qu'il y en ait.

La longue nuit avait été ponctuée par les étapes de cette recherche. Un chien se mettait à gémir en grattant les débris écrasés d'une enseigne au néon, l'entrelacs de poutrelles d'un gradin effondré, les décombres informes d'un gratte-ciel. Un attroupement se faisait alors autour de la bête surexcitée. Les sauveteurs arrivaient avec toute une batterie d'instruments – détecteurs infrarouges, micros ultrasensibles, caméras vidéo miniaturisées, appareils à ultrasons, détecteurs de métaux, détecteurs de mouvements, appareils à rayons X.

S'il y avait le moindre indice laissant supposer que la victime ensevelie respirait encore, on ne s'épargnait aucun effort pour évacuer les gravats et la libérer. Tout était mis en œuvre pour secourir le malheureux : grues, vérins, sacs introduits dans les plus infimes crevasses, puis gonflés pour écarter l'obstacle en douceur, leviers, vilebrequins, sans oublier cette bonne vieille huile de coude. Mais à mesure que passaient les heures, les efforts désespérés pour dégager les survivants laissaient place au déprimant repérage des corps. Une multitude de drapeaux orange fluorescent montés sur de minces piquets flottaient dans la brise, et chacun symbolisait une vie perdue. Quand on aurait acquis la certitude qu'il n'y avait plus de survivants, la terrible mission de collecte des dépouilles commencerait.

En attendant, les hommes et femmes en blouson de nylon poursuivaient leur quête d'indices.

À huit cents mètres de là, la lumière du matin pénétrait de biais par les vitraux de la cathédrale Saint-Patrick. L'air de l'église, lourd de la fumée d'encens et des milliers de cierges allumés le long des murs et devant les autels, prenait des reflets d'arc-en-ciel. Mais les fidèles occupant les bancs étaient insensibles à sa beauté. Bon nombre s'étaient trouvés à Times Square au moment de la catastrophe. D'autres y avaient assisté sur CNN ou les chaînes locales. Certains avaient perdu des amis ou des proches. La déflagration meurtrière et les cris des mourants résonnaient dans toutes les mémoires. Rien, pas même l'apaisement qu'ils étaient venus chercher à cet office en continu pour les victimes, ne pourrait jamais les faire taire.

La réunion eut lieu un peu après midi, dans la salle de conférences au sous-sol du siège social d'Uplink, sur Rosita Avenue. Avec ses lignes pures, ses spots au plafond, sa moquette beige et sa machine à café, c'était apparemment la copie conforme de la salle de conférences d'en haut, les fenêtres en moins. Mais l'absence de la vue sur les contreforts du mont Hamilton n'était que sa différence la plus superficielle.

L'accès y était restreint au petit groupe des proches de Gordian, tous munis de la clé à code numérique ouvrant sa porte. Des murs de béton de soixante centimètres d'épaisseur et des panneaux acoustiques isolaient la salle de toute écoute indiscrète. Les parois renforcées d'acier avaient été équipées de générateurs électromagnétiques et autres dispositifs de brouillage dernier cri destinés à empêcher toute interception des communications électroniques. Des équipes de surveillance balayaient la pièce à intervalles réguliers, tandis que téléphones, ordinateurs et matériels de vidéo-conférence étaient systématiquement passés au détecteur et aux rayons X à chaque entrée ou sortie.

Même si Gordian sentait que le mot « sûreté » était toujours relatif, et s'il ne doutait pas qu'un individu suffisamment habile et déterminé, pourvu du matériel adéquat, trouverait toujours moyen d'espionner ses discussions au plus haut niveau, il estimait que cette partie de son centre opérationnel était aussi protégée des écoutes indiscrètes que le permettaient les mesures de sécurité et les techniques de contre-surveillance. Dans le jeu de l'espionnage des communications, le mieux qu'on pouvait espérer était d'avoir toujours un cran d'avance sur les « sales plombiers indiscrets ».

Gordian contempla les visages de ses collaborateurs réunis autour de la table, en se demandant de quelle façon ouvrir une réunion dont l'ordre du jour était à des années-lumière des affaires courantes. Présents en chair et en os : Alex Nordstrum, son conseiller aux affaires étrangères, Megan Breen, vice-présidente chargée des projets spéciaux, et Peter Nimec, le chef de la sécurité. Sur l'écran de la station d'accueil installée à l'autre bout de la table, Vince, avec son visage de chien triste et ses yeux bouffis de sommeil, le regardait, l'air renfrogné, via la liaison satellite à haut débit depuis Kaliningrad.

Gordian inspira profondément. Il avait souvent noté que les traits des individus reflétaient sa propre humeur.

« Je veux d'abord vous remercier tous d'être venus, pratiquement à l'improviste, commença-t-il. J'ignore combien d'entre vous ont perdu des amis ou des proches à Times Square, cette nuit. À ceux-là, j'adresse mes plus sincères condoléances. » Il marqua un temps, puis se tourna vers Megan. « Avez-vous eu des nouvelles de votre frère et de votre belle-sœur ? »

Elle le fixa, imperturbable, de ses yeux vifs d'un bleu saphir.

« Pas encore, répondit-elle, mais il n'y a aucune raison d'imaginer qu'ils ont été blessés. Toutes les lignes interurbaines avec New York sont saturées. »

Le ton insouciant de cette brune stricte de presque quarante ans n'abusa pas Gordian. Il avait – bien des années plus tôt – commis l'erreur de la prendre pour un de ces clones de cadres guindés et amidonnés sortis du moule d'Harvard – et dans son cas, avec une peau d'âne supplémentaire en psychologie décrochée à Columbia. Un clone de cadre apte en plus aux jeux d'esprit, donc. Cela n'était qu'un pur et simple préjugé, l'ultime vestige irritant de son ressentiment de fils d'ouvrier. Il lui avait fallu des années pour se défaire de ses idées préconçues à l'égard des individus issus d'un milieu aisé. Dan Parker avait été le premier à lui faire voir les choses autrement. Meg lui avait fait accomplir le reste du chemin.

En un sens, pourtant, ces stéréotypes avaient joué en faveur de Meg, quand il l'avait d'abord nommée responsable du personnel et chasseur de tête à la division recherche et développement. Il avait cherché quelqu'un capable de prendre les décisions d'embauche et de renvoi avec finesse et détachement, et c'est ce qu'elle avait fait. Mais il avait également gagné dans l'affaire un esprit réfléchi et inspiré, et une vraie confidente. Et ça, il ne s'y était pas attendu.

« Pete, tu as des gens sur la côte Est. Tu penses qu'ils peuvent faire quelque chose pour aider Megan à retrouver sa famille ? »

Nimec laissa légèrement tomber son maxillaire étroit, ce qui était sa façon d'acquiescer. « Je suis sûr que ça peut se faire.

– Bien. » Puis, sans un mot, Gordian effectua un nouveau tour de table. « Je crois qu'on ferait bien de discuter des événements de la nuit dernière. De se demander pourquoi, bon sang, quelqu'un pourrait avoir eu l'idée de faire une chose pareille. Et surtout, qui aurait pu agir ainsi.

– Allumez la télé, et vous entendrez nos spécialistes déblatérer sur le terrorisme intérieur, rétorqua Nimec. Je nous exclus du lot, Alex. »

Nordstrum contemplait ses lunettes, tout en les nettoyant avec un chiffon sorti d'une poche de son blazer croisé à chevrons.

« Je travaille comme consultant extérieur pour CNN et plusieurs agences de presse. Ça paie bien et ça me donne une occasion de faire valoir mon point de vue. Tous les… euh, spécialistes ne méritent pas un tel dédain. »

La voix de Scull parvint du moniteur. « Gaffe où tu mets les pieds, Nimec. »

L'intéressé haussa les épaules. « Je voulais juste souligner que leur position a quelque chose d'ironique, quand on se rappelle que naguère encore, leur premier réflexe était d'attribuer aux Arabes tout acte terroriste. L'attentat d'Oklahoma City a changé tout ça.

– Je crois deviner que tu n'es pas d'accord avec l'opinion dominante dans les médias, observa Gordian.

– Même avec le peu d'éléments en notre possession, je doute fort que l'attentat ait pu être organisé par un petit groupe de fascistes illuminés.

– Tu as des raisons ?

– Plusieurs. Pour commencer, leur recours à la violence s'appuie sur une méfiance et une haine paranoïaques à l'égard des agents fédéraux. Ces types se voient dans le rôle de combattants du dernier jour luttant pour la défense de leurs libertés constitutionnelles. Leurs cibles ont toujours eu un lien quelconque, réel ou symbolique, avec des organismes gouvernementaux. Le meurtre de citoyens ordinaires est à leurs yeux une conséquence logique de leur lutte. » Il marqua une pause, but une gorgée de café. « Souvenez-vous, la véritable raison de l'attentat contre l'immeuble Alfred P. Murrah était l'élimination des employés du FBI et de la Sécurité sociale dont les bureaux étaient situés aux derniers étages. Les dégâts occasionnés au pied de l'immeuble étaient inévitables, vu que les bidons d'engrais et de mazout qu'avait fait sauter McVeigh pesaient plus de deux tonnes, qu'il était hors de question de les faire entrer clandestinement dans les bâtiments et qu'il avait donc été obligé de les laisser en bas de l'immeuble. Bref, ce que je veux dire, c'est qu'étant dans l'impossibilité de cibler son objectif, il s'était convaincu que tous ces gamins du dispensaire étaient des victimes de guerre nécessaires. Des pertes inévitables.

– Et la bombe dans le parc olympique ? intervint Megan, faisant allusion à l'attentat des jeux d'Atlanta. C'était un lieu public.

– L'enquête n'a toujours pas réussi à établir les responsabilités, observa Nimec. Mais, même dans ce cas, on devine le message sous-jacent : cette certitude bien

128

ancrée parmi les ultranationalistes que les trois pouvoirs, législatif, exécutif et judiciaire, ont été infiltrés par un complot sioniste international… une cabale secrète visant à l'intégration des États-Unis au nouvel ordre mondial. Et les jeux Olympiques ont de tout temps symbolisé ce mondialisme. Vous voyez où je veux en venir.

– Si on suit ton raisonnement tordu, on peut également imaginer comment ils auraient pu voir dans la manifestation de Times Square un événement comparable, enchaîna Gordian. Une sorte de jubilé mondial réunissant les peuples de tous les pays… »

Nimec fit onduler sa main devant lui. « C'est un rien tiré par les cheveux. Dans le meilleur des cas, on a affaire à des esprits prosaïques lorsqu'on évoque les meneurs de ce genre de mouvements. Et quand on descend au niveau de la base, on frôle réellement le bas de la courbe du QI. Le genre de types qui sont perdus dès qu'il s'agit de relier plus de deux points par un trait.

– Si tu n'y vois pas d'objection, Pete, j'aimerais revenir sur ta remarque d'il y a une minute. Tes doutes quant à leur capacité de fomenter un tel attentat…

– Reprenons l'exemple d'Oklahoma City, acquiesça Nimec. La bombe qui a sauté était un engin énorme mais rudimentaire, parce que les auteurs n'étaient pas en mesure de mettre la main sur des moyens de destruction plus élaborés et mieux contrôlés en tout cas, pas en volume suffisant pour parvenir à leurs fins. Alors à la place, ils suivent une recette qu'on trouve un peu partout, dans tous les manuels du parfait petit terroriste ou sur les forums Internet. Une scène de série télévisée devient le modèle de leur mission, vous connaissez la suite… Toute cette opération se caractérise par un total manque d'imagination et le recours à des moyens matériels aisément disponibles en toute légalité.

– D'après ce que j'ai pu entendre, tous les témoins s'accordent à dire que la première explosion venait d'une roulotte de marchand ambulant, garée sur la 42e Rue, observa Nordstrum. On suppose aussi qu'à peine quelques minutes plus tôt, ce vendeur aurait eu une altercation avec un flic de la brigade antiterroriste.

– Les enregistrements vidéo l'ont confirmé, intervint Nimec. J'avais déjà demandé à nos experts d'effectuer un agrandissement numérique des images télévisées. Et on essaie de récupérer des vidéos d'amateurs. Il devait y avoir sur place des milliers de personnes munies de caméscopes. Mais, même en l'absence d'autre preuve, je pense qu'on peut supposer que la bombe a été introduite sur les lieux grâce à cette roulotte. Que ce soit avec ou sans la complicité active du vendeur de beignets, la question reste pendante.

– Une chose est sûre, en tout cas, observa Scull. Quel que soit l'auteur de l'attentat, il ne s'est pas déplacé pour rien. »

Nimec fixa, l'air glacé, l'iris de la caméra fixée au-dessus du moniteur.

« La charge était très compacte par rapport à son efficacité, c'est vrai », enchaîna-t-il. Sa mimique révélait à l'évidence qu'il appréciait modérément la formule de Scull. « J'imagine que ce devait être quelque chose comme du C-4 ou de l'HBX.

– Et les explosions secondaires ? » demanda Gordian.

Nimec haussa les épaules. « Difficile à dire à ce stade. »

Un ange passa. Gordian but une gorgée de café.

« D'accord. Pete, supposons qu'on parte provisoirement sur ton hypothèse et qu'on mette de côté nos propres terroristes. Est-ce qu'il pourrait s'agir des intégristes musulmans ?

– Tous ligués, tu veux dire ? »

Gordian le fusilla du regard. « Je n'essayais pas de faire de l'humour.

– Moi non plus. C'est simplement que les choses ne sont jamais aussi simples quand il s'agit de nos ennemis du monde arabe. D'un côté, ils sont fort capables de provoquer gratuitement des destructions de masse. Leur haine de l'Amérique les porte à ne faire aucune distinction entre son gouvernement et ses citoyens, expliqua Nimec. De l'autre, il est de notre responsabilité de faire une nette distinction entre le terrorisme d'État et des actes commis par des groupes extrémistes non représentatifs ou par des individus isolés, avec des liens nébuleux entre les deux. La ligne de démarcation n'est pas toujours très claire, mais elle est réelle. Et elle pourrait bien être essentielle en l'occurrence.

– Comme tu vas nous l'expliquer, j'en suis sûr, nota Gordian sans cesser de le fixer du regard.

– Selon moi, l'attentat du World Trade Center entre *grosso modo* dans la troisième catégorie. On n'a jamais trouvé de preuve avérée liant les conspirateurs à un gouvernement étranger. Ramzi Youssef, le soi-disant cerveau du complot, était un vrai manche. Sa bombe était censée fissurer l'une des tours jumelles et l'amener à s'effondrer sur l'autre, ce qui ne s'est pas produit. Elle devait également libérer un nuage toxique de cyanure. Manifestement, là non plus, il n'en a rien été, puisque le cyanure de sodium dont il avait imprégné le colis piégé a été vaporisé par la chaleur de l'explosion... le genre de détail qu'aurait pu prévoir n'importe quel étudiant chimiste débutant. Deux ans plus tard à Manille, Youssef met le feu à sa chambre d'hôtel en préparant des explosifs liquides et s'enfuit au Pakistan pour éviter l'arrestation, oubliant derrière lui un ordinateur au disque dur bourré de fichiers compromettants. Si ce crétin était bien l'agent d'un pays hostile du Moyen-Orient, c'est que ses supérieurs devaient réellement être en manque d'acolytes.

– Bon, d'accord, c'était un couillon. Ça ne me pose pas vraiment de problème, enchaîna Scull. Mais puisqu'on en est au B.A.BA du terrorisme, je pense qu'on doit évoquer les types qui ont abattu le vol Pan Am 103 à Lockerbie.

– Scull a tout à fait raison, renchérit Nimec. Même s'il est encore tôt, j'estime qu'on peut tout au moins effectuer quelques comparaisons superficielles. Les deux opérations ont été bien financées, efficaces, extrêmement meurtrières. Quant à leurs auteurs, n'en déplaise aux victimes, c'étaient de véritables professionnels.

– On sait aujourd'hui que la catastrophe de Lockerbie a été commanditée par la Libye, dit Gordian. Ce qu'on est en train de suggérer, donc, c'est que l'attentat de la nuit dernière porterait la marque du terrorisme d'État.

– Je n'irais pas encore aussi loin. Mais il répond sans aucun doute à une partie des critères », rétorqua Nimec. Il passa la main sur ses cheveux taillés en brosse. « La question reste : qui aurait intérêt à commettre une chose pareille ?

– Je crois voir ce que veut dire Pete, intervint Nordstrum. Tous les suspects habituels ne se sont plus fait remarquer depuis un certain temps, quoique pour des raisons différentes. En Iran, le gouvernement Khatami cherche à faire bonne impression sur l'Union européenne en adoptant une attitude plus modérée que ses prédécesseurs. Idem pour l'Irak, où Saddam espère négocier une sortie en douceur des sanctions consécutives à la guerre du Golfe en se comportant en gentil garçon. Nous savons que les Syriens sont engagés dans des négociations de paix secrètes avec Israël... à première vue, je ne vois pas trop un régime musulman chercher en ce moment à tout fiche par terre.

– Je ne t'ai pas entendu citer Kadhafi dans la liste des ressuscités », observa Scull.

Nimec hochait la tête. « Il n'a toujours pas rentré les griffes, mais il n'aurait aucun intérêt à déclencher des troubles au moment où le reste de ses frères musulmans sont en train de tendre la main. Il ne va pas courir le risque de se retrouver isolé. »

Tous les cinq observèrent à nouveau le silence. Gordian quitta la table, s'approcha de la crédence, refit le plein de café, se rassit. Il resta plusieurs secondes à contempler sa tasse sans la boire, puis leva les yeux vers les autres.

« Autant que ce soit moi le premier à énoncer ce que tout le monde a en tête, dit-il enfin. Il n'est pas inconcevable qu'il puisse s'agir de la Russie. Ou, du moins, de factions au sein du gouvernement russe. Starinov a tout un tas d'adversaires politiques qui seraient ravis de le voir en difficulté... et qui disposent de moyens matériels et financiers, et surtout d'agents bougrement efficaces. »

Il nota que Megan avait froncé les sourcils, songeuse.

« Meg ?

— C'est juste que toute cette histoire ne tient pas debout pour moi. Personne n'a revendiqué l'attentat...

— Et il se pourrait bien que jamais personne ne le revendique, si je puis me permettre, intervint Nimec. La tendance des dix dernières années est pour les groupes terroristes d'éviter d'attirer l'attention sur eux, l'idée étant d'amener leurs ennemis à traquer des ombres.

— J'entends bien, reprit Megan, mais en l'occurrence, l'acte aurait été commis dans un but bien précis – à savoir, le gel des relations entre nos deux pays, et l'affaiblissement du prestige de Starinov et de son autorité au sein de son propre gouvernement. Le seul intérêt que je vois à la manœuvre serait de le mettre délibérément en mauvaise posture. Mais surtout, pourquoi Starinov aurait-il ourdi l'attentat, sauf à vouloir entraîner sa propre chute ? Non, je l'ai dit, ça ne tient pas debout. Il n'y a pas de logique.

— Pas de logique apparente, pas encore, admit Nimec. Mais nos joueurs pourraient avoir une stratégie subtile que nous sommes incapables de saisir à ce moment.

— Je suis d'accord, dit Nordstrum. L'attentat paraît avoir eu lieu il y a une éternité, mais le fait est qu'il ne remonte qu'à douze heures à peine. Nous devons attendre d'autres indices, voir comment évolue la situation…

— Et dans l'intervalle, on fait quoi ? On reste le cul posé sur nos chaises ? grogna Scull. Gord, écoute-moi. Est-ce que tu imagines l'impact négatif sur notre projet de station au sol si l'attentat est effectivement attribué à Starinov ? Moi, je suis en Russie. Je suis un témoin privilégié de la situation politique. Et je peux vous dire qu'il y a quantité de personnes influentes qui seraient positivement ravies de voir ces cow-boys d'Amerloques déguerpir au triple galop.

— Bon sang, Scull, intervint Megan. Des centaines d'innocents viennent de se faire tuer, on discute d'une situation susceptible de déstabiliser une région entière, et tu te permets…

— De quoi ? De m'interroger franchement sur ce que je fous devant mon visiophone à minuit, heure de Kaliningrad, à essayer de piger le pourquoi du comment ? Si nous, on ne se soucie pas de nos intérêts en Russie, qui va le faire à notre place ? »

Nordstrum soupira et se massa les paupières. « Bien sûr que chacun de nous sait très bien ce qu'il fait ici, Scull. Mais je crois que Megan essayait simplement de prendre un certain recul…

— Attendez, les coupa Gordian, la main levée. Je suis sûr que personne n'a trop dormi cette nuit, et tout le monde est lessivé. Mais un certain nombre de problèmes essentiels doivent être abordés, et je suis ravi qu'on n'ait pas reporté cette discussion. Quelqu'un a dit, je crois que c'est Jules César, que l'art de vivre s'apparentait plus à l'art du lutteur qu'à celui de la danseuse ; j'ai toujours pensé que pour lui cela voulait dire qu'il fallait savoir saisir à bras-le-corps l'inattendu, s'y colleter de front, plutôt que de le contourner sur la pointe des pieds. C'est pour cette raison que nous avons mis au point le projet Épée. » Il attendit un commentaire, n'en obtint point, et se tourna vers Nimec. « Pete, je veux que Max Blackburn réunisse une équipe chargée d'enquêter sur les éventuels instigateurs de l'attentat. Qu'il ne regarde pas à la dépense. »

Nimec opina. Gordian avait parfois dans les yeux une intensité, une concentration qui lui avait toujours fait penser à un type jouant avec une loupe pour embraser une feuille aux rayons du soleil. Un regard qui vous donnait l'impression d'être littéralement irradié. C'était celui dont il gratifiait Nimec en cet instant.

« Je crois qu'il vaut mieux que Max vienne en Russie par le premier avion. Il pourra coordonner les choses depuis là-bas, utiliser la station pour y installer notre base logistique, poursuivit Gordian. Pendant ce temps, Pete, t'essaies de suivre toutes les pistes qui se présentent, ici même aux États-Unis. J'espère qu'on aura rapidement des résultats. »

Nouveau signe de tête de Nimec.

« Tout cela dans la discrétion, d'accord ? reprit Gordian. Si les services de renseignements se doutent le moins du monde que nous menons notre propre enquête de notre côté, ils nous couperont les vivres. »

Gordian parcourut du regard l'assistance. « Pas de commentaires ?

– Juste un. » C'était Nordstrum.

Gordian le regarda, attendit.

« Tu sais, cette citation du lutteur et de la danseuse...

– Oui. Eh bien ?

– Elle vient de Marc Aurèle, pas de ce brave Jules. »

Gordian continua de le fixer. Puis il porta lentement la tasse à ses lèvres, la vida, et hocha la tête.

« J'en prends bonne note, mon ami. »

15 h 30

Le Salon bleu de la mairie de New York, où se tenaient d'ordinaire les points d'information, était trop exigu pour contenir la foule des journalistes de la presse écrite et télévisée qui attendaient pour assister à la première conférence de presse depuis l'explosion.

Trouver un lieu pour l'accueillir n'avait été qu'une décision parmi la centaine qu'avait dû prendre le bureau du maire.

Mais le maire n'était plus là. Mort. Tué dans l'attentat, comme mille autres victimes.

Son premier adjoint était à l'hôpital et devrait y rester au bas mot une semaine. Blessures internes. Il avait pris un éclat de gradin dans l'abdomen et pouvait s'estimer heureux d'être encore en vie. Personne ne savait quand il pourrait reprendre ses fonctions.

La moitié des maires d'arrondissement étaient trop épuisés pour assister à la conférence ; quant au préfet de police, il était trop bouleversé par son drame personnel et trop pris par le déroulement de l'enquête pour aller perdre son temps à des conneries médiatiques – c'étaient ses propres termes.

Mais la presse voulait avoir quelque chose, n'importe quoi, à se mettre sous la dent. Même des miettes. Aussi la porte-parole de la municipalité, Andrea DeLillo, avait-elle passé les quinze dernières heures à déployer tous ses talents d'habile médiatrice. Elle avait su écarter les politiciens bien décidés à profiter des projecteurs braqués sur Times Square. Elle avait relevé les numéros des services de secours, de tous les hôpitaux et même des sites du SAMU qui avaient survécu. Elle avait mis son propre chagrin de côté avec son mouchoir dessus, sans parler de la crainte de perdre sans doute sa place avec l'arrivée d'un nouveau maire. Si elle pouvait faire quoi que ce soit pour débusquer les tueurs qui avaient fait s'abattre sur sa ville l'ange de la mort, elle n'hésiterait pas. Elle révélerait aux médias tout ce qu'elle savait, et les lâcherait aux trousses des coupables. C'était tout ce qu'elle pouvait faire pour l'instant. En priant pour que ce soit suffisant.

Les micros avaient été installés sur un podium au sommet des marches de l'hôtel de ville. Une masse dense de journalistes bien emmitouflés contre le froid avait envahi l'escalier et débordait sur la rue, qui avait été bloquée et barricadée par les services de police. Flanquée par des représentants de la police, des pompiers, du conseil municipal et du FBI, Andrea contempla la foule.

Finalement, elle s'approcha du micro et entama sa présentation. Et tandis que l'effroyable bilan s'échappait de ses lèvres, elle fit ce vœu secret : quelqu'un payerait pour ça, même si elle devait s'en charger elle-même.

20

Washington, DC
2 janvier 2000

LE PORTE-PAROLE DU FBI SE REFUSE À CONFIRMER L'EXISTENCE D'UNE CINQUIÈME BOMBE

Alimentant la controverse avec des déclarations sur les indices détenus au labo d'explosifs du FBI

WASHINGTON – Lors d'une conférence de presse tenue ce jour dans l'immeuble J. Edgar Hoover de Pennsylvania Avenue, le directeur adjoint Robert Lang n'a pas voulu confirmer que le FBI serait en possession d'indices matériels sur l'identité du ou des auteurs de l'attentat à la bombe responsable de la sanglante hécatombe qui, aux dernières estimations, aurait tué sept cents personnes et fait plusieurs milliers de blessés lors du réveillon de nouvel an à Times Square.

Dans un communiqué préparé d'avance, Lang a pour la première fois confirmé officiellement que la forte explosion survenue à vingt-trois heures cinquante-six avait été suivie de trois détonations secondaires, « de nature criminelle », écartant ainsi l'hypothèse d'une conséquence des importants dégâts occasionnés aux conduites de gaz souterraines par l'explosion initiale, comme l'avaient rapporté certaines agences de presse. Il a poursuivi en évoquant l'existence de témoignages oculaires « d'un intérêt primordial pour l'enquête », et a exprimé sa certitude que l'analyse des photos et des cassettes vidéo prises sur les lieux devrait fournir aux enquêteurs une vision précise « de faits de la plus haute importance survenus juste avant et après la tragédie ».

Lang s'est montré en revanche considérablement plus circonspect quant à la nature de l'objet recueilli par les enquêteurs et qui pourrait être une cinquième bombe qui aurait fait long feu. « Je peux seulement vous dire que nous détenons des indices substantiels laissés sur place par le ou les auteurs, indices qui sont en ce moment même étudiés par l'EU-BDC, le service de notre laboratoire spécialisé dans l'analyse des bombes et explosifs, a ajouté Lang au cours de la brève séance de questions-réponses qui a suivi sa déclaration. Nous ne sommes pas en mesure d'être plus précis pour l'instant, dans l'intérêt de l'enquête, mais nous tenons à rassurer l'opinion, et tout particulièrement les familles de tous ceux qui ont été frappés par cette attaque aveugle, en leur disant que nous partageons leur écœurement face à ce qui s'est produit et que nous avons mobilisé l'ensemble de nos moyens pour élucider l'affaire. »

Bien loin d'apaiser les spéculations sur la découverte d'une autre bombe par les services d'urgence de la police de New York dans les premières minutes suivant la catastrophe, le commentaire de Lang a attiré l'attention en citant l'EU-BDC comme organisme où était analysé l'indice mystérieux. Rappelons que l'Explosive Unit & Bomb

Data Center est un service du FBI spécialisé dans l'analyse des engins explosifs grâce à son laboratoire et sa base de données. De surcroît, pressé de questions par les journalistes et tout en notant que les tests sur les résidus d'explosifs et autres traces faisaient partie des attributions normales de l'EU-BDC, Lang a refusé de «cantonner la nature de l'indice à l'une ou l'autre catégorie spécifique».

Voilà qui pourrait être révélateur, estiment nombre d'experts légistes. De simples fragments d'un engin explosif sont susceptibles de révéler une «signature» caractéristique que l'on peut comparer à celle d'engins similaires utilisés lors d'autres attentats, ce qui offre la possibilité de le relier à telle ou telle organisation terroriste ou suspecte.

[...]

Les rumeurs courant sur la mystérieuse cinquième bombe n'étaient pas tombées loin.

En fait, le sac piégé avait été retrouvé sous la devanture d'une boutique de la 7e Avenue à la hauteur de la 52e Rue, quoique par les pompiers et non par la police. En réponse à une demande de soutien logistique émise par la police municipale, des spécialistes du déminage appartenant à la section new-yorkaise du FBI furent dépêchés en hâte pour récupérer la preuve. Quand on eut la certitude que le détonateur était inopérant et donc que l'engin pouvait être transporté sans risque, cette unité spécialisée – en accord avec le sous-directeur régional – se chargea de livrer le sac piégé au quartier général du FBI dans la capitale fédérale, où il fut transmis à l'EU-BDC pour analyse scientifique. Une découverte ultérieure sur les lieux grâce à des agents équipés de lampes à ultraviolets avait fait saliver les spécialistes du laboratoire bien avant l'arrivée du colis : l'éclairage fluorescent avait en effet permis de détecter que la charge non explosée et les échantillons de débris recueillis à proximité du site de l'explosion initiale portaient la signature chimique de leur fabricant. Leur réaction était parfaitement justifiée car, alors même que ce n'était pas encore une obligation aux États-Unis, le marquage avait été rendu légal en Suisse depuis de nombreuses années, et un nombre grandissant de fabricants d'explosifs de par le monde le pratiquaient de leur propre chef. Si l'identification était avérée, on espérait qu'elle mènerait les enquêteurs au vendeur initial et fournirait des renseignements de valeur sur les acheteurs des éléments nécessaires à la fabrication de l'engin.

Peu après l'arrivée au labo du pain de C-4, on en préleva une lamelle d'épaisseur microscopique qui fut déposée sur une lame porte-objet puis introduite dans une puissante bobine électromagnétique, afin d'orienter les paillettes de mélanine qu'elle contenait éventuellement. Chaque particule de cette matière plastique inerte, de la taille approximative d'un grain de pollen et marquée de stries colorées, était mélangée à l'explosif dans une proportion typique de deux cent cinquante parties par million, un taux qui n'en altérait ni la stabilité ni les performances tout en permettant une identification aisée au microscope. En l'occurrence, un simple modèle binoculaire Olympus équipé d'une chambre Polaroid 35 mm avait suffi à confirmer la présence de marqueurs aux spécialistes de chimie légale qui s'empressèrent, avec une excitation fiévreuse, de photographier les codes-barres pour déchiffrer l'indication codée du fabricant, de la date de production et du numéro de lot du plastic.

Dès lors, il ne s'agissait plus que d'une banale recherche informatique. L'information fut corrélée avec la base de données d'identification des explosifs commerciaux qui venait récemment de compléter l'Explosive Reference and Search System – judicieusement baptisé EXPRESS par des techniciens gouvernementaux friands d'acronymes – et le résultat fut immédiat.

Le fabricant fut identifié comme étant la société

Lian International, filiale chimique d'un vaste conglo-mérat malais basé à Kuala Lumpur et dirigé par un homme d'affaires chinois nommé Teng Chou. Bien que ce fût une avancée déjà remarquable pour l'en-quête, ce n'était rien en comparaison de la découverte suivante : la recherche de corrélation sur le numéro de lot du plastic permit de l'associer à un chargement récemment vendu à un distributeur de munitions russes étroitement lié au gouvernement.

Avec ce genre d'info dans leur escarcelle, les enquê-teurs de l'EU-BDC comprirent qu'ils étaient tombés sur un gros truc.

Du début à la fin, c'était un cas d'école démontrant comment la diligence et le soin apporté de bout en bout à l'analyse d'un indice pouvait aboutir à des résultats spectaculaires.

Ce devait être également la première phase d'un vaste plan d'intoxication de l'ensemble des services de renseignements américains.

21

New York
Cimetière de la cavalerie, Queens
3 janvier 2000

La neige tombait doucement sur les arbres et les monuments alentour. En n'importe quelle autre cir-constance, il aurait jugé le spectacle magnifique. Rosetta l'aurait apprécié, elle aussi, si elle avait pu l'admirer de l'intérieur d'une pièce bien chauffée. Elle attrapait trop vite froid pour goûter autrement les paysages hivernaux. Il leur avait fait mettre des couvertures à côté d'elle, dans le cercueil. Il ne sup-portait pas l'idée qu'elle ne se réchauffe plus jamais.

Tout cela lui faisait horreur. Le préfet Bill Harrison se tenait au bord d'une tombe ouverte.

Il savait qu'il n'était pas seul. La même scène devait se répéter des centaines de fois, tandis que New York enterrait ses morts. Maigre consolation. En un sens, cela n'en devenait que pire.

Comment était-il censé continuer sans Rosetta ? Elle était son cœur, son centre, sa raison de vivre. Quand le boulot devenait trop pénible, quand ce qu'il voyait chaque jour le dépassait, il retournait près d'elle et elle le réconfortait. Elle ne pouvait rien changer à ce qu'il voyait, mais tant qu'il était auprès d'elle, il savait pour la protection de quoi il se battait. Elle symbolisait toute la bonté du monde.

Et voilà qu'il la mettait en terre. D'un instant à l'autre, ils allaient descendre le cercueil.

Il était terrassé par la douleur.

Il se demanda pour la millionième fois pourquoi il l'avait laissée l'accompagner à Times Square. Il aurait pu dire non, prétendre qu'il n'y avait pas assez de sièges sur la tribune pour ceux qui travaillaient vraiment, une fois casés les politiciens. Il avait le choix, et dans son infinie sagesse, il avait décidé que le plaisir assuré de Rosie outrepassait les risques.

Voilà ce qu'il aurait du mal à se pardonner.

Sa fille se tenait près de lui. Ses larmes étaient de l'acide sur ses blessures. Elle aurait pu mourir, elle aussi, tout ça parce qu'il n'avait pas vu venir le drame, ne l'avait pas arrêté avant qu'il ne soit trop tard. En fait, sa fille adorée vivait les mêmes cauchemars que lui. Elle avait été terrifiée – alors qu'elle était sous sa garde, à ses côtés, quand il aurait dû être capable d'empêcher ça.

Pourquoi n'avait-il pas pu ?

Inutile d'accuser le maire. L'homme était mort. Il avait payé le prix ultime, même si son goût immodéré de la politique politicienne avait fait de lui une cible trop belle pour être manquée.

Inutile non plus d'accuser ses hommes. Le stand

du marchand de beignets lui avait paru parfaitement normal dans la fraction de seconde où il l'avait vu. Comment auraient-ils pu se méfier ? Les premiers comptes rendus de l'enquête sur le lieu de l'explosion suggéraient un vrai travail de professionnel, indécelable même par l'observateur le plus attentif.

Les porteurs, en majorité des policiers en grand uniforme, déposèrent, à gestes lents, le cercueil sur les cordes qui allaient descendre en terre Rosie, et le priver de sa présence jusqu'à ce qu'il la retrouve, à son tour, dans l'autre monde.

Son cœur débordait de chagrin.

Il tendit la main, prit celle de sa petite fille et la serra très fort.

Les caméras de télévision ronronnaient et cliquetaient.

Même son deuil était une affaire publique.

Le cercueil fut descendu lentement. Quand il parvint au fond, le bruit sourd du bois sur la dalle du caveau était celui de la solitude la plus irrémédiable qu'il puisse imaginer.

Comme le bruit de l'explosion, ce bruit aussi le hanterait à jamais.

Le prêtre psalmodia des paroles de réconfort. Encore des sons qui ne l'atteignaient pas, pour l'heure si vains… mais qui sait, plus tard, quand seul à nouveau, il repasserait au crible ses souvenirs de la journée, peut-être y trouverait-il en partie l'apaisement qu'ils étaient censés procurer.

Il jeta dans le caveau le bouquet de roses qu'il avait apporté. Taches vives d'écarlate sur le bois verni, que bientôt recouvrirent les blancs flocons de neige qui tombaient toujours doucement. Comme son cœur, les fleurs furent bientôt gainées de glace.

Les myosotis de Tasheya se joignirent à son offrande. Tandis que la cérémonie s'achevait, il les regarda disparaître à leur tour sous les assauts du ciel.

Il avait perdu sa Rosie. Le vide en lui était si vaste qu'il ne savait trop comment son corps pouvait le contenir. Mais il avait une chose à faire qui lui permettait de tenir en respect ce chagrin qui menaçait de le submerger.

Il était préfet de police de la ville de New York. Son boulot était de trouver qui avait commis cet acte. Le jour où il traînerait ces gens devant la justice, alors seulement sa blessure pourrait se refermer.

22

Moscou
6 janvier 2000

Les bains-douches sur Uliltsa Petrovka étaient un des lieux de loisirs favoris de la pègre, des hommes du pouvoir et de tous ceux qui naviguaient entre les deux ; Youri Vostov s'y rendait deux ou trois fois par semaine pour se délasser au hammam ou au sauna, toujours à midi pile et jamais sans la compagnie d'au moins deux femmes.

Vostov considérait ces visites comme d'ordre thérapeutique en même temps que comme une source d'intense plaisir physique – et le plaisir n'était pas une chose qu'il prenait à la légère. C'était à cause de l'effroi qu'il avait ressenti quelques années plus tôt, à l'orée de son cinquantième anniversaire. Il avait alors senti sa virilité sur le déclin, et même commencé à redouter de devenir impuissant après avoir connu l'ignominie d'un certain nombre d'épouvantables fiascos. Bien qu'ayant une large palette de jeunes et belles femmes pour partager ses ébats, et bien que chacune fût aussi talentueuse qu'imaginative à sa façon, rien ne semblait pouvoir le stimuler. Ses rencontres amoureuses n'étaient plus que terne formalité sans grande conviction quand une nuit, suivant le conseil d'un ami du gouvernement, il avait tâté du ménage à trois – curieusement, une première pour lui – avec deux sœurs connues pour leur esprit d'équipe développé, et il avait trouvé le salut entre leurs corps luisant de sueur.

Il imaginait que le secret avait été d'admettre enfin qu'il était homme à préférer à la qualité la quantité. Comme du reste pour la nourriture, la boisson et les biens matériels, la clé de son plein épanouissement s'avérait la possession immédiate.

Aujourd'hui, ses compagnes de sauna étaient Nadia et Svieta, non pas les sœurs qui avaient été les premières à lui montrer la voie de l'épanouissement charnel du quinquagénaire – elles n'avaient aucun lien de famille, à sa connaissance –, mais une paire d'amies aussi consentantes qu'enthousiastes. Nadia, la brune auburn, ne portait qu'une paire de boucles d'oreilles en or. Svieta, rouquine aux reflets cannelle, avait choisi de souligner sa nudité par un anneau de cheville doré. Toutes deux étaient agenouillées devant Vostov qui s'était lui aussi débarrassé de sa serviette ; assis sur une banquette en bois, il regardait leur tête monter et descendre sous son ample bedaine, et contemplait leurs seins qui ballottaient librement dans une brume de vapeur nacrée.

C'est à cet instant qu'un tambourinement à la porte tira soudain Vostov et ses compagnes de leur extase. La boucle d'oreille de Nadia arrêta de lui battre l'intérieur de la cuisse, la masse de cheveux roux de Svieta s'écarta de son giron, et toutes deux le contemplèrent, l'air pour le moins intrigué, comme interdites.

Il fronça les sourcils, pestant déjà contre l'intrus qui avait gâché ce bon moment. Il aboya : « Qu'est-ce que c'est ?

– *Prosstitye*[1], monsieur Vostov, s'excusa l'employé, depuis le hall. Un appel sur votre mobile.

---

1. Pardon, en russe *(N.d.T.)*.

– Un *appel* ? Je t'avais dit que nous ne voulions pas être dérangés !

– Je sais, monsieur, mais il bipait sans interruption et…

– Merde ! Ça suffit ! » Vostov se leva, arracha de la patère sa serviette, s'en ceintura la taille. Puis il entrouvrit la porte et glissa le bras dehors, des volutes de vapeur autour de ses épaules charnues. « Donne-le-moi, veux-tu ? »

L'employé lui passa le téléphone. Vostov claqua la porte et pressa une touche du clavier pour prendre l'appel.

« Oui ? fit-il en portant le combiné à son oreille.

– Ah, Youri. J'espère sincèrement que je ne vous dérange pas. »

Vostov reconnut la voix de Teng Chou et se renfrogna de nouveau.

« Il se trouve que si, répondit-il.

– Dans ce cas, veuillez me pardonner. Mais cela fait un certain temps que j'essaie de vous joindre à votre bureau. »

Vostov lança un œil vers Nadia et Svieta, qui s'étaient assises sur le banc et chuchotaient entre elles avec des gloussements furtifs. Y avait-il quelque chose de drôle qui lui échappait ?

« Peu importe, reprit-il, de plus en plus contrarié. Que se passe-t-il ?

– J'ai eu des difficultés à entrer en contact avec l'une de nos relations mutuelles. Et, je l'avoue, j'ai dû reporter sur vous une partie de mon irritation à son égard.

– Je vous ai dit d'oublier ça, grommela Vostov. En quoi suis-je impliqué, de toute façon ?

– Mon ami, reprit Teng d'une voix doucereuse, choisissant avec soin ses mots en russe, vous êtes déjà assez gravement impliqué. »

Vostov pâlit.

« Ne jouons pas sur les mots. Je ne suis pas un vulgaire intermédiaire…

– Bien sûr que non. Mais c'est quand même vous qui avez négocié l'accord.» Teng marqua une pause. «Sans doute le dérangement de la ligne, si vous m'autorisez l'expression, ne veut-il rien dire. Nous avons tous connu des journées mouvementées. Malgré tout, mes commanditaires aimeraient être sûrs d'avoir totale satisfaction. L'affaire doit suivre son cours comme prévu.»

Vostov tourna le dos aux deux femmes et baissa la voix.

«Écoutez, moi, j'en ai rien à foutre. Vous pouvez insinuer ce que vous voulez, mon rôle dans cette affaire est terminé. Vous voulez que je rappelle notre ami, pour voir ce qui lui arrive, d'accord. Mais c'est bien pour vous rendre service, ce n'est pas une obligation, c'est compris?»

Teng marqua un temps.

«Oui, admit-il enfin, toujours d'une voix douce. Même si je dois vous rappeler que la quête de la vérité peut remonter à la source aussi aisément qu'elle s'est égarée.»

Vostov sentit ses entrailles se crisper. Ces Asiatiques lui tapaient sur le système avec leurs manières elliptiques. «Ce qui veut dire, en clair?

– Vous auriez intérêt à réévaluer vos intérêts, mon ami. Il serait malheureux qu'ils viennent à entrer en collision avec les miens. Les commanditaires que vous écartez si légèrement ont le bras long, et leur rancune l'est encore plus.»

Le malaise de Vostov s'amplifia. Il ressentit une vive brûlure au creux de l'estomac. Bigre. Son ulcère n'avait plus fait des siennes depuis une éternité.

Il jeta un coup d'œil en douce à Svieta et Nadia. Elles continuaient leurs messes basses et leurs petits rires, et semblaient ne lui prêter aucune attention.

Le désir était un caprice aussi précaire que fluctuant, s'avisa-t-il. Il pouvait tirer un homme du ruisseau le plus crasseux pour le mener au sommet de la société, avant de le replonger dans le gouffre.

« J'appelle notre ami tout de suite », conclut-il avant de presser la touche de déconnexion.

Nadia s'approcha alors, dans l'espoir de le distraire de ses affaires professionnelles. « Tout à l'heure, fit-il, et il la repoussa sans ménagement. Dès que j'aurai fini de régler ce lamentable gâchis. » Puis il reporta son attention sur le téléphone. Il le laissa sonner – sur la ligne particulière du ministre, afin qu'aucun secrétaire ne risque de se rappeler le coup de fil. Après cinq sonneries, il entendit un bonjour irrité. Il répondit sur le même ton.

« Bonjour, monsieur le ministre.

– Vostov ? Mais tu es fou, de m'appeler à mon bureau !

– Je serai bref.

– Là n'est pas la question. La ligne n'est pas sûre…

– Écoutez-moi. Je n'aime pas la politique et je commence à regretter d'être allé me fourrer dans cette histoire. Mais on doit savoir assumer ses choix.

– Pourrais-tu cesser de philosopher et en venir à ton sujet ? Et n'oublie pas, nous ne sommes peut-être pas seuls.

– À la bonne heure ! Je m'en vais vous donner un petit conseil, reprit Vostov. Faites-en ce que vous voulez, mais je vous suggère d'y prêter au moins attention.

– D'accord, d'accord. Qu'y a-t-il ?

– Notre associé étranger se sent négligé de votre côté. Il dit…

– Cet homme n'est pas mon associé. Tout au plus un transitaire, lui-même manipulé par d'autres.

– Toujours est-il que vous esquivez ses appels, du moins c'est ce qu'il prétend. Et je pense qu'il est important que vous lui parliez.

– Vostov, tu ne vois pas que je suis en train de déblayer le terrain de mon côté ? Je n'ai pas à suivre ses caprices. S'il s'imagine pouvoir disposer de mon temps à sa guise, je préfère ne pas penser à ses déconvenues futures. Et à celle de ses maîtres cachés.

– Parlez-lui. Apaisez-le. Je ne veux pas avoir ce type sur le dos.

– Et moi, je n'aime pas trop le voir nous monter l'un contre l'autre. Il attendra que je sois prêt à lui parler, et en attendant, qu'il aille se branler.

– Écoutez, vous devez comprendre qu'il est capable de tout nous foutre en l'air…

– On a déjà bien assez à faire de notre côté pour ne pas nous intéresser à lui. J'ai des informations sur les activités des Américains à Kaliningrad. Il pourrait se passer un truc susceptible d'engendrer des problèmes, même si nous ne savons pas encore quoi au juste. Nous devons être prêts à réagir vite si nécessaire. Je pense qu'au vu des circonstances, il serait temps de te rendre utile.

– C'est pas mes oignons. J'en ai déjà bien assez fait…

– Tu vas continuer. J'ai besoin de fournitures. D'équipement. Peut-être d'hommes. Ne commets pas l'erreur de t'imaginer pouvoir t'en laver les mains, cette fois-ci.

– Saleté de politique. Je l'ai toujours dit, j'aurais jamais dû me laisser embringuer là-dedans.

– On n'y peut rien, Vostov. La vie n'est que politique. Déjà dès l'enfance, quand frères et sœurs rivalisent pour capter l'attention des parents, il faut savoir jouer des coudes pour avoir ce qu'on désire. Je suis convaincu que c'est à ce moment que les trahisons commencent. La famille est un repaire de Judas, le frère bien-aimé n'est-il pas notre premier ennemi?

– Je n'en sais rien. Vous m'égarez.

– Pas possible? Eh bien, tâche simplement de ne pas oublier que tu étais à bord de ce chalutier à Khabarovsk.

– Ce sera tout? lança Vostov, un rien sarcastique.

– Non. J'ai besoin de toi pour faire appel à tes nombreux contacts, même si je les trouve détestables. Le moment paraît venu de déployer un rideau de fumée. Il semble qu'un certain nombre de factions pourraient bien partager le même objectif que nous. Alors, je crois sage de détourner vers elles les projecteurs de la curiosité publique.

– Que voulez-vous dire ?

– Nationalistes, séparatistes, communistes ou réformateurs ont tous intérêt à bloquer l'aide internationale. Je crois qu'il est temps que quelqu'un le leur fasse remarquer, hein ? Sans oublier les militaires et le KGB, injustement exclus de la distribution des largesses de nos ennemis – et ainsi empêchés de prélever leur dîme au passage. Tu ne trouves pas que quelqu'un devrait leur demander ce qu'ils en pensent et ce qu'ils comptent faire ? Même l'Église et la mafia pourraient avoir leur carte à jouer. Mon cher Vostov, plus on fera pression sur Starinov et les Occidentaux, plus vite nous parviendrons à nos fins. Tes tentacules s'insinuent partout. Je pense que tu devrais t'en servir.

– Ce que vous me demandez là..., bafouilla Vostov, ne se règle pas en deux coups de cuiller à pot.

– Raison pour laquelle je te suggère de t'y mettre tout de suite. Souviens-toi, Vostov, un homme qui ne sait pas se rendre utile est un homme dont on peut se passer. À présent, y a-t-il un autre sujet dont tu aimerais discuter ?

– Vous n'avez toujours pas répondu à la question qui motivait mon appel. Concernant le *transitaire*, comme vous l'appelez...

– Je t'ai dit qu'il pouvait aller se branler ! À partir de dorénavant, je ne traiterai qu'avec ses supérieurs, et uniquement quand ça me chante. Et si tu ne veux pas être mon intercesseur, Vostov, tu auras droit au même régime. Si tu es encore là... À présent, au revoir. Tâche d'être prêt quand j'aurai besoin de toi.

– Attendez, raccrochez pas... Allô ? Vous êtes toujours là ? Bordel de merde, vous êtes toujours là ? Allô, allô, *allô*... ? » Seule la tonalité lui répondit. Il jeta le téléphone à l'autre bout du sauna.

« Et merde. »

150

Un léger bruit ramena son attention vers les deux femmes, à présent blotties dans un coin, l'air pour le moins effrayé.

« Eh bien, qu'est-ce que vous regardez comme ça ? Ramenez-vous ici et rendez-vous utiles. » C'était l'expression employée par son interlocuteur au téléphone. *Se rendre utile.* Il s'assit et attendit. Elles s'approchèrent, hésitantes, et il ferma les yeux. La politique. Un sale boulot. Il y avait d'autres activités qu'il préférait, et de loin.

23

Washington, DC
6 janvier 2000

Vêtu d'un sweat gris, d'une casquette de l'équipe de base-ball de Baltimore et chaussé de Nike, Alex Nordstrum faisait son jogging sur le Mall, l'air calme et concentré, tandis que ses longues jambes travaillaient à un rythme soutenu. Il était plus qu'à mi-parcours et son sang lui semblait gorgé d'oxygène, ses muscles des cuisses et des mollets étaient plaisamment détendus.

Les bras battant en cadence, il courait en direction de la vaste pelouse de Constitution Gardens, dominée par l'arête de marbre de l'obélisque de Washington. D'ordinaire, c'est là qu'il faisait demi-tour pour repartir vers l'est, bouclant son circuit de trois mille cinq cents mètres. Aujourd'hui, il allait devoir attendre un peu, à moins que Blake ne soit à l'heure… ce dont il doutait, vu que le sous-secrétaire d'État au ministère des Affaires étrangères était un individu dont l'horloge interne semblait s'être irrémédiablement grippée alors même qu'il était encore assis avec lui sur les bancs de Sciences-Po à Georgetown.

Nordstrum trottinait d'une foulée légère, ne voyant aucune raison de se presser. Au nord du parc, la masse imposante des bâtiments du triangle fédéral s'étendait sans interruption jusqu'à la 15e Rue, avec ses toits rouges visibles derrière la végétation dénudée. Au sud, Nordstrum pouvait entrevoir les colonnades et les portiques blancs du ministère de l'Agriculture. La vapeur sortait de sa bouche au rythme de sa respiration régulière, mais son métabolisme tournait à plein régime et c'est à peine s'il sentait les rafales glacées venues du Potomac lui dessécher les joues et le front. Il avait le dos de son sweat trempé de sueur entre les omoplates, une bonne sueur saine qui le lavait de toute sa tension.

Sur sa droite, des gens bien habillés le dépassaient au volant de leurs luxueuses berlines. La plupart viraient à angle droit sur la 17e Rue pour rallier les musées du centre et les bâtiments officiels, un plus faible pourcentage du trafic poursuivant au-delà du bassin jusqu'au point où Constitution Avenue devenait la route 66 et sortait de la ville par le pont pour rejoindre Arlington. Un peu plus d'un kilomètre dans son dos, le dôme du Capitole baigné d'or par le soleil matinal commençait à apparaître derrière les tourelles de brique rouge du Smithsonian. Tout au long du parcours qu'il venait de couvrir pour descendre de la colline, on voyait promeneurs et sportifs s'égrener sur les sentiers, à diverses phases de leur exercice matinal, les écureuils et les pigeons se disputer une maigre pitance, tandis que les lycéens en congé, engoncés dans leur anorak et leur bonnet de laine, flânaient autour de la petite patinoire circulaire jouxtant le Muséum d'histoire naturelle, les patins accrochés à l'épaule par leurs lacets noués. Les gamins ne semblaient guère plus traumatisés que les écureuils et les oiseaux par les événements survenus à Times Square la semaine précédente.

Faculté de résistance de la jeunesse ? se demanda Nordstrum. Ou simple endurcissement d'une génération née dans une époque où le terrorisme était une menace constante, au même titre que les calamités climatiques comme les séismes et les ouragans? Il n'était pas sûr de vouloir approfondir et préférait pencher pour la première hypothèse. Pour lui, en tout cas, la grandeur du Capitole suffisait à lui emplir la tête de couplets de l'hymne national et à faire vibrer en lui un formidable sens du devoir envers son pays d'adoption.

Il atteignit la 14e Rue, attendit une accalmie dans le flot de la circulation en trottinant sur place, puis quitta le Mall pour aborder l'esplanade des monuments avec sa pelouse qui montait en pente douce jusqu'à la base de l'obélisque.

Il avait entamé l'ascension de la butte quand il entendit claquer des pas sur la chaussée derrière lui. Se retournant, il avisa Neil Blake qui le suivait, quelques mètres en contrebas. Trente-cinq ans, carrure athlétique, beau visage encadré de cheveux bruns assez longs (pour Washington en tout cas), vêtu d'un survêtement Speedo noir barré d'une bande bleu électrique, il collait parfaitement à l'image de son milieu : les élites du pouvoir, à l'esprit vif et entreprenant.

«Neil, dit Nordstrum qui avait ralenti un peu, ça fait combien de temps que tu me talonnes?»

D'un signe de tête, Blake indiqua la 14e Rue. «Je suis entré par l'Ellipse et je t'ai vu traverser. Je t'aurais bien rattrapé plus tôt, mais je suis tombé sur une chouette nana qui avait perdu son chemin et disons que je me suis arrêté pour l'aider. De toute façon, je comptais te laisser souffler encore quelques minutes.

– Que d'égards, railla Nordstrum. T'as pris son numéro de téléphone? Au cas où elle aurait besoin de renseignements complémentaires.»

Blake tapota sa poche.

«Il est déjà bien à l'abri.»

Nordstrum sourit. Ils continuèrent de courir, côte à côte, en silence, et franchirent le sommet du tertre pour redescendre vers le grand bassin, étincelant au soleil matinal.

« J'ai quelque chose pour toi, dit Blake. Ça n'a pas été facile. Que quelqu'un découvre l'origine de la fuite, et je peux reprendre le stand de bagels que mon cousin Steve ne cesse de me proposer à Chicago. »

Nordstrum acquiesça en silence.

« Tu connais le groupe Lian ? » dit Blake.

Nordstrum acquiesça derechef. Il était sérieux et songeur.

« Et l'acheteur en bout de chaîne ?

– La piste mène à un distributeur russe. Après ça, la question est ouverte. »

Il y eut un long silence.

« Du bidon, commenta-t-il enfin en secouant la tête.

– Je me doutais que t'apprécierais modérément mes infos. »

Nordstrum observa un nouveau silence.

« Et c'est tout ?

– Jusqu'ici, ouais, confirma Blake. Je te ferai savoir si je déniche autre chose.

– Merci. Je ne regrette pas de t'avoir donné de bonnes notes en cours.

– C'était mérité. »

Nordstrum le toisa. « Petit insolent. »

« On dirait de plus en plus que t'avais raison l'autre jour, Gord », confia Nordstrum au téléphone.

En peignoir, tout juste sorti de la douche, il avait regagné son domicile de Pennsylvania Avenue après son exercice, et venait d'informer Gordian de ce que lui avait appris Blake.

« Je regrette presque de ne pas m'être trompé, admit Gordian. Ce groupe Lian… J'en ai déjà entendu parler. Le nom n'a-t-il pas été évoqué à propos de l'affaire du financement de la campagne de Thompson, il y a quelques années ?

– Exact, là aussi, dit Nordstrum. Leur rôle dans l'introduction de fonds du gouvernement chinois dans notre campagne électorale n'a jamais été aussi clairement démontré que pour Lippo, entre autres donateurs étrangers... mais il y avait toutefois de fortes présomptions. D'après moi, l'argent de Lian a procuré à deux sénateurs au moins un indéniable avantage sur leurs adversaires, et pourrait bien leur avoir procuré leur siège.

– Je continue d'être presque aussi perdu que Megan. Quel rapport y a-t-il entre Lian et les Russes ? Et surtout, quels Russes ? »

Nordstrum s'avança au bord du canapé du salon, en tortillant machinalement le fil du téléphone autour de ses doigts.

« Je peux tout au plus avancer des spéculations. Je veux dire... il faudrait que je consulte mes fiches, que je fasse des recherches, avant de pouvoir espérer te voir t'appuyer sur cette information.

– Vas-y, j'ai pigé.

– Certains éléments indiqueraient que le ministre russe de l'Intérieur, Yeni Bachkir, aurait trempé dans cette affaire. Ses rapports avec Lian ne datent pas d'hier. Idem avec des membres du régime chinois. Sans oublier que la famille de Bachkir a possédé des intérêts commerciaux dans toute l'Asie même après la révolution bolchevique.

– Et ses motivations ?

– On ne peut guère taxer Bachkir d'américanophilie... si c'est bien le terme ?

– Je ne suis pas sûr qu'il existe, mais il est explicite.

– Toujours est-il qu'il se méfie du capitalisme et de la démocratie, et comme tant d'autres hommes de sa génération, il aurait préféré conserver le vieux système communiste en l'aménageant, plutôt que de le voir démantelé. Et même si ce n'est pas un ultranationaliste comme Pedatchenko, il y a chez lui une tendance au chauvinisme culturel.

– Bref, tu dis qu'il aurait pu chercher à torpiller les

initiatives pro-américaines de Starinov, le faire passer pour un incapable ?

– Pour résumer, et confirmer ce que tu suggérais lors de notre réunion », termina Nordstrum. Il s'aperçut qu'il avait complètement emmêlé le cordon du téléphone et chercha à dégager ses doigts.

Soupir de Gordian à l'autre bout du fil.

« Le fait que Bachkir ait contribué à négocier le contrat d'aide ne contredit-il pas ton hypothèse ? Regarde toutes les photos de Starinov quand il est venu à la Maison-Blanche en octobre ; chaque fois, tu verras le ministre à ses côtés. »

Nordstrum émit un borborygme qui était l'équivalent verbal d'un haussement d'épaules.

« Gord, je connais ta réserve proverbiale, mais tu sais aussi bien que moi que les mœurs politiques russes n'ont guère évolué depuis l'époque de la cour impériale de Catherine ou de Nicolas II. Ils ont une tradition bien ancrée de complots et d'intrigues dans la capitale, qu'il s'agisse du Moscou d'aujourd'hui ou du Saint-Pétersbourg du XIXe siècle. »

Bref silence. Nordstrum se débattait toujours avec son fil emmêlé, laissant son ami réfléchir.

« D'accord, admit finalement Gordian. Peux-tu me pondre un résumé pour Nimec, et lui envoyer par e-mail d'ici ce soir ?

– Ça risque d'être un peu léger… mais, oui, je peux le faire.

– Transmets-en des copies à Blackburn et Megan à Kaliningrad. Et à Vince Scull, tant qu'on y est. On verra bien ce que peut donner cette séance de remue-méninges.

– Parfait », dit Nordstrum. Il commençait à sentir un petit creux. « Autre chose ?

– Encore un petit service.

– Vas-y.

– Tu devrais te débarrasser de cette manie de jouer avec le cordon du téléphone pendant que tu es en communication. Ou alors, prends-toi un sans-fil. J'ai droit à tout un tas de parasites dans l'oreille. »

Nordstrum fronça les sourcils.

« D'accord… rien n'est trop beau pour mon chef. »

24

San José, Californie
7 janvier 2000

Quelques minutes après onze heures du soir, Pete Nimec déchiffrait sur son portable, l'air absorbé, son courrier électronique. Le message qui venait de s'inscrire à l'écran avait trait à l'enquête en cours de Gordian sur les événements de Russie. Son nom de code : Politika.

STATUT : Réponse 1/1, 3 fichiers attachés (authentifiés/cryptés)

Réponse : « Politika »
Pete,
Il est deux heures du mat, ici à Washington, mais je voulais terminer de charger les données que tu réclamais avant d'aller me pieuter. Comme je te connais, tu es sans doute resté en ligne à les attendre, et tu n'arriveras pas à quitter ta bécane avant de les avoir dans ta boîte aux lettres. Alors, les voilà, d'accord, ce n'est qu'un survol rapide, mais c'est ce que je pouvais faire de mieux compte tenu des délais. Je te suggère d'y jeter un rapide coup d'œil et de laisser mijoter, tranquille. De mon côté, pour une bonne nuit de sommeil, c'est largement râpé, mais inutile quand même de rester comme des cons à veiller jusqu'aux aurores.
Amitiés,

Alex.

Nimec fit glisser le curseur sur la barre de menu, cliqua *Récupérer* et se cala au dossier de son siège pour attendre, l'esquisse d'un sourire aux lèvres. Alex avait si souvent raison que c'en était troublant. Et il ne vous décevait jamais.

Quand le transfert fut effectué, Nimec se déconnecta du serveur Internet, ouvrit le premier des trois fichiers et se mit à le faire défiler :

Profil : Bachkir, Yeni
HISTORIQUE

PERSONNEL :
Né le 12/2/1946 à Vladivostok, Primorskiy Kraiy[1]. Dès avant la Révolution, le grand-père paternel dirigeait firme d'import-export avec nombreuses succursales en Chine et en Corée. Le père (décédé) a appartenu à la première génération d'officiers de la flotte soviétique du Pacifique. Mère (décédée) d'origine chinoise (mandchoue). Bachkir est marié et vit actuellement à Moscou. L'aîné de ses deux fils est un violoniste de concert qui a tourné avec [...].

Le regard de Nimec sauta au paragraphe suivant ; ce qu'Alex qualifiait de « survol rapide » aurait constitué un véritable traité académique pour d'autres chercheurs.

MILITAIRE/POLITIQUE :
Suit la carrière exemplaire de son père dans la marine ; sert dans la flotte soviétique du Pacifique durant la guerre froide ; a commandé sous-marins nucléaires des classes November et Echo-II, basés dans la péninsule du Kamtchatka. Promu contre-amiral en 1981, s'est retrouvé à la tête de l'ensemble de la flotte de submersibles nucléaires.
Ancien membre du Parti communiste ; rejoint le Movdo Desvidotsyia d'Eltsine aux alentours de 1991 ; très lié au

---

1. Littéralement : « district littoral ». Région administrative russe, intermédiaire entre la région – *Oblast* – et l'arrondissement – *Rayon (N.d.T.)*.

régime de Pékin, en part. avec les fonctionnaires du ministère du Commerce, tout au long de la période de tension sino-soviétique. Choisi en 1992 par Mikhaïl Gorbatchev comme consul spécial en Chine ; a contribué au renforcement des relations politico-économiques entre les deux pays. Principal rédacteur des accords de coopération sino-russes de 1996 et 1997 [...].

Les quelques paragraphes suivants étaient consacrés à un résumé de ces accords – en fait, de simples déclarations de principe plutôt qu'un véritable pacte contraignant. Un point toutefois, un peu plus bas sur la page, éveilla son intérêt. Il se redressa pour le lire plus attentivement :

En août 1999, Bachkir participe au sommet commercial de Pékin au titre de négociateur en chef des accords bilatéraux d'échange de technologie et d'armement. La délégation russe de marchands d'armes comprenait des représentants de Zavtra Group (cf. fichier joint), dont on dit que Bachkir serait un des principaux actionnaires. Parmi les dirigeants d'entreprise présents : Teng Chou, P-DG de la Lian Chemicals (cf. fichier joint), société malaise mais qu'on dit contrôlée par les Chinois.

Nimec relut deux fois ces lignes avant de poursuivre, les yeux rivés à l'écran, tout en grommelant dans sa barbe, l'air pensif. Voilà qui semblait apporter la réponse à bien des questions – et c'était bien ce qui le préoccupait. Il se méfiait des évidences.

Il prit la tasse oubliée sur son bureau, but une gorgée de café tiède et parcourut le reste du document.

Bachkir a été nommé ministre de l'Intérieur par le président Eltsine en 1999, poste qu'il détient encore. On dit que son amitié avec Vladimir Starinov a commencé alors que ce dernier était le général en chef des VDV, les forces d'assaut d'élite de l'armée de l'air, division stationnée à Petropavlovsk, région du Kamtchatka. Tout en disant continuer d'assurer Starinov de sa confiance sur le plan politique et personnel, il a critiqué avec véhémence sa politique de déréglementation économique accélérée et ses réformes démocratiques à l'occidentale.

[...]

Dix minutes plus tard, Nimec était parvenu au bout du dossier. Il le sortit sur imprimante, ferma le courrier, et ouvrit le premier fichier joint à l'envoi, une liste détaillée des divers avoirs internationaux du groupe Lian.

Il était minuit passé quand il finit de parcourir le troisième des fichiers joints par Nordstrum. L'examen de ce dernier n'avait fait que conforter son impression première à la lecture de la biographie de Bachkir : un sentiment d'évidence un petit peu trop flagrante. Quelque part, cela lui évoquait sa visite à la Grande Aventure, un parc à thème du New Jersey, bien des années plus tôt. Vous parcouriez en voiture des chemins balisés, censés vous faire traverser des habitats sauvages reconstitués, mais les vrais fauves étaient contenus derrière des clôtures mal camouflées. L'idée était de donner aux visiteurs l'illusion d'effectuer un safari alors qu'ils restaient de bout en bout sur un itinéraire parfaitement sûr et sous haute surveillance.

Nimec se frotta les yeux, sortit également une copie imprimée de ces fichiers, puis il quitta son programme de courrier électronique, éteignit l'ordinateur, rabattit son écran. Il recula son siège, se leva, s'étira en faisant jouer les muscles endoloris de la nuque et des épaules. Il se sentait à la fois épuisé et surexcité, et il se connaissait trop bien pour ne pas savoir qu'il n'arriverait pas à trouver le sommeil. Toute cette histoire cachait un truc, sans qu'il puisse mettre le doigt dessus, à un niveau de compréhension qui semblait lui échapper.

Nimec secoua la tête. Il avait désespérément besoin de se détendre.

Quittant son bureau, il traversa le vaste espace ouvert du séjour-cuisine-salle à manger pour rejoindre son ascenseur privé et monter au dernier niveau de son appartement en triplex.

La porte de la cabine s'ouvrit sur une salle de jeux et d'entraînement qui occupait tout l'étage. Elle était divisée en quatre zones de bonnes dimensions, ceintes par une piste de course à pied circulaire : le dojo où il effectuait ses exercices quotidiens d'arts martiaux, un ring de boxe entièrement équipé, un stand de tir insonorisé, et enfin la pièce vers laquelle il se dirigeait maintenant, copie conforme de l'académie de billard qu'il hantait à Philadelphie quand il était ado, et où il avait été formé par les meilleurs pros, y compris de sérieux arnaqueurs, vrais magiciens du trois-bandes… dont son propre père, qui n'était pas le plus manchot.

Il poussa la porte et pénétra dans la salle. Elle abritait deux rangées d'antiques tables de championnat. Leur cadre en bois était marqué, mais le tapis, remis à niveau, avait été recouvert d'une feutrine neuve pour des performances optimales. Il y avait un bar Coca-Cola, avec comptoir en formica et tabourets pivotants, un juke-box Wurlitzer ceint de tubes de néon et garni de vieux 45 tours de rock and roll. Des suspensions en plastique bon marché diffusaient une lueur verdâtre à travers leurs couches de crasse scrupuleusement préservée. Les murs étaient couverts de souvenirs récupérés par Nimec dans d'innombrables brocantes et marchés aux puces : vieux calendriers à pin-up dénudées, pancartes affichant tarifs de jeux oubliés ou avis d'interdiction de parier pour les mineurs.

La seule chose qui manquait, c'était l'odeur tenace de sueur, de brillantine et de fumée de cigarettes, et même s'il supposait qu'il valait sans doute mieux se passer de cette ultime touche d'authenticité, Nimec ne pouvait s'empêcher de la regretter parfois.

Il bascula l'interrupteur, alla prendre au râtelier l'une de ses queues personnelles allégées et gagna l'une des tables. Il sortit six boules du réceptacle inférieur et les disposa en demi-cercle autour d'une des poches centrales. Il avait décidé de travailler ses coups plutôt que d'entamer une série. Cela faisait plus d'une semaine qu'il ne s'était pas entraîné.

Nimec enduisit de craie le procédé, se pencha au-dessus des bandes, puis inséra la virole entre ses doigts mis en pont et effectua une série d'allers-retours méthodiques.

Par habitude, il avait placé la boule numéro huit sur la mouche de départ. C'était sa façon d'évacuer d'emblée tout risque de malchance. C'est qu'il prenait toujours sérieusement en considération la déveine : ça remontait à son passage sous les drapeaux, chez les Rangers, quand il avait mis au point toute une panoplie de rituels compliqués – d'aucuns y avaient vu de la superstition – pour rechercher la bonne fortune au combat. Même si, revenu à la vie civile, il avait trouvé d'autres modalités pour s'attirer les faveurs du destin, il n'avait jamais renoncé à cette pratique.

Tandis qu'il visualisait le trajet de la bille de choc, ses yeux gris avaient cette attention calme et posée du tireur d'élite. Le truc était de blouser les billes en succession de droite à gauche, en jouant sur l'effet pour se replacer en vue du coup suivant.

Gardant le poignet souple et le bras près du corps, il fit reculer sa queue et revint avec un coup fluide et précis, frappant la bille juste sous le diamètre central pour lui donner un léger effet rétro. Elle blousa la huit et revint doucement vers lui, s'immobilisant juste devant la bille suivante dans la rangée.

Pile à l'endroit voulu.

Il blousa trois autres billes en succession rapide, mais au cinquième coup, il crispa malencontreusement le doigt autour de la virole, qui ripa au tout dernier moment. La bille partit en dérive avec la cinquième bille visée. Il grimaça. Faire une fausse queue, comme un débutant !

Il inspira un grand coup. Il n'y avait pas que sa partie de billard qui tournait mal ce soir. Loin de là. Le rapport de Nordstrum semblait indiquer que le

162

FBI, comme le prétendait la presse depuis plusieurs jours, était en possession d'un colis piégé intact : il doutait qu'on ait pu établir aussi vite la connexion avec Lian-Zavtra sans un examen scientifique des marqueurs ou des éléments chimiques détectables que contenait l'engin explosif. Certes, les résidus chimiques d'une charge ayant détoné auraient également fourni cette information, mais l'idée de base restait la même : les empreintes de Bachkir étaient partout. C'était une bonne raison de le soupçonner d'être au centre du complot des poseurs de bombe, sinon son principal architecte. Mais quel aurait pu être son motif ? Déclencher des sentiments isolationnistes aux États-Unis ? Provoquer une révision de l'accord d'aide alimentaire qui rapprochait la Russie de l'Occident ? C'était la seule explication qui tînt à peu près debout, et elle soulevait bien trop de problèmes. Bachkir était un militaire. Un homme qui était parvenu à un des grades les plus élevés de la marine russe, qui avait commandé la deuxième flotte mondiale de sous-marins lanceurs d'engins. C'était en outre un négociateur, habitué à peser avec soin ses décisions. Serait-il réellement capable de justifier un tel massacre de civils en contrepartie de gains aussi indirects et problématiques ? Qui plus est, il avait participé dernièrement à la discussion d'un important contrat de vente d'armes entre son pays et la Chine, et pourrait avoir une participation financière dans une entreprise russe qui, entre autres activités, faisait du transport d'armes. Il devait être le premier à connaître la facilité avec laquelle on pouvait remonter la piste de l'explosif du fabricant à l'acheteur, et cette enquête ne pouvait que susciter des interrogations sur son rôle dans l'attentat. Où était la logique là-dedans ?

Le front plissé, Nimec s'accroupit, glissa la main sous les entrailles de la table, récupéra les billes et les aligna derrière la mouche arrière pour s'entraîner au coup de départ. Plus il songeait à une éventuelle complicité de Bachkir, plus il avait de réticences. Ce n'était pas seulement que le puzzle était incomplet ; mais il avait l'impression qu'on lui avait refilé des pièces qui ne collaient pas, pour mieux le déconcerter.

Sans doute n'y avait-il rien de mieux à faire que de progresser étape par étape... et la façon logique de procéder était de suivre le cheminement des explosifs, de l'usine de fabrication jusqu'au dernier point de vente.

Il se pencha sur le tapis, et se mit à blouser les billes en rafale dans la poche du haut. Dès demain matin, il passerait un coup de fil à Gordian. Par ses fonctions d'exportateur de technologie américaine, Roger était constamment en rapport avec les douanes, et l'un ou l'autre fonctionnaire pouvait avoir un tuyau à leur refiler. Si Lian était bien le producteur des explosifs, et si Zavtra avait joué les intermédiaires, qui les avait réceptionnés aux États-Unis ? Et comment au juste s'était opéré le transit ?

Quelqu'un avait dû s'en charger, et Nimec avait bien l'intention de découvrir qui.

25

San José, Californie et New York
8 janvier 2000

Sitôt coupée la communication avec Nimec, Gordian appela Lenny Reisenberg, qui dirigeait le bureau régional d'affrètement à New York.

« Qu'est-ce qui me vaut l'honneur d'un coup de fil du *gantse knahker* ? dit Lenny en prenant la communication à sa secrétaire.

– Je croyais que c'était le *groyss mahker* ?

– Il y a une subtile différence, expliqua Lenny. Le premier terme désigne un "gros ponte", le second un personnage qui organise les choses. De manière générale, toutefois, les deux termes sont interchangeables, puisque la plupart des *mahkers* sont également *knahkers*, et vice versa. » Il marqua un temps. « En revanche, si je me mettais à te traiter d'*alte kakhker*, tu aurais des raisons d'être en rogne. »

Gordian hocha la tête avec un sourire indulgent. Il ne savait pas pourquoi, mais Lenny semblait convaincu qu'il était vital de lui enseigner le yiddish, et il le gratifiait régulièrement de ces leçons par épisodes depuis plus de dix ans. Les meilleurs employés devaient-ils toujours avoir ces manies bizarres, ou bien était-ce qu'il avait le chic pour tomber dessus ?

« Len, j'ai besoin d'un service.

– Et comme il n'est que neuf heures du mat dans ta cambrousse perdue et que t'en n'es qu'à ton premier caoua, j'imagine que c'est urgent...

– Tout à fait, admit Gordian. Il s'agit d'une boîte russe d'import-export, Zavtra Group...

– Attends une seconde, que je note ça. » Gordian entendit Lenny faire de la place sur son bureau. « D'accord, tu épelles ça : Z-A-V-T-R-A ?

– C'est ça.

– Pas l'impression qu'on ait déjà traité avec eux. De mémoire, en tout cas...

– Ce n'est pas important, Len. Ce que je désire, ce serait un relevé chronologique de tout ce que Zavtra aurait importé dans la région de New York au cours des, disons, six à huit derniers mois. Il se peut qu'on doive remonter plus avant, mais on va déjà commencer avec ça. Ah, et puis il me faudrait aussi l'identité du dernier acheteur.

– Puis-je te demander pourquoi diantre je dois me procurer une telle information ?

– De ce côté, il vaudrait mieux que tu t'en abstiennes. »

Reisenberg poussa un soupir. « Vu, je vais voir ce

que je peux faire. Je connais un type au bureau des douanes du Centre de commerce international. Si on arrête cette conversation dans les dix secondes, j'ai peut-être une chance de lui mettre la main dessus, et de l'inviter à manger un morceau. Justement, je crois bien que j'ai juste ce qu'il faut pour le faire craquer.

– Débrouille-toi comme tu voudras, tant que tu ne te mets pas dans le pétrin.

– D'accord, d'accord. Je te rappelle dès que j'ai trouvé quelque chose.

– Merci, Len.

– Pas de problème. C'est ce qui m'a valu cette réputation d'étalon dans un concours de pur-sang.

– Et d'authentique *Mensch*.

– Désolé, je cause pas français », répondit Reisenberg.

Et il raccrocha.

« Si tu veux mon avis, c'est quand même une honte que ces fachos d'antitabac aient interdit de fumer partout dans cette putain de ville, et jusque dans vos propres chiottes ! » Ça, c'était du Steve Bailey tout craché. Le fonctionnaire des douanes dont Lenny Reisenberg avait parlé à Gordian était assis en face de lui, sur la banquette en cuir d'une alcôve du Quentin, un pub anglais situé en face des tours jumelles du World Trade Center. L'établissement, tout en lambris de bois sombre, avait un gigantesque comptoir en fer à cheval, et les garçons y travaillaient depuis si longtemps qu'ils étaient capables de réciter la carte par cœur dans les deux sens.

Lenny répondit d'un haussement d'épaules évasif. « Y a du pour et du contre...

– Tu vas me dire que tu vois un inconvénient à l'existence de salles pour fumeurs ? Comme il y en avait dans le temps, avant que les poules mouillées et les culs pincés aient pris le pouvoir ?

– Pour tout te dire, j'ai de la compassion pour le

pauvre serveur qui risque le cancer du poumon par tabagisme passif…

— Tu causes comme l'ex-trois-paquets par jour que tu es, railla Bailey. Écoute, si le proprio a des scrupules à l'égard de son personnel, il peut toujours engager des tabagiques pour servir côté fumeurs.

— N'empêche, Steve, rétorqua Lenny, ce qu'on faisait dans le temps, c'était calculer la taille respective des zones en fonction de la capacité totale de l'établissement, ce qui compliquait le contrôle par les services sanitaires. Les inspecteurs devaient venir compter les clients pour s'assurer qu'il n'y avait pas d'infraction, tu vois d'ici le topo…» Il haussa de nouveau les épaules. «Résultat, les gérants finissaient par resserrer les tables au point que tu te retrouvais quasiment avec ton voisin sur les genoux…

— Ou ta voisine, pour voir le bon côté des choses…

— Bref, renifla Lenny, l'essentiel, c'est que…

— Que je viens de finir un délicieux ragoût de mouton, et que j'ai un superbe Macanudo glissé dans ma poche, et que j'aimerais bien le fumer pour couronner ce succulent repas, dit Bailey en passant la main dans sa toison de cheveux blancs. À cinquante ans, avec une prostate comme un ballon de basket, je n'ai plus des masses de distractions. Tout le monde a droit à un minimum de détente, Lenny.»

Lenny le considéra. Il estima que l'ouverture était la meilleure qu'il puisse espérer avant un bout de temps.

«Ce qui me fait penser…» Il plongea la main dans sa poche de blazer et en sortit une mince enveloppe frappée de l'emblème du Madison Square Garden, qu'il fit glisser vers Bailey.

Celui-ci la regarda les yeux ronds, les mains sous la table.

«Bon Dieu, c'est quoi ce truc?

— Un petit cadeau, Steve. De la part des Knickerbockers de New York, par mon intermédiaire.

— Les Knicks?

167

« – Ouaip.

– Bon Dieu. » Bailey déglutit, une de ses mains apparut et se tendit vers l'enveloppe. Il la saisit avec précaution, comme si elle était brûlante, puis du bout du doigt, il en souleva le rabat, lorgna son contenu.

Ses yeux s'agrandirent.

« Bon Dieu, s'exclama-t-il pour la troisième fois, avec un hochement de tête incrédule. C'est une putain de carte d'abonnement pour la saison...

– Enfin, une partie de la saison, vu qu'on est quand même déjà en janvier », nota Lenny. Il regarda Bailey. « Pourquoi tu hoches la tête comme ça ?

– Je hoche pas la tête.

– Mais si. Si mon cadeau te plaît pas...

– Bien sûr qu'il me plaît, tu le sais bien, merde, comment il pourrait pas me plaire ? Mais vu que Noël est passé, et que tu connais pas la date de mon anniversaire, tu dois avoir une autre raison de me filer ça, et je suis pas sûr de vouloir savoir laquelle...

– Tu me fends le cœur, Steve. » Lenny prit sa fourchette et attaqua son gâteau à la myrtille. « La carte est pour toi, point final, juste parce qu'on est potes. » Grand sourire. « Bien sûr, maintenant que t'en parles, il y a effectivement un truc...

– J'avais pas remarqué.

– Remarqué quoi ?

– Que je t'en avais parlé », rumina Bailey qui lorgnait toujours l'enveloppe, l'air de la soupeser dans sa paume. Au bout de quelques secondes, il la fourra dans sa poche en grommelant. « Mais maintenant que c'est toi qui as soulevé la question du renvoi d'ascenseur, n'hésite pas à me faire part de tes suggestions. En tâchant de garder à l'esprit que je suis foncièrement un gars honnête. Enfin, dans la mesure du possible. »

Lenny acquiesça, mangea sa tranche de gâteau, s'essuya les lèvres. Puis il se pencha vers Bailey et lui exposa ce qu'il désirait.

« Je prendrai tout ce que tu pourras me rapporter, conclut-il à voix basse. Manifestes de cargaison,

168

connaissements, autorisations officielles – t'as le choix. Plus y en aura, mieux ça vaudra.»

Bailey le regarda. «Cette société Zavtra, en Russie… c'est un transporteur aérien ou maritime?

– Ça pourrait être les deux, pour autant que je sache. Quelle importance?

– Juste que ça pourrait me faciliter la tâche. Vois-tu, quatre-vingt-dix pour cent des transactions commerciales sont désormais informatisées, ce qui veut dire que les infos que je pourrai sortir de mon ordinateur sont quasiment remises à jour de minute en minute. Mais il y a plusieurs systèmes, selon le moyen de transport.

– Et ils ne sont pas interconnectés?

– Bien sûr que si. Comme je t'ai dit, ce n'est pas sorcier de lancer une recherche générale. J'essaie juste de réduire le temps de traitement.» Il se gratta derrière l'oreille. «Tu les veux pour quand, ces renseignements, au fait?

– Avant-hier sans faute, dit Lenny. Et c'est bien parce que c'est toi.»

Bailey gonfla les joues, souffla lentement.

«Tu fais toujours ce genre de plan à ta femme et tes gosses quand tu leur fais un cadeau?»

Lenny secoua la tête.

«L'amour que je porte à ma petite famille est inconditionnel. Ce n'est que par pure nécessité que je m'associe avec des supporters grossiers dans ton genre.»

Bailey était hilare. «Allez, grouille-toi de demander l'addition, hé, du con.»

«Michael Caine!

– Non, c'est Tom Jones.

– Tom Jones est un chanteur. La question était: quel acteur britannique a travaillé dans une mine avant d'être célèbre?

– Je l'ai vu jouer dans cette histoire de Martiens, Botch...

– *Mars Attacks*. Ça, c'était juste une apparition, c'est pas la même chose. Et puis d'abord, Tom Jones jouait un fossoyeur...

– Non, non, non, je te dis que c'était Rod Stewart, le fossoyeur, Tom Jones, lui...

– Écoute, pauvre cloche, je veux plus entendre parler de Tom Jones, vu ? Si c'était pas Michael Caine, c'est forcément Richard Harris...

– Merde, qui c'est, ce Richard Harris ?

– Bon Dieu, mais enfin, tu viens de quelle planète ? C'est le type qui...

– Dis donc, Botch, qu'est-ce que tu fous ? » coupa Lenny Reisenberg depuis l'entrée du préfabriqué.

Cela faisait cinq bonnes minutes qu'il se gelait les miches, à écouter Tony Boccigualupo, le contre-maître du chantier naval, discuter avec son pote sur une question du jeu télévisé qu'ils étaient en train de regarder sur le petit récepteur couleur du Rital. Derrière lui, sur le quai de la 12ᵉ Avenue, on entendait siffler les treuils hydrauliques et cliqueter les chariots à fourche qui transféraient la cargaison des cales du navire aux semi-remorques à grand gabarit. Un couple de pigeons et une mouette crasseuse se disputaient une croûte de pizza près des caisses, sur la droite de Lenny. Plus loin, le ciel et le fleuve se fondaient dans une vague tache grise.

Lenny entendit jaillir de la télé un joyeux tinta-marre de cloches, sifflets et cris des candidats qui menaçait d'ébranler les parois en tôle ondulée de la baraque. Apparemment, l'un des joueurs avait dû gagner quelque chose.

« Ah, t'es chiant, Len, dit Botch, tu nous as fait louper la réponse.

– Désolé. » Lenny jeta un regard d'envie au radiateur parabolique allumé près de la chaise de Tommy. « Ça vous dérange pas, si je rentre ?

– Bien sûr que non, *mi* trou à rats *es su* trou à rats »,

dit Botch. Il lui indiqua un canapé aux coussins défoncés. Lenny se souvint d'avoir largué à peu près le même aux alentours de 74.

Il s'assit. Les ressorts craquèrent, gémirent et lui entrèrent dans les fesses. L'accoudoir donnait l'impression d'avoir absorbé une bonne rasade d'huile de vidange quelque part au cours de sa longue vie. Malgré tout, la chaleur du radiateur à infrarouges lui avait rapidement dégourdi les os et il ne pouvait s'empêcher de goûter ce confort.

« Comment va le fiston ? s'enquit Botch en faisant tourner sa chaise pivotante vers Lenny.

– Il a enlevé les mèches violettes de ses cheveux la semaine dernière, pour les remplacer par des tresses rasta. Comme les Jamaïcains. » Lenny écarta les mains, l'air contrit. « Cela dit, il a que des bonnes notes, alors qu'est-ce que je peux dire ? »

Botch grommela sa commisération, se passa la main dans ses cheveux gominés. « Ma fille aînée, Theresa, elle attend son second marmot. Son mari est un vrai tire-au-flanc, *capisce* ? J'sais pas si je dois le féliciter ou lui péter les rotules. »

Lenny se pencha pour agiter les doigts devant le radiateur.

« Ah, les gosses, fit-il avec un hochement de tête.

– Les gosses… », répéta Botch. Il soupira. « Qu'est-ce que je peux faire pour toi, Len ? Parce que, si c'est encore un boulot urgent pour Uplink, tu tombes mal. Les autorités portuaires m'ont dans le collimateur depuis l'attentat…

– Rien à voir. » Lenny lui adressa un regard entendu, tout en indiquant de la tête son collègue qui continuait de regarder le jeu télévisé.

Botch opina. « Joe ? » fit-il.

L'autre détacha ses yeux de l'écran. « Ouais ?

– Sors-moi donc vérifier cette cargaison venue de Corée, veux-tu ? » Il sortit le doigt par la fenêtre en indiquant le quai. « Rappelle à tes gars que je veux la voir entreposée avant la fin de leur service.

« – Entendu, dit Joe.

– Hé, Joe ?

– Ouais ?

– T'iras ensuite nous chercher du café.

– Entendu. » Joe reboutonna son bleu et sortit.

Botch attendit qu'il soit hors de portée de voix pour se retourner vers Lenny.

« Bon. Tu peux causer.

– Un de mes potes aux douanes m'a dit qu'une boîte du nom de Mercury Distribution recevait pas mal de marchandises sur ce chantier. Elle aurait réceptionné une cargaison venue de Russie, il y a un mois, un mois et demi… » Il marqua un temps. Botch émit un vague borborygme, lui fit signe de poursuivre.

« J'veux tout savoir sur Mercury, reprit Lenny. Ça te paraît réglo ou quoi ? »

Botch le regarda. « Pourquoi tu me demandes ?

– Parce que mon boss m'a demandé de te demander », répondit Lenny.

Plusieurs secondes s'écoulèrent.

Botch le regardait toujours. « Z'ont dit aux infos que ça pourrait être les Russkofs, qui sont derrière le coup de Times Square.

– Ouais.

– Et v'là que tu te radines avec des questions sur Mercury.

– Ouais.

– J'crois pas aux coïncidences, conclut Botch.

– Moi non plus, mais je te jure que j'en sais pas plus que ce que je te raconte. Je fais ça de confiance, Botch. »

Nouveau silence. Botch croisa les doigts sur son ventre, les considéra, les fit craquer.

« Mercury est dirigé par un homme de paille de Nick Roma, dit-il enfin. Te laisse pas abuser par le blase, c'est pas un *goombah*. Ce mec peut se baptiser comme il voudra, merde, pour moi, c'est un Popov. »

Lenny acquiesça. « C'est quoi, l'genre de truc qu'il importe ?

– C'est pas mes oignons, rétorqua Botch. J'voudrais pas que ma femme soit veuve trop tôt, si tu vois ce que je veux dire. »

Lenny acquiesça de nouveau, quitta le canapé, s'approcha de la porte, se retourna vers Boccigualupo. Bien qu'encore à l'intérieur, il sentait le froid s'insinuer en lui à mesure qu'il s'éloignait du rayonnement du parabolique.

«J'te revaudrai ça, dit-il enfin. Et, pour ta gouverne, la réponse à ta question du jeu télévisé, c'était "Richard Burton".

– Merci. Je manquerai pas d'en informer Joe. » Puis Botch se mâchonna la lèvre supérieure. «Et toi, dis à ton patron de faire gaffe, Len. C'est pas à des enfants de chœur qu'il se frotte. »

Lenny fit un pas de plus vers la porte, puis s'arrêta sur le seuil. Sur le quai, la mouette avait gagné le match contre le double de pigeons et brandissait triomphalement dans son bec la croûte de pizza. Le ciel semblait de plus en plus gris.

«Je lui dirai», promit-il.

Gordian téléphona à Nimec à quinze heures.

«Bonne nouvelle. Je viens d'avoir notre ami Reisenberg. »

Les doigts de Nimec se crispèrent autour du combiné.

«Il a des tuyaux ?

– Des tonnes. Enfin, c'est ce qu'il dit. Tu veux que je te fasse parvenir les documents par exprès ? »

Nimec pesa le pour et le contre. On pouvait se fier à des boîtes comme Federal Express mais même eux, il leur était arrivé d'égarer des colis – et il ne pouvait pas courir ce risque. Nimec ignorait d'où Lenny tirait ses informations, mais il savait que quelqu'un risquait des ennuis si l'on apprenait qu'il ou elle balançait ainsi des renseignements. De toute façon, s'il était parti pour une nouvelle nuit blanche, autant qu'il l'occupe à préparer son barda.

« Non. Je crois que j'ai intérêt à faire un saut à New York demain matin. »

Il y eut un bref silence avant que Gordian ne commente sa décision.

« Mon petit doigt me dit que tu t'es remis à user ta moquette, Pete... »

Nimec cessa aussitôt de faire les cent pas.

« Ça prouve bien qu'on n'en sait jamais trop sur son personnel », remarqua-t-il.

Gordian sourit, mais retrouva bien vite son sérieux. « Est-ce que ton équipe est prête à intervenir, Pete ?

– Toujours, dit Nimec. D'une seconde à l'autre.

– Bien, dit Gordian. Parce qu'il se pourrait bien qu'on n'ait guère plus à se mettre sous la dent. »

Nimec acquiesça. « Je les mets en état d'alerte. Ensuite, je pense que je vais faire mes bagages. » Il coupa la communication et pressa aussitôt la touche *Mémoire 1.*

26

New York
16 janvier 2000

S'il faut en croire la légende, Alexandre le Grand, confronté à l'énigme du nœud gordien, l'avait tout bonnement tranché d'un coup d'épée plutôt que d'analyser son écheveau compliqué. Problème résolu, selon Alexandre, qui avait toujours été direct et pragmatique.

Dès que Roger Gordian, Megan Breen et Peter Nimec eurent formé leur équipe d'intervention et de gestion de crise au sein d'Uplink, l'idée de la baptiser

Épée avait aussitôt jailli dans l'esprit de Megan, aussi naturellement qu'un rayon de soleil transperce les nuages par un beau matin d'été. Le jeu de mots sur le nom de famille de Roger avait semblé coller à merveille, d'autant que sa manière réaliste et décidée d'aborder les obstacles n'était pas sans rappeler celle d'Alexandre.

L'Épée était, de fait, sa réponse aux nœuds gordiens du monde moderne : un réseau mondial de collecte de renseignements, fondé sur une combinaison prospective et gestion de risque, afin d'anticiper tout déclenchement de crise, en désamorçant celle-ci avant qu'elle ne menace la paix du monde, les intérêts de son pays ou ceux de son entreprise – les trois coïncidant généralement.

Cela ne voulait pas dire pour autant que l'Épée fût sans ressources matérielles au cas où la situation tournerait au vinaigre. Formée de centaines d'hommes et de femmes triés sur le volet par Nimec, débauchés des forces de police et des services de renseignements dans le monde entier, la branche sécurité d'Uplink était à même de réagir de manière agressive à toute situation dangereuse voire violente. Le cadre organisationnel et opérationnel sur lequel Nimec avait bâti cette force était clair, logique et presque élégant dans sa simplicité : pour en renforcer l'efficacité et le secret, chaque bureau régional était indépendant du siège de la filiale ; les membres du groupe devaient être basés dans des secteurs bien connus d'eux, pour raison familiale ou professionnelle ; les équipes sur le terrain devaient se conformer aux lois des pays auxquels elles étaient assignées, et enfin elles devaient, dans la mesure du possible, recourir à des armes non létales.

Pour l'heure, Nimec estimait que Tony Barnhart, son chef de section locale, avait suivi toutes ces consignes à la lettre et il avait toute confiance dans le bon déroulement de leur opération, malgré le mauvais vent du nord qui balayait le secteur.

La conserverie de viande du début du siècle aménagée en QG new-yorkais de l'Épée était discrètement nichée entre Dowar et Hudson Streets, dans Soho – ce quartier du bas de Manhattan dont le nom reflétait non seulement sa position géographique au sud d'Houston Street[1], mais était également un hommage rendu par sa population bohème au célèbre quartier des théâtres londoniens. Dans le temps, avant l'invasion des tours de bureaux, le visiteur regardant par les portes-fenêtres donnant sur la terrasse du second étage pouvait entrevoir l'arc de Washington Square parmi le dédale des rues de Greenwich Village, Gramercy Park vers le nord, et enfin, bien plus haut, l'Empire State Building fièrement dressé au-dessus d'un amas plus moderne – et moins gracieux – de gratte-ciel de basalte et de verre. Aujourd'hui, toutefois, ces anciens repères topographiques étaient invisibles, quasiment engloutis dans un océan de bâtiments neufs de grande hauteur.

Ce soir, même l'horizon de tours était masqué par le blizzard, et Nimec ne voyait qu'un épais rideau de pluie mêlée de neige et zébrée d'éclairs pyrotechniques.

Quittant des yeux le balcon, il embrassa du regard la salle où Barnhart et sa coéquipière, Noriko Cousins, s'affairaient aux préparatifs de dernière minute, cagoule noire rabattue sur la nuque. La pièce avait été décorée dans un camaïeu de gris et de blanc, la cheminée décorée de dalles de marbre, sans manteau ni âtre, ambiance stricte et lisse. Les flammes pétillaient en jetant une lueur orangée sur l'épais tapis, le profond canapé blanc et le panneau mural qui s'était ouvert en pivotant au simple effleurement d'un bouton dissimulé, pour révéler la cache de matériel d'où Walsh avait extrait les outils et les armes nécessaires à leur braquage.

Barnhart avait sur les genoux un fusil d'assaut semi-automatique Benelli à poignée caoutchoutée, traite-

---

1. *Soho* : *S*outh of *Ho*uston Street *(N.d.T.)*.

ment de surface en synthétique noir mat et viseur laser. Le chargeur tubulaire qu'il venait de glisser dans la crosse contenait six sabots de calibre 12, qui s'ouvraient sitôt tirés pour larguer une minibombe lacrymogène au gaz CS munie d'ailettes stabilisatrices. Les poches du sac en nylon accroché à son torse contenaient six chargeurs supplémentaires, avec balles en caoutchouc, balles creuses émoussées, cartouches incendiaires et autres projectiles destinés à immobiliser ou distraire l'adversaire. Accrochés également aux bretelles entrecroisées de son harnais, on trouvait de minces bidons aérosol de diméthyl-sulfoxide, ou DMSO, gaz sédatif que la peau humaine absorbait rapidement comme une éponge. Enfin, un taser, pistolet électrocuteur à haute tension, était glissé dans un fourreau à sa ceinture.

Assise en tailleur, cheveux bruns maintenus en queue de cheval serrée, ses yeux noirs d'Asiatique plissés par la concentration, Noriko déballait avec soin sur la table tout son attirail de serrurier. Elle portait dans un étui de hanche un neutraliseur Foster-Miller qu'elle avait surnommé son *webshooter*, par référence à l'arme utilisée par Spiderman dans la bande dessinée. À peine plus grand qu'un pistolet lance-fusées, il libérait un mince filet de polymère enduit de colle extraforte. Posé sur le tapis à sa droite, un vérin ultraléger qui ressemblait vaguement à un cric de voiture. Porté à l'épaule, il permettait de forcer les portes mais ne devait servir que dans les cas où la rapidité était l'impératif majeur.

Tout près d'elle, il y avait la capsule de plastique rigide d'une torche Saber, avec son laser aveuglant. Juste avant qu'ils ne décrochent, sa dernière tâche serait d'insérer le Saber à la place du lance-grenades de 40 mm normalement fixé au canon de son fusil automatique M16, tandis que le boîtier de contrôle de l'arme optique était sous le tube. Les munitions qu'elle avait introduites dans le chargeur de l'arme automatique étaient des balles de 5,56 mm insérées dans des sabots en plastique de calibre 50. Tirées à une vitesse d'éjection lente, les sabots restaient en place et faisaient des projectiles l'équivalent de balles en caoutchouc non létales. À la vitesse supérieure, le sabot s'ouvrait, libérant la balle mortelle contenue à l'intérieur.

Nimec esquissa un sourire. Tout cet arsenal était terriblement high-tech. À des années-lumière du bricolage improvisé qu'il se trimbalait dans le temps, au sein des Forces spéciales. Mais on a du mal à se défaire des vieilles habitudes, et il demeurait toujours un rien traditionaliste. Aussi prendrait-il pour sa part des grenades fumigènes et des détonantes aveuglantes, des bombes de gaz CO et son Beretta 9 mm, chargé de balles classiques, au cas où le recours à la force brute s'imposerait nonobstant ses bonnes résolutions.

Il jeta un coup d'œil à sa montre. Sept heures quarante-cinq, presque l'heure.

«Tu crois que Roma va suivre son planning habituel, même avec ce temps pourri?» demanda-t-il à Barnhart, en indiquant de la tête les rideaux de neige et de pluie qui frappaient les baies vitrées, derrière lui.

Barnhart leva les yeux. «À moins que Nick ait de la neige jusqu'aux oreilles, il va pas dévier d'un poil.

– Espérons simplement qu'on trouvera dans son bureau quelque chose d'exploitable», observa Noriko, sans quitter des yeux son matériel.

Nimec acquiesça. Il glissa la main dans sa poche de pantalon, et croisa les doigts, discrètement.

«Espérons.»

27

Brooklyn, New York
16 janvier 2000

Le ciel derrière la vitre était masqué par un brouillard de neige. Elle tombait en cataractes ondulantes, teintées d'un rose étrange par la lampe à vapeur de mercure de l'autre côté de la rue.

Reposant le sans-fil sur sa base, Nick Roma pesta intérieurement. Il entendait le vent gémir dehors, projetant les flocons contre la vitre comme des poignées de sable. Même si la pluie tombée un peu plus tôt empêchait encore qu'elle ne s'accumule, il savait fort bien que, le matin venu, la ville serait ensevelie sous des montagnes blanches.

Bon, se dit-il, il avait déjà bien assez de soucis sans se laisser déprimer par la météo. Mieux valait envisager le bon côté des choses. Marissa venait de lui confier au téléphone qu'il lui manquait. Pourquoi ne s'était-il pas manifesté ?

Mieux valait toujours les laisser s'interroger. Elle serait débordante d'affection, ce soir, voudrait s'assurer qu'il ne s'était pas lassé d'elle. Et même si elle pensait plus au fric qu'au sexe quand elle se collait à lui, quelle importance ? Les charges de l'appartement de Shore Road où il la gardait s'élevaient à près de cinq mille dollars par mois. Sans compter la petite fortune qu'elle claquait en fringues et en colifichets. L'argent était le moteur de sa passion – même si elle donnait autant qu'elle recevait. Comme dans tout marché équitable, chaque partie s'estimait satisfaite.

Il quitta son bureau, décrocha de la patère son blazer Armani, l'enfila. Puis il alla se pomponner devant la glace. Que tombe la neige. Que la ville s'étouffe avec. Il passerait la journée de demain à s'abandonner aux douces et tièdes délices de la chair.

Satisfait de son aspect, il retourna près du bureau. Posées dans un sac en plastique au pied du meuble, il y avait deux bouteilles de chambertin. Du vin français – les vignobles américains ne jouaient pas dans la même catégorie...

Il consulta sa montre. Onze heures moins dix. On était lundi, jour de fermeture du club. Et comme tous les lundis soir, Nick était à son bureau pour recevoir ses capitaines, prélever son pourcentage, donner ses ordres, régler les différends, et ainsi de suite. La plupart avaient râlé d'avoir dû sortir par un temps pareil, mais aucun n'avait la moindre idée des difficultés qu'on avait à sa place. Il jugeait indispensable de pouvoir surveiller de près tous ses projets. Dans le cas contraire, on s'exposait au chaos.

C'était du reste le problème avec sa participation aux événements de la nuit du réveillon. Tant de trucs lui avaient échappé depuis le début de l'opération. Et puis, il y avait eu cette affaire du sac piégé, celui qui n'avait pas sauté. Il s'en était douté, avant même que ça ne s'ébruite dans la presse. Les premiers bulletins n'avaient parlé que de trois explosions après la première, et, sur le coup, il avait espéré une erreur des journalistes. Mais le doute le taraudait, et de jour en jour, les soupçons avaient fini par se muer en preuves. Trois explosions. Pas quatre. Au dire des témoins oculaires. Confirmées par tous les reportages vidéo, tous les clichés pris sur les lieux. Quand avait commencé à courir le bruit qu'une bombe n'avait pas explosé et qu'elle avait été aussitôt confiée pour analyse au FBI, il avait su que tout était vrai. Et il s'était mis à gamberger. Était-ce possible que Gilea et ses hommes aient agi de propos délibéré ? Et si oui, pourquoi ? Il avait toujours été conscient de leur désir d'entraver certains processus politiques entre Américains et Russes... mais sa plus grosse erreur avait été de se tenir à l'écart des détails de leur projet, et ainsi de

180

se boucher la vue sur ses conséquences prévisibles. S'était-il laissé piéger dans un plan plus tordu qu'il ne l'avait imaginé ? Et si oui, se pouvait-il que, pour couronner le tout, ils aient décidé de le sacrifier ?

Tout cela semblait relever d'une imagination délirante... mais avant le premier de l'an, on aurait pu dire la même chose d'un attentat de l'ampleur de celui survenu à Times Square. Et pourtant, s'il s'agissait d'un traquenard, destiné à le faire plonger à leur place... ? Il devait envisager cette hypothèse, en dépit du comportement de la fille à son égard, la nuit même de l'attentat, et de ce qu'ils avaient fait ensemble ensuite, ici même, dans son bureau... ou peut-être justement à cause de ça. Elle avait passé la nuit quasiment sur lui. Comme si elle était en feu. Comme si les flammes qui avaient fait ces centaines de victimes avaient éveillé dans son corps une autre forme de chaleur inextinguible... Impossible de décrire autrement la chose. Gilea, Gilea... envolée aussi vite qu'elle était apparue. Que devait-il en penser ? Ce genre de nana était capable de tout. De tout.

Et si, en revanche, il se laissait emporter par ses soupçons ? Il devait bien reconnaître que depuis une quinzaine de jours il était à cran. Bon, admettons qu'il se soit laissé emporter, qu'il n'ait pas servi de pion dans quelque jeu diabolique, que la défaillance de l'engin explosif n'ait été que purement accidentelle. Le fait que cela n'ait rien à voir avec les machinations de Gilea rendait-il pour autant sa position plus confortable ? Car il n'en restait pas moins qu'il s'était fait doubler. Les plans foiraient et le résultat, c'est que des têtes tombaient. Ce qui le turlupinait depuis le début, c'était l'éventualité que l'analyse des explosifs mène à faire le lien entre le distributeur et sa boîte d'import-export. Sans être un expert scientifique, il savait que certains tests le permettaient. Les autorités n'auraient qu'une envie : dénicher un coupable. Comment les preuves pourraient-elles s'accumuler contre lui ? Il ne savait pas trop, pas encore.

Mais il n'allait pas rester planté là, à attendre qu'on vienne le cueillir.

Le vent martelait toujours sa fenêtre, la criblant de cristaux de neige acérés. Le tintamarre était assez intense pour le faire sursauter. Le front plissé, il chassa délibérément toutes ces idées noires avec un hochement de tête, puis retourna s'asseoir au bureau. Il prit le téléphone et avertit ses hommes de faire chauffer la voiture. Tout ce qu'il voulait pour l'heure, c'était oublier ses soucis, s'engloutir en Marissa, se relaxer.

Sinon, il risquait de finir cinglé à force de songer aux événements qui menaçaient de l'engloutir, lui.

28

Brooklyn, New York
16 janvier 2000

« Voilà Nicky et ses gorilles », annonça Barnhart. Assis à côté de lui à l'avant du break, Nimec regarda derrière le pare-brise, sans un mot.

« Réglés comme du papier à musique », commenta Noriko, de l'arrière.

Nimec acquiesça imperceptiblement, mais il garda le silence. Ils étaient garés à une rue du Platinum. Ils avaient coupé le moteur, éteint les phares. Faute de chauffage, une pellicule de neige s'était formée sur le pare-brise, rendant la visibilité difficile, mais cela faisait plusieurs minutes qu'ils s'étaient retenus de mettre en route les essuie-glaces, même en balayage intermittent : ils devaient éviter à tout prix de se faire remarquer.

L'air absorbé, Nimec regarda Nicky traverser le trottoir devant le Platinum Club, les pans de son long manteau lui battant les chevilles, flanqué de deux gardes du corps à la mine patibulaire. Deux autres types guettaient dans la rue. Ils attendirent que Roma soit monté dans la première des deux berlines qui venaient de s'arrêter devant l'entrée, puis ils gagnèrent la seconde et s'y entassèrent.

Nimec et son équipe assistèrent à la scène, sans broncher. Des flocons de neige leur tournoyaient autour en amas serrés qui explosaient comme des gousses de pavot en frappant le capot de la voiture.

«Il s'entoure toujours d'une telle escouade?» s'étonna Nimec, rompant enfin le silence.

Barnhart haussa les épaules. «Ses sbires sont un peu plus nombreux que d'habitude. Il se pourrait que Nicky se sente un rien parano, ces derniers temps. Il n'aime pas être pris de court.»

Nimec réfléchit là-dessus. Barnhart, ancien de la brigade antimafia du FBI, avait pu réunir sur Roma un épais dossier couvrant plusieurs années. Nimec avait passé la semaine à l'éplucher en détail, et appris presque tout ce qu'il était possible de savoir sur lui et son réseau criminel – avec, détail fort significatif, des informations concernant le contrôle qu'il exerçait en sous-main sur Mercury Distribution, une entreprise d'affrètement chargée d'assurer le transport de toutes les marchandises plus ou moins licites qu'il importait, exportait ou faisait transiter par le pays.

Le 28 novembre précédent, Mercury devait réceptionner une cargaison d'articles divers, inscrits sous le terme générique d'«accessoires de théâtre», dont le destinataire ultime était Partner Inc., une des multiples sociétés-écrans de Roma, propriétaire en titre du Platinum Club.

La marchandise était arrivée aux docks de Red Hook, à bord d'un cargo qui appartenait à Zavtra Group.

Clic-clic-clic.

«Qu'il pleuve, qu'il vente, qu'il neige ou qu'il grêle, Nicky file crécher chez sa copine, tous les lundis soir », expliquait Barnhart tout en regardant les deux voitures transportant Roma et ses acolytes démarrer, aller effectuer un demi-tour au croisement de la 15e Avenue, puis repartir sur l'autre voie dans la direction opposée.

« Soit il aime ses habitudes, soit au contraire elle est tout sauf ça, observa Noriko.

– Sans doute un peu des deux », répondit Barnhart. L'ombre d'un sourire effleura ses lèvres. « Jalouse, Nori ?

– J'aimerais encore mieux faire joujou avec un poisson-torpille. »

Nimec avait surveillé les feux arrière des deux voitures jusqu'à ce qu'ils disparaissent dans la nuit remplie de flocons. Il attendit encore dix minutes, écoutant la neige crisser et tambouriner sur le toit du break. Puis il jeta un coup d'œil à Barnhart, croisa le regard de Noriko dans le rétro, et leur adressa un signe de tête.

Tous trois enfilèrent leur cagoule en Nomex.

« C'est parti », dit-il en saisissant la poignée de portière.

29

Brooklyn, New York
16 janvier 2000

Posté au débouché de la ruelle, Nimec faisait le guet tandis que Noriko et Barnhart s'enfonçaient dans l'ombre vers l'entrée de service du Platinum Club. Barnhart avait dans une main une paire de cisailles, une torche Maglite dans l'autre. Son fusil à pompe Benelli était passé à l'épaule. Ils laissaient des empreintes dans la neige, mais ils ne pouvaient pas y faire grand-chose. De toute façon, si Nick était fidèle à ses habitudes et ne rentrait pas avant le lendemain soir, les empreintes seraient comblées avant qu'on ne les remarque.

Le boîtier de raccordement du téléphone était fixé à hauteur d'œil sur un mur extérieur du bâtiment ; lors d'une reconnaissance deux nuits plus tôt, Nori l'avait localisé en suivant les lignes partant d'un poteau téléphonique dans une rue voisine [1].

Elle s'arrêta pour examiner le coffret métallique rectangulaire. De petits nuages de vapeur lui sortaient par la bouche et le nez, et la neige crissait entre ses chevilles. Au bout d'un moment, elle tendit la main vers Barnhart et ce dernier lui tendit les cisailles, tout en dirigeant le faisceau de sa torche sur le boîtier. Les câbles téléphoniques pénétraient par la face inférieure, cheminant sous une gaine rigide en PVC. Elle savait que la même ligne servait à transmettre au poste de surveillance les signaux du système d'alarme. Roma aurait toujours pu faire installer une ligne spéciale pour son système, éventuellement doublée par une liaison cellulaire, mais elle en doutait. Durant son passage dans la force d'intervention clandestine de Barnhart, quand elle était au FBI, elle avait pénétré plus d'une fois par effraction au domicile de suspects contrôlés par la Mafia, et à une exception près, n'y avait trouvé que des dispositifs de protection rudimentaires et faciles à déjouer. L'exception notable ayant été la demeure de Big Paul Castellano, sur la colline, mais le parrain de la famille Gambino avait toujours eu des exigences princières. Pas le genre de Roma. Comme tous les gangsters de la vieille école, nul doute que pour sa sécurité, il faisait surtout confiance à ses gros bras.

---

1. Eh oui, vision typique des grandes métropoles américaines, dès qu'on sort du centre urbain, les rues sont encore bordées de lignes téléphoniques aériennes *(N.d.T.)*.

Noriko épousseta la neige collée au tube de PVC puis l'enserra entre les mâchoires de la cisaille. Des éclairs déchiraient l'atmosphère. Un emballage échappé d'un tas d'ordures, au bout de l'allée, vint lui raser le pied. Les lèvres serrées par l'effort, elle sectionna la moitié du tube, fit pivoter la cisaille et finit de le trancher, révélant les câbles isolés à l'intérieur. Elle les sectionna d'un coup sec.

À moins d'un improbable dispositif de secours, le téléphone et les alarmes extérieures étaient désormais hors service.

Elle rendit l'outil à Barnhart et tendit le bras vers la gauche. Quelques mètres plus loin, le long du mur, il entrevit une porte de service qui donnait sur l'allée. Il acquiesça et ils la gagnèrent en hâte, Nori ouvrant la marche.

Elle s'accroupit devant la porte, tandis que Barnhart orientait sa torche vers la platine du verrou, sous le bouton. Elle sortit alors d'une poche de sa combinaison une trousse plate en cuir. L'ayant ouverte, elle y choisit deux rossignols. Elle se coinça le premier entre les dents et introduisit la longue aiguille d'acier du second dans le trou de serrure. Elle tâtonna avec adresse le long des goupilles du barillet inférieur, sentit bouger la première, puis la seconde. Quelques secondes après, elle récupérait l'outil, le troquait contre celui qu'elle tenait dans la bouche, et s'en servit pour faire jouer les dernières gorges.

Le pêne se rétracta dans un cliquetis métallique.

Noriko jeta un coup d'œil vers Barnhart qui hocha de nouveau la tête. Elle saisit le bouton. Si le battant était bloqué par une barre coup de poing transversale ou un dispositif de sécurité analogue, il faudrait qu'ils tentent de s'introduire par l'entrée principale, bien plus visible, rendant l'opération autrement plus risquée…

Elle tourna le bouton, exerça une légère pression de l'épaule contre le battant.

Il s'entrouvrit.

«Abracadabra», marmonna Barnhart, en lui serrant l'épaule.

Laissant échapper un soupir de soulagement entre ses dents serrées, Noriko détendit ses muscles crispés, rangea les outils avec soin dans la trousse, puis remit celle-ci dans sa poche. Barnhart orienta la Maglite vers l'entrée de la ruelle et lança deux brefs éclairs. Nimec répondit par le signal RAS. Bientôt, il surgissait de l'ombre pour rejoindre ses compagnons, un sac en nylon dans la main.

Soudain, ils entendirent un grondement de moteur, virent le faisceau jaune de phares sur l'asphalte enneigé et se figèrent devant la porte. Une seconde s'écoula. Une autre. Puis un chasse-neige du service de l'équipement passa avec fracas au débouché de la ruelle, prit à gauche et s'éloigna dans l'avenue.

Nimec leur fit signe d'entrer.

Barnhart pénétra le premier, tenant à deux mains son fusil à pompe. La torche fixée sous le canon projeta dans la pénombre un mince faisceau de lumière conique. Ils aperçurent un long corridor et, sur leur gauche, un étroit escalier.

Barnhart regarda les autres, pointa le menton vers les marches et se mit à les gravir.

Ils le suivirent sans hésiter.

La foudre tomba sur le réverbère à l'angle de la 86ᵉ Rue et de Narrows Avenue, à l'instant même où la voiture de Roma débouchait de Shore Road pour s'y engager. Son visage trahit la surprise quand l'ampoule à vapeur de sodium jeta un ultime éclair avant d'exploser, arrosant la chaussée d'éclats fumants. Sur l'autoradio de la Lincoln, la voix de Michael Bolton disparut dans un concert de craquements, grésillements et cliquetis.

«Chierie», grommela le chauffeur.

À l'arrière, Roma regarda dehors. Tout le long de l'avenue, des arbres maigres et dénudés oscillaient dans le vent qui soufflait en rafales de la baie de Gravesend.

Il lorgna l'horloge du tableau de bord.

« Presque onze heures et demie, fit-il, irrité. Enfin, bon sang, qu'est-ce que t'as à traîner comme ça ?

– C'est cette saleté de météo, expliqua le chauffeur. Si j'accélère, on va partir en travers. »

Roma répondit par un vague grognement. Il se demanda si Marissa porterait ce petit machin de dentelle blanche qu'il lui avait offert la semaine passée. Et combien de temps elle mettrait pour s'en défaire sitôt qu'il aurait franchi le seuil de sa porte. Bon Dieu, il était tellement tendu, tellement crispé de désir, qu'il n'arriverait sans doute pas à tenir jusqu'au lit. Peut-être qu'après, ils prendraient un bain ensemble, en amenant une de ses bouteilles de vin…

« Merde ! » s'exclama-t-il, en se flanquant, de dépit, une grande claque sur la jambe. Mais où avait-il la tête ? Le vin. Il avait oublié ces putains de bouteilles au club.

Il se retourna vers la berline qui les suivait, ravi d'avoir ordonné à ses gardes du corps de les filer de près jusque chez Marissa. Au moins allaient-ils avoir enfin une chance de se rendre utiles.

« Val, écoute-moi, dit-il en s'avançant, appuyé à l'accoudoir central. Appelle les autres. Il y a un sac en plastique, dans mon bureau, près du fauteuil. Il contient deux bouteilles de vin. Dis-leur de retourner le chercher, de l'amener chez la fille, de sonner chez elle. Je viendrai leur ouvrir pour le récupérer. »

Val acquiesça, quitta d'une main le volant, alla chercher le portable dans sa poche de veston.

« Hé, Val… »

Le chauffeur croisa fugitivement son regard dans le rétro.

« Dis-leur de faire vite. »

188

« Notre ami Nicky mène grand train », observa tranquillement Barnhart, en braquant la torche de visée vers le sac en plastique déposé au coin du bureau de Roma. La lumière se refléta sur deux bouteilles de vin rouge. « Du chambertin, mine de rien…

– Et du parfum de marque », murmura Noriko en réponse. Elle était en train de fouiller les tiroirs du bureau. « Mais en dehors de ça, peau de balle. Ni papier ni crayon, pas même un paquet de chewing-gums. »

Barnhart s'approcha, ôta complètement l'un des tiroirs, le posa par terre. Puis il tâtonna dans l'emplacement vide pour chercher un éventuel compartiment secret.

De son côté, Nimec longeait les murs en les caressant de ses mains gantées, à la recherche d'un coffre ou d'un placard encastré. Jusqu'ici, les seuls équipements cachés qu'ils avaient découverts étaient le vidéoprojecteur et l'écran géant, la sonorisation de qualité cinéma à domicile, le magnétoscope et le lecteur combiné laserdisc-DVD alimentant les deux systèmes. Sans surprise, la pochette du disque glissé dans le tiroir était celle du premier *Parrain*, mais on ne voyait traîner aucun autre disque ou cassette. Le bureau était parfaitement vide. Ils étaient dans la pièce depuis cinq minutes et Nimec voulait être sorti dans moins de dix. Jusqu'ici, ils avaient eu de la veine, ayant localisé le bureau presque immédiatement, une fois parvenus au dernier palier : en dehors d'une penderie, c'était la seule autre porte donnant sur le couloir court en impasse, et sa serrure n'avait offert guère plus de résistance à Nori que celle du rez-de-chaussée. Cela dit, ils n'avaient plus un instant à perdre.

N'ayant rien trouvé jusqu'ici, Nimec marqua un temps d'arrêt, regarda alentour. Même dans le noir, il était visible que les lieux étaient d'une propreté méticuleuse. S'il avait aménagé des planques, Roma avait dû prendre soin de les camoufler parfaitement.

Son regard tomba sur la glace géante en face de la porte et il se tourna vivement vers Barnhart en lui tapotant le bras.

« Braque ta lampe sur le miroir. Commence par le milieu. »

Barnhart obtempéra en faisant pivoter le Benelli.

Tandis que Nimec s'approchait du mur, l'éclat de la torche de Barnhart se reflétait sur les panneaux de glace fixés du sol au plafond, projetant dans la pièce de brefs éclats de lumière.

Les yeux de Nimec parcoururent la glace de haut en bas. D'un signe de la main, il demanda à Barnhart de diriger le faisceau vers la gauche, lui indiqua de le baisser légèrement, puis, d'un geste sec de la paume, de l'immobiliser.

« Tu vois ça ? murmura-t-il, excité. Bouge plus la lampe. Juste ici. »

Barnhart acquiesça derechef. Maintenant que la lampe était pointée dessus, il distinguait une zone minuscule, douze millimètres de diamètre, pas plus, dont la surface paraissait transparente, comme si la couche réfléchissante de tain était absente ou décollée. Puis il réalisa que la tache formait un cercle parfait – bien trop parfait pour être dû à un défaut.

Nimec s'était à présent quasiment plaqué contre le miroir, sur lequel il pressa du plat de la main.

Au moment même où Barnhart comprenait qu'il regardait une glace sans tain, le panneau s'ouvrit, un peu comme la porte d'un placard à pharmacie.

« Mince, alors, dit-il en braquant sa torche à l'intérieur du logement. Qu'avons-nous là ? »

Nimec savait qu'une réponse était superflue : ce qu'ils avaient devant eux, c'était à l'évidence un discret dispositif d'enregistrement vidéo, composé d'une caméra de surveillance reliée à un magnétoscope portatif. L'œil vide et rond de la caméra était dans l'axe de la découpe transparente dans le miroir, braqué droit sur la pièce. Roma ne tenait peut-être pas de comptes rendus écrits de ses diverses transactions,

190

songea Nimec, mais ça ne voulait sûrement pas dire qu'il n'en gardait pas d'archives.

Il examina le compartiment secret. Posés sous l'étagère contenant le matériel électronique, il y avait trois ou quatre bandes vidéo et une feuille d'étiquettes adhésives colorées. Les cassettes n'étaient pas étiquetées.

« On dirait qu'il n'a pas encore eu le temps d'indexer ses derniers exploits », murmura Nori. Elle s'était approchée derrière Nimec, la torche-laser lui battant la cuisse. « Me demande ce qu'il y a dessus.

– Je pense qu'on aurait intérêt à y jeter un coup d'œil », admit Barnhart.

Nimec s'empressa de récupérer les cassettes, les glissa dans son sac, puis éjecta celle de l'appareil qui rejoignit les autres.

« Venez, maintenant. » Il referma la trappe et se tourna vers les autres. « On ferait mieux de se... »

Le bruit d'une voiture qui approchait le coupa à mi-phrase. Tous trois échangèrent rapidement des regards anxieux. Ils entendirent un crissement de pneus sur la neige fraîche. Le véhicule était proche, tout proche, peut-être devant la porte. Dernier cliquetis du moteur, un claquement de portières, puis des voix. Des voix masculines, rauques, dans la rue.

Nimec traversa la pièce, se posta le long de la fenêtre, regarda dehors avec précaution. Il y avait deux hommes en bas, près de l'entrée principale de la boîte, et il repéra la silhouette d'au moins deux autres à l'avant de la voiture. L'un des types sur le trottoir était vêtu d'un blouson d'aviateur à col de fourrure. L'autre portait un long pardessus de tweed. Tous deux étaient baraqués. Il les reconnut aussitôt, tout comme le véhicule à bord duquel ils étaient arrivés : c'étaient les gorilles de Roma, ceux qui l'escortaient lorsqu'il avait quitté le bâtiment, moins d'une demi-heure plus tôt.

Sous le regard de Nimec, les deux qui venaient de descendre se dirigèrent vers l'entrée, disparaissant à sa vue quand ils passèrent sous l'auvent.

Nimec se retourna vivement vers Barnhart et Nori. «On a comme un problème…»

«Hé, radine-toi par ici, dit le type en blouson d'aviateur.

– Qu'est-ce qu'il y a, Vassili ?

– Radine-toi et jette un œil, merde, discute pas.»

L'homme au pardessus gris fit tomber la neige de ses souliers avant de se traîner vers lui d'un pas lourd.

Vassili s'était arrêté devant l'entrée et, face au mur, il examinait la fenêtre d'affichage sur le boîtier de contrôle principal de la centrale de sécurité. L'alarme était réglée sur un délai de trente secondes, afin de laisser le temps de composer le code secret de désactivation. C'est précisément ce qu'il s'apprêtait à faire lorsqu'il avait avisé le message sur l'affichage à cristaux liquides.

L'autre examina lui aussi l'écran rétro-éclairé. Les caractères bleu pâle affichaient :

CODE 29 : PANNE SYSTÈME

Vassili le regarda : «Je pige pas.

– S'peut qu'ce soit l'orage. Une coupure momentanée du secteur. Ou du téléphone.

– Ch'sais pas, Pavel.» Vassili hochait la tête. «Tu veux qu'on aille jeter un œil à la porte de service ?»

Pavel resta silencieux une seconde, le front plissé dans une réflexion intense, mettant en balance cette gêne mineure et la réaction de son chef, si jamais quelque chose clochait vraiment et que Vassili et lui ne soient pas allés y jeter un œil.

«Ouais, conclut-il en sortant un pistolet de sous son pardessus. Mieux vaut pas prendre de risques.»

Dans le bureau de Nimec, Barnhart et Nori entendirent les deux gardes du corps discuter avec animation en découvrant la porte de service forcée. Quelques instants après, ils les entendirent monter l'escalier quatre à quatre, virent s'allumer l'éclairage du couloir, entendirent une nouvelle cavalcade précipitée.

Ils fonçaient vers le bureau.

Les pas s'immobilisèrent devant la porte.

Silence prolongé.

De plus en plus lourd.

Le bouton de porte cliqueta, tourna.

Nimec effleura le bras de Nori au-dessus du coude et la vit se mettre en position, silhouette souple et noire à peine visible dans la noirceur plus profonde de la pièce.

La porte s'ouvrit à la volée, révélant les deux balèzes, l'Uzi brandi devant eux.

Nori pressa une touche sur le boîtier de commande de son laser et un trait de lumière aveuglant jaillit de l'extrémité du M203, atteignant Vassili en pleine face. L'homme laissa échapper un ululement aigu, lâchant sa mitraillette pour porter les mains à ses yeux. Nori garda l'arme braquée sur lui une seconde encore. Le faisceau laser pulsait dans l'air comme un ruban de soleil éblouissant. L'autre recula en titubant, heurta l'épaule de Pavel, puis s'élança dans le corridor, ses contorsions projetant un ballet d'ombres endiablé sur les murs.

«Mes yeux!» hurla-t-il en s'effondrant à genoux. Il avait toujours les mains sur le visage. «Mon Dieu, mon Dieu, merde, mes yeux!»

Pavel l'ignora pour se plaquer au mur du couloir, puis ayant passé le canon de l'Uzi par le chambranle de la porte, il envoya une rafale. Le canon court cracha ses balles de 9 mm. Nori s'écarta d'un bond à l'instant où la giclée de projectiles meurtriers arrosait la pièce, pulvérisant la fenêtre, arrachant le plâtre des murs, transperçant le flanc du bureau de Roma, et renversant son fauteuil en faisant voler la bourre des coussins. Les douilles voltigeaient autour de l'Uzi comme un blizzard scintillant.

Jaillissant de l'obscurité, Barnhart retourna vers la porte le Benelli, une fusée aveuglante déjà engagée dans la chambre, et tira. Il y eut une détonation assourdissante, un éclair, un nuage de fumée tourbillonna. La mitraillette de Pavel cessa de cracher et disparut de l'entrée. Presque au même instant, Nori ôta son doigt de la commande du laser, le glissa autour de la détente du M16 modifié et lâcha une rafale soutenue de sabots, créant un barrage de feu pour couvrir ses compagnons.

« Maintenant ! » cria Nimec.

Tous trois s'élancèrent hors du bureau, l'arme de Nori continuant de cracher un torrent de balles non létales. Quand ils furent dans le couloir, elle pivota sur la droite, avisa Pavel accroupi près de la porte, agrippant toujours son Uzi à deux mains, et visa la poitrine. Le type se jeta en arrière et s'écroula, les doigts crispés spasmodiquement sur la détente de son arme, lâchant au jugé une gerbe de projectiles.

Des plâtras dégringolèrent du plafond. Des balles ricochèrent en tous sens à travers le couloir.

« Ah, merde ! » s'exclama Barnhart, les dents serrées, derrière Nori. Elle tourna vivement la tête, le vit se tenir le flanc, le visage déformé par la douleur. Du sang suintait entre ses doigts. Une tache humide et sombre s'étalait déjà sur sa combinaison. Il voulut s'avancer en titubant, mais ses jambes se dérobèrent et Nimec se précipita pour lui passer un bras autour du corps juste avant qu'il ne s'effondre.

En attendant, la mitraillette continuait de tressauter et crépiter. Nori se tourna brusquement vers le voyou, abaissa son arme, et lui expédia une nouvelle salve en pleine poitrine. Un cri lui échappa et il se tortilla par terre, comme parcouru par un courant à haute tension. Bientôt, il perdait conscience, et l'Uzi lui tomba des mains avec un cliquetis métallique.

« C'est grave ? » demanda Nimec en aidant Barnhart à se relever. Du menton, il indiquait le milieu de sa combinaison, trempé de sang.

« Sais pas au juste, gémit Barnhart. Ça fait un mal de chien, en tout cas. »

Nimec soutint son regard, les lèvres serrées. Puis il reprit, au bout de quelques instants : « Bon. On va tâcher de ressortir par où on est venus. Avec un peu de chance, les autres sont toujours en façade, devant la porte. »

Barnhart secoua la tête avec véhémence. « Je suis pas sûr de pouvoir descendre l'escalier. Filez sans moi... Je peux résister si jamais d'autres montent ici... Je me servirai de l'Uzi de ce tordu...

– Fais-nous plaisir, Tony, d'accord ? »

Barnhart le regarda.

« Ferme-la et coopère. »

Barnhart hocha de nouveau la tête, mais cette fois sans émettre de protestation.

Noriko se précipita sur la gauche de Barnhart, lui souleva le bras, le passa autour de ses épaules. Dans le même temps, Nimec continuait de le maintenir du côté droit. De la main gauche, il avait dégainé son Beretta.

Il échangea un regard avec Noriko, hocha la tête.

Mi-traînant, mi-portant Barnhart, ils se dirigèrent vers la cage d'escalier.

À peine avaient-ils atteint les marches qu'un troisième gorille apparut sur le palier inférieur. Un Glock 9 mm tenu à deux mains, il le levait, en posture de tir.

Les yeux plissés de concentration, Nimec tira deux coups avant que l'autre ait eu le temps de réagir. La première balle lui toucha la rotule droite, la seconde, la gauche. Il s'effondra au pied des marches et se roula par terre, secoué de spasmes, hurlant à pleins poumons.

« Faites-le taire », grinça Barnhart, d'une voix rauque. Il dégrafa de son harnais une bombe de DMSO qu'il passa à Noriko. Elle nota que le tube métallique était gluant de sang mais ne dit rien.

Se libérant de sous le bras de Barnhart, elle dévala les marches jusqu'au voyou étendu, brandit la bombe au-dessus de son visage déformé par la douleur, appuya sur la buse. Un fin brouillard presque invisible en sortit en sifflant. Le type leva les mains devant lui pour se protéger, les yeux agrandis, blancs, exorbités. Puis ses bras retombèrent comme deux baudruches crevées, ses traits s'affaissèrent et il sombra dans une inconscience léthargique.

Nori se retourna vers ses compagnons. Ils avaient presque atteint le palier du bas, Nimec agrippant la rampe d'une main, soutenant le blessé de l'autre. Le visage de Barnhart était devenu livide et elle remarqua la pellicule luisante de sueur qui lui patinait les joues. Il se mordillait la lèvre inférieure, la respiration haletante, à chaque marche.

Elle se précipita pour l'aider à finir de descendre, remit son bras autour de son cou. Tous les trois, ils franchirent la porte de service donnant sur la ruelle.

La bise et la neige les fouettèrent dès qu'ils eurent franchi le seuil. Le tonnerre continuait de rouler. Ils avancèrent cahin-caha vers l'entrée de la ruelle. Barnhart progressait en titubant, grimaçant de douleur, laissant une traînée de sang dans la neige.

Un quatrième garde du corps venait d'apparaître au débouché du passage, droit devant eux. Brandissant une carabine, il se mit à tirer en l'agitant comme une baguette de sourcier. Les pruneaux criblèrent la neige à leurs pieds, soulevant des gerbes poudreuses. Nimec traîna Barnhart hors de la ligne de tir, puis le propulsa contre le grillage clôturant la parcelle voisine. Les balles continuaient à jaillir de l'arme du gorille, arrachant des éclats de brique au mur du bâtiment, éraflant un escalier d'incendie, dans une gerbe d'étincelles.

Nimec tourna son arme vers l'assaillant, tira deux balles. Mais, déséquilibré, il était incapable de viser convenablement et les projectiles allèrent se perdre dans le noir.

Le tueur se préparait à tirer de nouveau. Il semblait s'être rendu compte qu'une de ses proies était blessée et tournait son arme dans sa direction, avec la lenteur délibérée et l'assurance du chasseur qui s'apprête à achever un gibier touché.

Nimec se blottit contre la clôture, faisant à Barnhart un rempart de son propre corps.

Nori tira avec son lance-filets, une fraction de seconde avant que le gorille de Roma ne presse la détente. Un *plop!* creux jaillit du canon et, aussitôt après, le filet gluant s'épanouit au-dessus de lui, l'enserrant de la tête aux pieds dans un cocon de minces filaments. Sidéré, il voulut se dégager, mais ne fit que s'emmêler plus encore dans ce linceul cotonneux, dérapa sur la neige et se paya un gadin qui eût été comique en d'autres circonstances.

Nori se rua sur lui tandis qu'il se débattait au sol, lui balançant en plein visage une giclée de DMSO. Bientôt, il cessa de bouger.

Le lance-filets toujours dans la main, Nori le dépassa pour gagner l'entrée de la ruelle, scruta de chaque côté le trottoir, balayé par les rafales de neige. Des lumières s'allumaient aux fenêtres des immeubles proches – à l'évidence, la fusillade avait attiré l'attention – mais il n'y avait pas un chat dans la rue.

Elle fit demi-tour et rejoignit ses compagnons dans le passage.

« Ça va ? demanda-t-elle à Nimec.

– Ouais », répondit-il.

Elle regarda Barnhart. La sueur lui ruisselait sur le visage, et son regard vitreux, détaché, lui fit redouter qu'il tombe en état de choc.

« La voie est libre, pour autant que je puisse voir, dit-elle en saisissant le bras de Barnhart. Faut qu'on ait rejoint la tire avant que quelqu'un s'avise d'appeler les flics. Tu crois que tu pourras y arriver ? »

Il la considéra un instant et réussit, Dieu sait comment, à grimacer un vague sourire. « Grouille-toi », fit-il.

30

New York
20 janvier 2000

Le rapport sexuel était rapide et plutôt dégueu. Tout comme la conversation qui l'avait précédé – «dégueu» faisant ici référence à la piètre qualité de l'enregistrement, distordu, presque inaudible.

Le matériel n'y était pour rien. Nick Roma avait simplement parlé à voix basse quand la femme en cuir noir était entrée dans son bureau.

«Repassons cette séquence, dit Barnhart.

– Tu veux dire, quand il est derrière elle, ou au-dessus?

– Fais pas le malin.

– Je vais rembobiner et caler la bande entre l'endroit où c'est encore classé "avis des parents recommandé", jusqu'au moment où ça tombe franchement dans le X», indiqua le technicien maigre et chevelu, l'air faussement dégoûté. Il pressa une touche sur sa console de traitement audio-vidéo et Barnhart perçut le bruissement discret du disque dur dans le silence de la cabine.

Ils étaient dans un studio d'enregistrement au sous-sol du QG de l'Épée, en plein Manhattan. Barnhart et l'ingénieur du son étaient assis côte à côte devant une station de travail, Peter Nimec et Noriko Cousins se tenaient debout derrière eux.

Barnhart s'avança sur sa chaise avec un rien de raideur, gêné par le pansement qui lui ceignait la taille. Sa blessure lui faisait encore mal, mais l'hémorragie avait fait redouter le pire. La balle avait creusé un long sillon sur son flanc droit, mais sa ceinture musculaire l'avait déviée, l'empêchant de toucher des organes vitaux. Selon le chirurgien des urgences, c'était sa condition physique superbe qui l'avait sauvé.

« Vous pensez pouvoir nous récupérer ce qu'il raconte ? demanda Nimec.

– Si je n'avais pas été raisonnablement certain de pouvoir nettoyer les séquences audio en fonction de vos exigences précises, je ne me serais pas fatigué à numériser cette séquence de zizi-panpan », bougonna l'ingénieur à la station de travail. « Après tout, j'estimais pour ma part les gémissements d'extase tout à fait éloquents pour la compréhension du scénario. »

Nimec et Noriko échangèrent un regard de commisération. Jeff Grolin était un ancien expert en audiovisuel auprès des tribunaux et l'un des meilleurs du pays – sinon, Megan ne l'aurait pas débauché pour leur organisation –, mais il avait une fâcheuse tendance aux facéties de potache. Nimec se demandait si l'inadaptation sociale était une conséquence inéluctable de la spécialisation dans ce domaine, une sorte de risque professionnel, ou bien une caractéristique propre à tous les techniciens de haut niveau.

« Bon, d'accord, mesdames et messieurs, accrochez-vous à vos chaussettes, lança Jeff, gouailleur, en jouant avec une molette. Voici la suite des aventures de Nick Roma, *alias* Pervers Pépère. Scène un, deuxième prise. »

Tous les yeux se tournèrent vers le moniteur 21 pouces de la station de travail.

Sur l'écran, la porte du bureau de Roma s'ouvrit et la femme entra, s'approchant de l'objectif de la caméra de surveillance. Cheveux bruns tirés en arrière, lèvres entrouvertes, elle évoluait avec l'apparente assurance d'une femme sûre de l'effet que son corps produit sur l'homme en face d'elle. Les chiffres incrustés à l'angle inférieur gauche de l'image indiquaient : « 01.01.2000. 1.00 AM. »

Nimec étudia la femme avec attention. Malgré l'éclairage tamisé, la lumière venant des fenêtres était suffisante pour révéler ses traits sans qu'il soit besoin de recourir à un traitement informatique. Du reste, le technicien avait déjà extrait de la séquence une image arrêtée qui était en cours de comparaison avec leur fichier de terroristes internationaux identifiés.

« *Vous auriez pu frapper* », lança la voix de Roma dans les haut-parleurs compacts. Pour l'instant, seule sa nuque était visible.

« *Oui, j'aurais pu.* » Elle ferma la porte.

« *Il y a un interrupteur au mur...* »

« Saute au passage qui nous pose problème, dit Barnhart, sans cesser de regarder.

– D'accord. » Jeff pressa la touche d'avance rapide. « Quoique, pour ma part, je ne me lasse pas de la puissance suggestive du dialogue lors des préliminaires, si éculé soit-il. »

La bande défila à toute vitesse.

Grolin pressa de nouveau la touche lecture.

À présent, la femme était beaucoup plus près du bureau, son manteau de cuir était en partie déboutonné, et sur son expression se lisait un désir manifeste.

« *Pourquoi êtes-vous passée ?* » dit Roma, puis il marqua un temps. Quand il reparla, ce fut d'une voix rauque, presque un murmure.

« Impayable, commenta Grolin. Comme s'il se doutait pas... Ce mec bave tout ce qu'il sait...

– Chut ! c'est là », coupa Noriko.

« Vsvbyin... kzrr... nrapa... fni... vop... pyév... ndmn... ejmgn... dirbnnui. »

« C'est toujours du charabia, fit Barnhart, dépité.

– C'est parce que je n'ai pas encore fait jouer ma magie électronique. » Grolin arrêta l'image, puis déplaça les mains vers une console voisine. Plus petite, elle comportait quantité de cadrans et de curseurs, ainsi qu'une douzaine de touches larges comme la touche tabulation d'un clavier d'ordinateur.

Ses doigts pianotèrent dessus, faisant apparaître

une barre d'outils en haut de l'écran, en même temps que l'image vidéo se réduisait dans une fenêtre, pour laisser place à une rangée de bargraphes surmontant des boutons de réglage sur la droite.

« À présent, on va remettre ça, en forçant un poil sur les médiums et en éliminant une partie des fluctuations audio. »

Grolin pressa les touches rembobinage, pause, lecture.

« *Pourquoi êtes-vous passée ?* » répéta la voix de Roma dans les haut-parleurs. Nouvelle pause.

Grolin tripota un bouton, puis un autre. Ses paupières plissées derrière les lunettes à monture d'écaille accentuaient encore son look d'informaticien boutonneux.

Roma poursuivait : « *Vous savez bien...* Zarry... nrpf... ni *vos* pap... van *demain...* »

Grolin immobilisa l'image numérique pour la recaler juste avant le point où Roma baissait le ton, repassa en lecture.

Ses doigts volaient sur les touches de la console. Graphes verticaux et barres d'état s'agitaient dans la fenêtre de montage.

« *Pourquoi êtes-vous passée ?* chuchota Roma. *Vous savez bien que* Zakrr *n'aura pas* fni *vos papiers avant demain. Et j'imagine que ce n'est pas uniquement pour me* dirbnnui. »

« T'entends ça ? » Barnhart tourna brutalement la tête vers Nimec, geste brusque qui lui arracha un gémissement de douleur. « Il parle de lui fournir des papiers. Sans doute passeport et visas...

– Sans doute. Ce fils de pute a facilité l'attaque de bout en bout.

– À propos de bout, intervint Grolin, encore un passage, et l'intégralité de cette réplique vous apparaîtra aussi claire que de l'eau de roche. »

Noriko pianota nerveusement du bout des doigts contre le dossier du siège de Barnhart. « Allez, ça suffit », dit-elle tout en pensant : *pauvre couillon.*

Grolin reproduisit la séquence, recul-pause-lecture, fit joujou avec ses commandes midi.

« *Pourquoi êtes-vous passée ?* demandait Nick Roma à la femme en train de se déboutonner devant lui. *Vous savez bien que Zachary n'aura pas fini vos papiers avant demain. Et j'imagine que ce n'est pas uniquement pour me dire bonne nuit.* »

« Putain de merde, je crois bien qu'on tient le bon bout, s'exclama Grolin. Au fait, c'est qui, ce Zachary ? »

Nimec regardait Barnhart. « À ton avis, c'est un nom ou un prénom ? »

Barnhart secoua la tête. « Ça pourrait être l'un ou l'autre, mais je vais tâcher de me renseigner. J'imagine que c'est un des faussaires de Roma. Ou quelqu'un qui travaille pour l'un de ses faussaires. La principale source de revenus de Roma est le proxénétisme. Grâce aux faux papiers et aux visas falsifiés, il introduit clandestinement de pauvres filles aux abois, venues de Russie pour se prostituer chez nous – quasiment des esclaves du sexe. C'est également par ce moyen que l'*organitzatsiya* importe ses soldats et ses hommes de main.

– La bande qui a commis l'attentat de Times Square devait chercher à quitter le pays au plus vite, observa Noriko. Si on retrouve ce Zachary, il y a des chances qu'il puisse nous mener à eux.

– Ou du moins nous orienter dans leur direction, enchaîna Barnhart. Enfin, à condition qu'on parvienne à le… ou la faire parler.

– Ça, je m'en charge, intervint Nimec, sans cesser de fixer Barnhart. D'ici combien de temps peux-tu nous dénicher les renseignements indispensables ?

– Ce ne sera pas long, à supposer qu'il s'agisse bien d'un faussaire et qu'il bosse pour Roma. Je connais des agents du FBI, des inspecteurs du NYPD, et même des fonctionnaires au ministère de la Justice qui ont en fiches tous les principaux collaborateurs du bonhomme. Et qui me rencarderont sans poser de questions.

– Tâche que ça se passe ainsi, avertit Nimec. Je tire des ficelles depuis deux jours pour m'assurer que ton passage aux urgences ait été effacé avant que la police en ait eu vent. Je n'ai pas envie de voir qui que ce soit venir fourrer le nez dans notre enquête. »

Barnhart acquiesça, fit mine de se relever, mais retomba dans le fauteuil, avec une grimace. Il souffrait manifestement.

« Si l'un de vous veut bien me filer un coup de main, je vais remonter dans mon bureau passer quelques coups de fil.

– Et rater la séquence la plus hard ? railla Grolin. Je compte bien la repasser dans sa prurigineuse intégralité. »

Noriko lui lança un regard irrité.

« Jeff, fais-moi confiance, lui dit-elle. Tu prendras bien mieux ton pied à te le revisionner tout seul. »

Roger Gordian était assis, tout seul, le téléphone mobile dans la main. Entre le chaos ambiant, toutes les alertes auxquelles il devait répondre, pour lesquelles il devait réagir, prévoir et s'inquiéter, sa situation personnelle menaçait de l'engloutir.

Il aimait sa femme.

Et sa femme l'avait quitté.

Cela faisait maintenant près de trois semaines, et elle n'était pas rentrée à la maison – elle n'avait même pas téléphoné.

Parfois, il avait l'impression que le mariage était un jeu dont les femmes édictaient les règles alors que les pauvres idiots qui leur tenaient lieu d'époux devaient les deviner les yeux bandés.

Il ne comprenait toujours pas ce qui avait cloché.

Ses sentiments pour elle n'avaient jamais faibli depuis le premier jour de leur rencontre. S'ils avaient changé, c'était pour devenir plus riches et plus forts.

Mieux il l'avait connue, plus il l'avait aimée.

Et plus il avait compris qu'il ne dissiperait jamais son mystère.

Tout au long de ces années de vie commune, il n'avait jamais éprouvé plus qu'une attirance fugitive pour les femmes superbes qui évoluaient dans les allées du pouvoir. Certes, comme tout homme, lorsqu'il voyait une jolie femme, sa réaction instinctive était immédiate. Mais suivre ces instincts était hors de question pour lui. Si belles qu'elles fussent, aucune n'était Ashley.

Pour lui, son épouse était aussi belle par ce qu'elle était que par son apparence.

Il avait suffisamment connu le sexe, en particulier du temps où il était pilote de chasse, pour apprendre la différence entre une passade et l'amour vrai.

L'amour. L'engagement. Le mariage.

Les trois l'avaient empli de terreur, à l'époque; terreur de voir lui échapper le fabuleux assortiment de femmes qui s'offrait à lui, jusqu'au jour où il avait rencontré Ashley.

Il avait appris la différence dès leur premier contact.

Ce qui le dépassait, c'est qu'elle n'arrive pas à croire qu'il l'aimait toujours. Et même plus encore qu'après leur mariage. Pourquoi ne pouvait-elle pas le comprendre?

C'était injuste. Au tréfonds de lui-même, il savait l'origine du problème.

Le temps.

Il en avait à lui consacrer quand ils avaient commencé à sortir ensemble. Il brassait moins d'affaires à l'époque, les problèmes étaient encore gérables.

Aujourd'hui, on aurait dit que le destin du monde libre était en jeu à chacune de ses décisions. Il était plutôt délicat de décider de tout laisser tomber et de rentrer chez soi à la fin de la journée quand des gosses en Russie risquaient de crever de faim si on ne faisait rien.

Mais avait-il même pris la peine de lui expliquer cela ?

Il était temps de s'y mettre.

Il déplia le clavier du téléphone et composa le numéro de la sœur d'Ashley, à San Francisco.

Avant même qu'Ann lui ait tendu le combiné, Ashley Gordian devina à la mine de sa sœur que c'était Roger. Seul son mari parvenait à provoquer chez elle cet air de désapprobation crispée rien qu'en lui disant bonjour.

Et cela, depuis le tout début. En ce temps-là, Roger était jeune, passionné et – selon les critères d'Ann – pauvre comme Job. Bref, pas vraiment l'idéal pour sa sœurette. Elle avait été opposée au mariage avant même de le rencontrer. Et tout le respect, les louanges, la réussite financière recueillis par la suite n'avaient pu l'amener à changer d'avis. Dans son monde huppé, tout cela était trop récent pour compter.

Mais Ashley n'avait eu qu'à découvrir la fougue brûlant dans les yeux de Roger pour savoir qu'elle avait trouvé son âme sœur. Et elle avait eu raison. Elle avait épousé l'homme, pas le pedigree, et ne l'avait jamais regretté. Elle aimait Roger. De toutes les manières qu'une femme pouvait aimer un homme. Et au cours de ces vingt années, elle avait bâti sa vie autour de lui. Ce n'était pas un sacrifice, quoi qu'en dise sa sœur. C'était un homme si bon, si sensible aux malheurs du monde, et si farouchement décidé à l'améliorer. Mais ce monde le lui avait arraché, peu à peu, jour après jour.

Ces dernières années, elle avait fini par le voir moins souvent que son coiffeur. Et, contrairement à bien des femmes de sa connaissance, elle ne passait pas tant de temps que ça chez son coiffeur. Même si elle avait renoncé à sa carrière pour mieux adapter son emploi du temps à celui de son époux, elle avait su se créer une vie personnelle. Mais quand Roger était libre, elle n'avait pas envie que ses propres activités accaparent ce temps précieux et les séparent encore. Elle voulait pouvoir rester avec lui, lui parler, profiter de sa présence. Elle voulait pouvoir tout laisser tomber pour l'accompagner dans ses nombreux déplacements d'affaires, s'il voulait bien d'elle.

Mais dernièrement, il avait été si occupé que, quels que soient ses efforts, elle n'arrivait plus guère à le voir. Elle avait essayé de meubler son temps libre avec des activités de bénévolat, en se nourrissant de leurs rares moments passés ensemble, mais ces moments survenaient souvent au beau milieu de la nuit, quand elle le regardait dormir après être revenu tellement épuisé qu'il était tout juste capable de lui dire bonjour avant de s'effondrer. Désormais, sa vie était creuse, vide, sans but.

Roger avait son travail.

Elle, elle n'avait rien, même pas Roger.

C'en était trop. Elle avait consacré ces derniers temps chez sa sœur à réfléchir sérieusement. Pour sa propre survie, elle devait changer certaines choses. Il fallait que l'un des deux cède. Roger devait lui consacrer plus de temps, consacrer plus de temps à leur couple, ou elle devrait refaire sa vie de son côté.

En saisissant le combiné, elle prit une profonde inspiration. « Roger ?

– Comment vas-tu, Ashley ? Tu m'as manqué, tu sais… »

Des banalités, peut-être, mais Ashley sentait bien qu'il était sincère. Et tout en se réjouissant d'entendre sa voix, elle se demanda depuis combien de temps il ne lui avait plus parlé de la sorte, depuis combien de temps il ne l'avait plus écoutée. Trop longtemps. Combien ? Cela lui faisait trop mal de compter. « Je suis même surprise que tu te sois aperçu de mon départ.

– Crois-moi, je l'ai remarqué. Tu n'es pas avec moi à la table du petit déjeuner. Je commence chaque journée en m'ennuyant de toi, et cela ne fait qu'empirer ensuite. » Sa voix paraissait si lasse.

«Et depuis quand prends-tu le petit déjeuner à la maison ? demanda tranquillement Ashley. D'habitude, tu es parti avant sept heures, et tu te prends une bricole sur le chemin du bureau.»

Silence à l'autre bout du fil, le temps pour Roger de digérer la remarque. Le connaissant, elle savait qu'il ne chercherait pas à le nier ; ensuite, étant un homme équitable, il se mettrait à calculer mentalement. Roger avait une mémoire proverbiale, photographique. En ce moment précis, il devait être parvenu au centième petit pain consommé derrière son bureau, et il entamait le décompte des coupes de fruits et autres bagels grillés. Le silence se prolongea, un rien tendu.

«Tu as raison.» L'aveu lui coûtait manifestement. «Je le sais bien.

– Ça n'a jamais été parce que je ne t'aimais pas.» Elle l'entendit déglutir. Tous les sons passaient avec netteté sur la ligne. «Peu importe ce que je fais. J'aimerais mieux passer du temps avec toi.

– Alors, pourquoi ne le fais-tu pas ? Combien de repas avons-nous partagés au cours des six derniers mois ?»

Nouveau silence. Finalement, la réponse : «Trente-huit ?

– Soustrais les banquets, les obligations politiques, les obligations professionnelles, les soirées.» Ashley se savait injuste, mais elle était en train de défendre son temps, sa vie avec l'homme qu'elle aimait. «D'après mon estimation, la réponse est de dix-huit – trois repas par mois.

– Je sais que c'est dur pour toi, mais ça l'a été pour moi aussi.» Roger se tut un instant, choisissant délibérément ses mots avec soin. «Je n'ai pas toujours la liberté de faire mes propres choix.

– Pourquoi ça ? Tu es le propriétaire de la boîte.

– Ces derniers temps, avec le lancement des stations au sol, je me retrouve tellement embringué dans la politique internationale que je n'ai plus un instant à moi. Une fois réglée cette étape, ça devrait aller mieux.

« – Et combien de fois déjà t'es-tu dit – et m'as-tu déjà dit – la même chose ? Crois-tu vraiment que ça ira mieux, ou ne vas-tu pas encore te lancer dans un nouveau grand projet, dès que tu auras un minimum de répit ? » Ashley avait envie de pleurer, elle entendait déjà monter les sanglots dans sa voix. Elle ne pouvait qu'espérer que Roger soit trop accaparé par sa propre douleur pour le relever.

« Je sais bien que je l'ai déjà dit, mais cette fois, je le pense.

– Roger, reprit Ashley, tu le penses à chaque fois. Je ne te le répète sans doute pas assez souvent… mais je suis tellement fière de toi… de ce que tu es et de ce que tu as fait. Je sais que tout ce que tu as réalisé pour les gens de par le monde a été fondamental pour eux. Je sais que c'est ta vocation, que tu dois l'accomplir. Ce que je ne sais pas, c'est si j'aurai la force d'attendre que tu aies terminé.

– Ashley, rien n'a d'importance pour moi si tu n'es pas à mes côtés pour le partager.

– Le penses-tu vraiment ? » Ashley sentit resurgir en elle, terrible, le mince fil de l'espoir. Peut-être, qui sait, réussirait-elle, ce coup-ci… « Peux-tu revenir ici, passer quelque temps avec moi, peut-être m'accompagner chez un psychothérapeute, jusqu'à ce que nous ayons trouvé un terrain d'entente ? »

Il y eut une longue pause. Elle entendit Roger déglutir encore une fois, pousser un gros soupir. « Chérie, c'est un peu la folie, en ce moment, ici. Si je laisse tout tomber, cela risque d'avoir des conséquences au niveau international… disons, dans une semaine ou deux, peut-être ?

– Et dans une semaine ou deux, une nouvelle crise surviendra, et on fera appel à toi pour la régler – parce que tu es le meilleur. » Les larmes qu'elle avait retenues depuis le début de ce dialogue finirent par avoir le dessus. Elle sanglota : « Tu es le meilleur, et je ne sais pas ce que je peux y faire. Je t'aime, Roger. Adieu. » Vite, avant d'avoir pu changer d'avis, elle pressa la touche de coupure de ligne. Puis, la tête dans les mains, elle se mit à pleurer toutes les larmes de son corps, comme si, pour leur couple, il ne devait plus jamais y avoir de lendemain.

31

Brooklyn, New York
26 janvier 2000

Anton Zachary croyait fermement en la vertu de la routine. À celle de l'organisation et d'une stricte discipline. Sans cela, il avait l'impression que les heures et les minutes se transformaient en bourbier; la signification des actes se diluait, la diligence virait à la paresse, plus rien n'avait de sens, tout partait à vau-l'eau. Pour lui, une existence non balisée dégénérait en une suite sans valeur d'événements sans importance.

Il n'avait pas toujours eu cette conception des choses; elle lui était venue avec les années, et plus ou moins de pair avec ses responsabilités professionnelles. Zachary était un homme occupé, un homme à qui Nick Roma faisait souvent appel pour réaliser l'impossible dans des délais invraisemblables. Comme tant d'autres gros bonnets, Roma manquait des facultés d'appréciation suffisantes qui lui auraient permis de comprendre la somme de travail et de minutie qu'il fallait pour monter une escroquerie quelconque ou fabriquer de faux documents, qu'il s'agisse d'un passeport, d'un visa, d'un certificat de mariage ou d'un acte de naissance capables d'abuser l'œil le plus exercé. Pour Roma, Zachary n'était guère plus qu'un vulgaire faussaire, un petit bidouilleur qui faisait ce que chacun pourrait faire tout seul s'il en avait le temps. Selon Roma, la dextérité ne valait que pour autant qu'elle se traduisît par des résultats immédiats ; un seul échec, et vous étiez catalogué parmi les incompétents, les crétins pas fichus d'accomplir une tâche qu'on aurait pu confier au premier dilettante venu, ou même à un ivrogne sorti du caniveau.

Zachary savait tout cela, et il l'acceptait comme étant le lot de tout artiste. Quelles pressions Michel-Ange n'avait-il pas dû endurer pour répondre aux exigences de ses protecteurs ! Et Shakespeare... Peins-moi ce plafond, et plus vite que ça ! Termine cette pièce pour ce soir, et tâche de nous filer de bonnes répliques ! Fais-nous rire, pleurer, béer de surprise et d'excitation, mais surtout, grouille, grouille, grouille ! Qu'on imagine leur désespoir. Pourtant, que seraient-ils devenus sans ces mécènes ? Comment auraient-ils fait pour gagner leur vie ? La tension entre l'art et le commerce était une constante aussi irritante que vitale. Le moteur de la productivité. Le yin et le yang – oui, pas moins – du processus créatif.

Si seulement cela n'engendrait pas insomnies, palpitations, ulcères et calvitie précoce...

Et tandis qu'il parcourait les planches de la plage de Brighton avec ses lattes de bois vermoulu déneigées par quelque caprice des vents marins, avec les mouettes tournoyant au-dessus de sa tête, les vagues grises roulant sur sa gauche, Brighton Beach Avenue sur sa droite, son appartement derrière lui, le kiosque où il achetait son journal en russe, deux rues plus loin, puis le boulanger où il choisissait les croissants de son petit déjeuner, et plus loin encore, son agence de voyages, juste passé le viaduc de métro de la ligne D... tandis qu'il se rendait à son travail comme chaque jour, par l'itinéraire qu'il prenait chaque matin à six heures pile, à la seconde près – pas une de plus, pas une de moins –, Zachary se dit qu'il était temps de mettre de côté ces songeries égocentriques et vaines, ces bouffées irascibles d'insatisfaction, pour enfin se concentrer sur la tâche importante qui l'attendait.

Roma lui avait commandé une demi-douzaine de visas d'entrée pour étudiantes, destinés aux filles qu'un proxénète local, patron d'une boîte de strip-tease, faisait venir de Moscou. Pour des raisons qui lui appartenaient, Roma désirait que les faux documents soient terminés et livrés au trafiquant de chair humaine avant une heure de l'après-midi. Roma avait passé sa commande la veille en fin de soirée et n'avait pas été d'humeur à discuter. À vrai dire, depuis déjà plusieurs semaines, il faisait montre d'une nervosité inaccoutumée, et cela n'avait fait qu'empirer ces derniers temps. Le bruit courait qu'il avait été particulièrement affecté par un événement survenu à son club quelques jours plus tôt, même si aucun de ses proches ne voulait en dire plus ou même le confirmer.

Ma foi, se dit Zachary, parvenu au bout des planches, Roma avait peut-être ses soucis et ses responsabilités, mais lui aussi avait les siens. Il n'allait pas faire mine de s'intéresser aux rouages des activités de son patron, il n'avait pas le temps de s'y intéresser, pas le temps d'y penser, pas le temps de faire autre chose que ce qu'on exigeait de lui. Six visas d'entrée, six heures pour réaliser la commande. C'était tout ce qu'il…

« Excusez-moi. »

Zachary s'immobilisa sur le trottoir, découvrant l'homme qui venait de surgir devant lui ; en fait, il avait quasiment percuté cette apparition surgie de nulle part. D'où sortait-il donc ?

« Oui ? » fit-il, surpris. L'homme était maigre et musclé, les cheveux coupés ras. Il portait un long trench-coat et gardait la main droite dans sa poche.

« J'aimerais vous parler, monsieur Zachary », dit l'homme. Et il inclina légèrement la tête sur la gauche. « Montez. »

Zachary regarda dans cette direction et avisa une voiture garée le long du trottoir, la portière arrière entrouverte. Une ombre était tapie au volant.

« Je ne saisis pas… »

Il reporta son attention sur l'homme. Sur l'excroissance faite par sa main droite contre la doublure intérieure de sa poche. Un pistolet ?

« Que voulez-vous de m…

— Montez dans la voiture », dit l'homme. Il nota l'orientation du regard de Zachary et plaqua ce qu'il avait dans la poche contre son estomac. Le contact était dur. « Ce ne sera pas long. Et personne ne vous fera de mal si vous coopérez et répondez à quelques questions.

— Mais j'ai un emploi du temps…

— En voiture, fissa ! aboya l'homme, en accentuant la pression de l'objet contre son ventre. Montez le premier. »

Tremblant soudain de tous ses membres, Zachary acquiesça et se tourna vers la portière entrouverte. L'homme au trench-coat lui emboîta le pas, lui enfonçant sans ménagement l'objet dans le dos.

Après être monté à l'arrière avec lui, Nimec fit signe à Noriko de démarrer.

Sans avoir lâché le tube de Smarties qu'il avait dans la poche et pressait toujours contre le flanc de Zachary, en se demandant s'il ne venait pas de trouver une nouvelle définition à l'expression « arme non létale ».

Sadov les avait identifiés comme étant des agents des forces de l'ordre sitôt qu'ils avaient franchi le contrôle de sécurité. Du FBI, sans doute, même s'il était tout aussi possible qu'ils appartiennent à n'importe quelle autre organisation secrète. Il avait l'habitude de surveiller les flics et avait reconnu aussitôt leurs signes distinctifs.

Ce qui lui avait mis la puce à l'oreille, c'était leur

façon de se positionner. Le premier devant le kiosque à journaux, dans le corridor, un autre près de l'entrée de l'aire d'attente, un troisième, enfin, devant la porte d'embarquement. Leur position mais aussi leur posture : le menton levé, le maintien raide, l'œil discrètement attentif, l'air de tout surveiller sans faire mine de bouger. Également le costume sombre et le pardessus, la cravate pastel, la légère marque sur l'étoffe de leur pantalon à quelques centimètres au-dessus de l'ourlet, trahissant la présence d'un étui de cheville. Enfin, cette allure efficace, nette et sans bavure.

Il se tassa dans un fauteuil en plastique et leva les yeux vers le tableau d'affichage des vols au départ et à l'arrivée. Son avion pour Stockholm devait décoller dans une demi-heure, et il guettait d'un instant à l'autre l'annonce d'embarquement.

En temps normal, ce genre de surveillance n'aurait pas entamé son calme. Il avait passé des années à dissimuler ses traces dans des dizaines de pays et il était passé maître dans l'art d'échapper aux poursuites. Et même si le filet était jeté plus loin que naguère, les mailles étaient toujours assez larges pour qu'on puisse se glisser entre elles. Plus larges, en fait, qu'en maintes occasions précédentes. La nationalité des poseurs de bombes était inconnue. Qui plus est, on n'avait toujours pas identifié leur commanditaire, et même la connexion avec la Russie demeurait incertaine. Il aurait donc dû se sentir rassuré d'être une présence anonyme, invisible, camouflée comme une mante. Et certes, il l'aurait été, s'il n'y avait pas eu la photo.

Elle était parue à la une du *New York Daily News* dès le lendemain de l'explosion et avait été diffusée dans tous les médias, image granuleuse extraite d'une vidéo d'amateur, tournée par un spectateur situé au-dessus de la place, à l'angle de la 7e Avenue et de la 53e Rue. On avait tracé un cercle autour de l'individu accusé par le titre d'avoir abandonné l'un des colis piégés secondaires. Sur la photo, on le voyait déposer un sac de gym en nylon sur le trottoir, près d'un barrage de police non surveillé. S'il était clair qu'il était brun et vêtu d'un blouson de cuir, ses traits restés dans l'ombre étaient indistincts. Malgré tout, Sadov s'était reconnu. Redoutant que ceux qui le traquaient soient en mesure d'accentuer la netteté de l'image par traitement numérique, il avait au début hésité à pénétrer dans une aérogare bondée alors que sa photo apparaissait sur tous les kiosques à journaux. Ce qui l'avait contraint à demeurer à New York une semaine de plus que Gilea et les autres, tapi dans les diverses planques de Roma. Il avait profité de cette semaine pour s'éclaircir les cheveux et les couper, se procurer une paire de lunettes à verres blancs et troquer son blouson contre un coûteux costume trois-pièces. Le déguisement était heureux, et il était à peu près sûr de pouvoir traverser l'aérogare nonobstant l'état d'alerte renforcé. Malgré tout, il ne serait pas mécontent de se retrouver sur la passerelle d'embarquement.

Oui, il pourrait enfin se détendre, une fois à bord. La surveillance discrète des principaux points de transit avait bien été prise en compte par les hommes de Roma lorsqu'ils avaient planifié son retour en Russie. L'itinéraire qu'ils lui avaient préparé devait le mener de Suède en Finlande par le train, pour franchir la frontière à Nuijaama et rallier la banlieue de Saint-Pétersbourg. Bien que tortueux et nécessitant un supplément de paperasse, il avait été jugé le meilleur. Connus pour leur laxisme, les gardes-frontières finnois et russes n'effectuaient qu'un contrôle symbolique des véhicules. Quant à l'inspection douanière, ce ne serait qu'une formalité : passer les bagages aux rayons X, franchir le portique détecteur de métaux, point final. Et il se retrouverait chez lui en lieu sûr.

Pour l'instant, il feuilletait un magazine sans vraiment prêter attention à son contenu, regardant par-dessus les pages, observant avec soin les agents en train de surveiller la zone de départ. Le rouquin près de la porte d'embarquement n'avait-il pas l'œil sur lui, détournant le regard juste au moment précis où Sadov venait de lever les yeux ? Il tourna une autre page. À coup sûr, il laissait ses nerfs prendre le dessus. C'était à cause de la photo, de ce séjour prolongé à New York.

Il attendit.

Les haut-parleurs diffusèrent l'annonce dix minutes plus tard : vol 206 pour Stockholm, embarquement immédiat. Les passagers handicapés ainsi que ceux des rangées A à L pouvaient se présenter à la porte, veuillez vous munir de votre carte d'embarquement.

Sadov ferma lentement son magazine et le glissa dans la pochette latérale de son sac de voyage. Autour de lui, d'autres voyageurs quittaient leur siège pour faire la queue devant la porte. Il laissa son regard glisser sur l'agent rouquin. L'homme avait les bras croisés sur la poitrine et semblait se concentrer sur la zone d'attente. Alors que Sadov se levait pour rejoindre la file, l'homme se haussa sur la pointe des pieds. Une fois. Était-ce un signe d'ennui, d'impatience, un pur réflexe ? Ou bien l'indice qu'il allait passer à l'action ? L'espace d'une seconde, Sadov avait cru sentir peser sur lui son regard.

Il passa son sac de voyage à l'épaule et s'approcha de la file. Il nota que l'agent posté près de l'entrée de l'aire d'attente avançait maintenant à peu près dans sa direction. L'homme avait les cheveux en brosse, un petit visage pointu, vigilant. Comme un renard.

Sadov serra les dents. Il se souvint des chaudes alertes qu'il avait connues après sa mission à Londres. Cela remontait à un peu plus d'un an. Deux flics l'avaient identifié et suivi sur plusieurs pâtés de maisons. Il les avait abandonnés dans une impasse, avec plusieurs balles dans le crâne. Mais ici, aujourd'hui, il était sans arme. Et avec tous ces gens alentour, il serait pris au piège.

La file avançait. Il suivit le mouvement, son billet à la main. L'agent rouquin était maintenant parvenu presque à sa hauteur, un peu sur la droite, examinant les passagers lorsqu'ils passaient devant lui. Sadov se demanda dans quelle mesure son portrait avait pu être affiné. Les autorités avaient tout un arsenal technologique à leur disposition. Et n'était-il pas possible qu'ils aient été tuyautés ? Il y avait une récompense. À elle seule, la municipalité de New York avait offert cinquante mille dollars. Et il n'avait qu'une confiance limitée en Roma et ses hommes. Ils pouvaient s'être laissé tenter. Il n'oubliait pas ce qu'il avait lui-même accompli pour de l'argent...

Sadov continuait de progresser vers la porte. Il n'y avait que trois passagers devant lui : un couple âgé et une quadragénaire bien habillée. Le couple échangea quelques brèves plaisanteries avec l'hôtesse lorsque celle-ci prit leurs billets, avant de s'engouffrer dans le couloir d'embarquement. La femme venait ensuite. Le rouquin lui jeta un coup d'œil rapide, puis s'attarda sur les dernières personnes de la file.

Sadov refoula sa tension nerveuse tout au fond de lui. Il n'avait d'autre solution que de continuer à avancer vers la porte en espérant la franchir sans encombre.

Il tendit son billet. L'hôtesse avait le sourire. Il hocha la tête, découvrit les dents pour singer son expression. Le rouquin était presque à côté de lui, maintenant.

« Excusez-moi, monsieur, dit-il, voudriez-vous quitter la file un instant ? »

Sans cesser de fixer obstinément les dents de l'hôtesse, Sadov vit du coin de l'œil le type à tête de renard arriver sur la droite, rejoindre le rouquin. Il n'avait pas encore aperçu le troisième agent, celui qu'il avait repéré devant le kiosque à journaux, mais était à peu près sûr qu'il approchait lui aussi.

« Monsieur, est-ce que vous m'avez entendu ? Nous aimerions vous poser quelques questions. »

Sadov sentit le sang lui monter aux oreilles. Il allait devoir obtempérer, il n'avait pas vraiment le choix.

Il se tourna vers le rouquin.

Et réalisa que ce n'était pas à lui qu'il s'adressait. Mais à quelqu'un derrière lui dans la file.

Il exhala un soupir, se permit de jeter un coup d'œil derrière lui.

Trois places plus loin, il avisa un type d'à peu près son âge et sa taille, vêtu d'un jean et d'un blouson de ski. Il avait les cheveux châtain foncé, de la même teinte que les siens avant qu'il ne les teigne. Les agents l'avaient pris doucement par le coude pour l'attirer à l'écart et ils lui demandaient ses papiers. L'air perplexe, agité et embarrassé, l'homme se mit à fouiller dans son sac.

Sadov se retourna vers l'hôtesse. Il sentit son sourire devenir sincère, telle une sculpture de pierre à laquelle on aurait soudain insufflé la vie.

Les agents n'étaient pas passés loin, à trois places près. Pour se faire un mouton déguisé en loup, songea-t-il amusé.

« Je vous souhaite un excellent vol, monsieur », dit l'hôtesse.

Son sourire s'élargit.

« Merci, dit-il en franchissant la barrière. Je n'en doute pas. »

32

Washington, DC et Moscou
26 janvier 2000

« Foutaises, dit le président lors de la réunion du Conseil national de sécurité. Un foutu ramassis de foutaises. »

Il plaqua la main sur la couverture du rapport

confidentiel rédigé conjointement par le FBI et la CIA, s'attirant les regards des hommes assis autour de la table de la salle de conférences, non loin du Bureau Ovale. Dans un exemple sans précédent de coopération entre les services, les deux agences avaient uni leurs efforts pour enquêter sur l'attentat à la bombe de Times Square et elles étaient parvenues à un certain nombre d'hypothèses propres à mettre à bas son programme de politique étrangère avec la Russie – en ruinant par la même occasion son image personnelle. Son chagrin et son désarroi étaient encore renforcés par le fait que, si ces hypothèses étaient justes, il allait devoir revoir son engagement à soutenir Starinov et ses plus proches collaborateurs. Il avait toujours été prompt à deviner les courants d'opinion, à sentir quand ils menaçaient de le faire chavirer, et il était presque toujours prêt à quitter le navire si sa survie politique était en jeu. Les critiques glissaient sur lui comme sur les plumes d'un canard, sauf quand les sondages électoraux fléchissaient, et il avait la réputation d'être toujours parfaitement imperméable aux attaques des professeurs de moralité.

C'était pourtant une vraie douche froide qu'il avait reçue à la lecture du rapport des services de renseignements. Glacée, même. Il s'était senti affaibli, compromis de l'intérieur. Et les implications sur sa nature profonde étaient aussi inattendues qu'inquiétantes.

Si les conclusions exposées dans ces documents étaient correctes – *si* –, il ne pouvait qu'être outré, horrifié, écœuré. Et le pire était qu'il devrait agir désormais en fonction de ces sentiments, au risque de ne plus pouvoir se regarder en face. Quel genre d'homme d'État cela ferait-il de lui ? Un président dont les décisions politiques essentielles seraient dictées par le cœur et la conscience ? Dieu tout-puissant, les requins de Washington ne feraient qu'une bouchée de lui !

« Comme je vois les choses, nous avons encore un

minimum de marge de manœuvre, observa le vice-président Humes. La connexion avec Bachkir se fonde sur des déductions, des insinuations, des preuves indirectes. Pour autant que je sache, il va se révéler impossible pour quiconque d'établir sa culpabilité de manière concluante... »

Le président posa le coude droit sur la table, écarta le pouce et l'index, inséra l'arête du nez dans le V ainsi formé. Dans le même mouvement, il avait levé en l'air la main droite, tel un agent de la circulation intimant à Humes l'ordre de s'arrêter.

« Écoute-moi, Steve. Écoute-moi attentivement. Il ne s'agit pas de ce que nous pouvons ou non prouver. Mais de ce que nous croyons ou non être la vérité. Or ces rapports affirment que le ministre russe de l'Intérieur serait le responsable de la mort d'un millier de citoyens américains, sur le sol américain, dont le maire de la première ville d'Amérique. » Il marqua une pause, la tête toujours appuyée sur la main, presque dans une attitude de pénitence. « Ce qui place cette attaque au niveau de gravité d'un Pearl Harbor... et cela, au cours de mon putain de quart !

— Je suis d'accord, intervint Kenneth Taylor, le conseiller à la sécurité nationale. Et il n'est sans doute pas inutile d'ajouter que les Japonais s'en étaient pris à un objectif militaire, pas à des civils.

— Il y a malgré tout une distinction plus importante à garder à l'esprit », observa Roger Farrand. Le ministre de la Défense caressa sa barbe impeccablement taillée de personnage de Melville. « Si Bachkir devait être responsable, il aurait agi en tant que membre d'un groupe renégat, non pas au titre de représentant du pouvoir en place. En fait, cela va même plus loin. L'acte qu'il a commis, s'il l'a commis, était une tentative délibérée pour renverser l'un des dirigeants de son pays.

— Faisant de lui un traître et un élément subversif pour la Russie, en même temps qu'un criminel international », enchaîna Bowman, son collègue des

Affaires étrangères. Il hocha la tête : « Je crois voir où Roger veut en venir, et j'aurais tendance à soutenir sa thèse. »

Ce qui, compte tenu de l'opposition habituelle entre les deux hommes, était une autre source de déstabilisation pour le président. Et quoi encore ? Le monde allait-il basculer sur son axe, le soleil se coucher à midi, le ciel lui tomber sur la tête ? Il se trouvait propulsé dans des eaux inconnues, et des dragons nageaient sous sa quille.

« Je vous serais reconnaissant si l'un de vous daignait m'expliquer où il veut en venir. C'est peut-être le surmenage, mais j'aimerais un exposé clair et précis. »

Bowman acquiesça de nouveau. « Starinov pourrait dénoncer Bachkir de manière tout à fait officielle. Je ne vois pas pourquoi il s'en priverait, compte tenu de la déloyauté du personnage. S'il le chassait sans tarder de son cabinet, ce serait un premier pas pour sauver sa réputation et surtout nos relations avec lui. Par la suite, on pourrait envisager de faire passer Bachkir en jugement, peut-être d'organiser un tribunal international susceptible de le juger pour crime contre l'humanité. » Il marqua un temps. « Je sais que je m'avance beaucoup, mais c'est une perspective que nous devrions réellement envisager.

— Tout ce que vous avez dit est bel et bon, mais il reste encore un ou deux aspects du problème que vous me semblez négliger, observa le président Ballard. Nos éléments de preuve sont largement sujets à interprétation, et Starinov risque d'en tirer des conclusions moins certaines que nous... si nous devons les lui présenter. Ces deux hommes sont amis et alliés depuis des décennies.

— On pourrait faire pression sur lui, objecta le vice-président. Starinov a besoin de notre soutien pour continuer à partager le pouvoir avec Korsikov et Pedatchenko, et sans doute aussi pour remporter les élections, une fois levé l'état d'urgence en Russie.

Nous pouvons laisser entendre qu'on lui retirera notre soutien s'il ne lâche pas Bachkir. »

Le président Ballard le contempla avec une légère surprise. Quelques minutes plus tôt, Humes évoquait la possibilité de laisser à leur gouvernement les coudées franches, comme un moyen d'éviter de rendre Bachkir complice d'un massacre à visées politiques. Par quel raccourci de raisonnement avait-il abouti à cette dernière suggestion ? Avait-il toujours été cynique à ce point ? Ballard se sentait dans la peau d'un mystique frappé d'une révélation soudaine, ou d'un fumeur invétéré devenu d'un seul coup militant antitabac. Mais quelle place y avait-il au pouvoir pour un idéaliste ressuscité ? Il fallait qu'il se reprenne.

« Je ne suis pas opposé à ce qu'on manœuvre Starinov s'il faut en arriver là, dit-il enfin. Mais je pense connaître un peu le bonhomme et, croyez-moi, on ne doit pas sous-estimer sa fidélité personnelle.

— *Et tu, Brute* — toi aussi, Brutus, cita Taylor.

— Tout juste. » Le président se redressa dans son fauteuil. « Pour l'heure, je me demande si nous ne devrions pas moins nous préoccuper de la réaction de Moscou que de celle de Washington. Nous avons Delacroix qui siège à la commission sénatoriale des affaires étrangères ainsi qu'à la commission du renseignement. Il a toujours émis des objections à l'ensemble de nos mesures d'aide à la Russie et ces rapports vont finir par lui donner du grain à moudre.

— Et l'on peut compter sur lui pour y aller de bon cœur, admit Humes. Reste à savoir dans quel genre de farine il va nous rouler… »

Le président Ballard le regarda.

« Il aura ce rapport entre les mains dès demain après-midi, poursuivit-il. Mon petit doigt me dit que tu ne devrais pas tarder à avoir ta réponse. Je te suggère de préparer ta réaction pour être prêt à contrer ce brave sénateur dès qu'il entrera en piste. »

Ils se rencontrèrent aux alentours de minuit, sur le parvis de la cathédrale Sainte-Catherine. Rien qu'eux deux, comme prévu, même si chacun était venu avec un contingent de gardes du corps, restés discrètement tapis non loin de là dans l'ombre. Quel que soit leur degré de confiance mutuelle, celle-ci était fondée sur la force.

«Arkadi», fit Starinov en le saluant d'un signe de tête.

Les mains dans les poches de son trench-coat, Pedatchenko le gratifia d'un sourire faussement aimable.

«Je suis ravi que tu aies accepté qu'on se voie ce soir, Vladimir.»

Starinov ne répondit pas. Il faisait un froid mordant et il était engoncé dans un gros manteau en peau de mouton, avec cache-nez et bonnet de fourrure. Pedatchenko, en revanche, avait son épaisse crinière au vent, et les boutons du haut de son pardessus étaient ouverts, comme un défi aux éléments.

L'homme était pénétré de sa propre arrogance, songea Starinov.

Pedatchenko se dévissa le cou pour contempler derrière eux le groupe improbable de dômes enturbannés qui les surmontaient. Les projecteurs illuminant la cathédrale pour les touristes étaient éteints à cette heure ; dans le noir, son architecture baroque prenait des allures d'étrange mythe oublié, presque hors du temps.

«Je repensais tout à l'heure à saint Basile, observat-il. Le Saint Idiot qui dédaignait tout confort matériel, se baladait tout nu dans la neige, ne mangeait et ne buvait que le strict nécessaire pour survivre. Et malgré tout connu pour toujours dire la vérité. Pour être la conscience vivante du peuple russe. Un homme si bon et pieux que même Ivan le Terrible tolérait ses piques.»

Starinov le regarda. «J'espère, dit-il, que tu ne vas pas te mettre à professer ce genre d'abnégation.»

Ricanement de Pedatchenko.

« Certes non, rien de semblable à la vertu de saint Basile, admit-il en se retournant vers Starinov. Nous sommes des politiciens, Vladimir. Cela suffirait à nous damner, tu ne crois pas ? »

Starinov haussa les épaules et riva son regard dans les yeux bleu pâle de son interlocuteur. Il avait hâte d'en venir au fait.

« Si nous devons discuter d'affaires d'État, comme je l'imagine, Korsikov ne devrait-il pas être avec nous ?

– C'est à cause de lui que nous sommes ici plutôt qu'au chaud dans un douillet salon officiel. Où nous pourrions discuter autour d'un petit verre de cognac et méditer en contemplant les bûches qui craquent dans la cheminée. » Le sourire de Pedatchenko avait pris un petit côté moqueur. « Si tu me passes l'expression, Korsikov est le cheval boiteux de notre troïka, Vladimir. Et en plus, il devient curieux. Il est inutile de le laisser fouiner dans nos affaires. C'est nous qui allons décider ce soir, et il n'aura plus qu'à suivre. »

Starinov le contemplait.

« Quelle que soit ton opinion sur Korsikov, il est toujours en place avec nous au Kremlin.

– Mais peut-être plus pour très longtemps », nota Pedatchenko.

Starinov resta silencieux plusieurs secondes. Il soufflait par le nez de petits jets de vapeur.

« Quelques heures après la mort d'Eltsine, nous avons formé tous les trois notre gouvernement par intérim, et décidé d'un commun accord qu'il tiendrait jusqu'aux élections. Je me refuse à jouer les traîtres... »

Pedatchenko l'arrêta d'un geste de la main.

« Je t'en prie, Vladimir, tu m'as mal compris. Ce que je m'apprête à te proposer est tout ce qu'il y a de réglo. Il n'y aura pas de coups de couteau dans le dos, au propre comme au figuré. »

Starinov jaugea Pedatchenko, dubitatif.

« Eh bien, écoutons ça. J'aimerais être rentré avant le jour. »

Pedatchenko acquiesça.

« Ce qui semblait une bonne idée quand Eltsine a sombré dans une bassine de vodka s'est en définitive révélé impraticable. As-tu fait un tour au Goum, juste en face ? »

Un sourire mordant effleura les lèvres de Starinov. « Je n'ai guère eu l'occasion de flâner dans les grands magasins, ces derniers temps.

– Ah, mais même du haut de ton trône, tu as quand même dû remarquer que les files d'attente devant les boutiques et les étals de marché se sont évaporées. La vaine prospérité que feu ton président nous claironnait naguère a disparu au fond d'un trou noir. » Pedatchenko écarta les mains. « Notre pays s'enfonce dans le désarroi, Vladimir. L'aide alimentaire internationale est bloquée, les barons du crime violent les citoyens à chaque coin de rue, la dégénérescence morale est devenue…

– Mon Dieu, Pedatchenko, regarde autour de toi ! Il n'y a aucune caméra de télé. Alors, je t'en prie, réserve les sermons à tes spectateurs. Je t'ai déjà demandé d'en venir au fait. »

Pedatchenko arbora de nouveau son sourire figé. Starinov avait l'impression de contempler un masque en carton.

« Le pays a besoin d'un chef pour le guider, pas de trois, dit Pedatchenko. La vision fragmentaire de la troïka a poussé notre peuple sur une pente descendante. » Il fixa sans ciller son interlocuteur. « Je te propose de quitter l'attelage. De me céder le pouvoir pour le bien de la mère patrie. »

Starinov le regarda.

« J'aimerais pouvoir dire que tu me surprends, Arkadi. Mais c'est précisément le genre de chose auquel je m'attendais.

– Et… ?

– Et quel autre choix m'offres-tu ? Cette Ultime

Guerre patriotique dont j'ai entendu parler ? rit Starinov. Ce n'est jamais qu'une diversion censée susciter l'enthousiasme. Icônes, fanfares et supériorité ethnique marchant la main dans la main. Tout cela m'évoque irrésistiblement les rassemblements de Nuremberg. »

Le sourire de Pedatchenko se rétracta progressivement et disparut. «Tu devrais choisir tes mots avec plus de discernement», remarqua-t-il.

Starinov joua la surprise. «Oh, voilà qu'on prend ombrage. Tu me fais penser à Milosevic, le Serbe.

— Que tu es allé embrasser…

— Par nécessité politique, tout comme avec toi en ce moment, rétorqua Starinov. Comme vous devenez sensibles, toi et tes semblables, dès qu'on suggère des comparaisons avec les nazis. Pourquoi cela, Pedatchenko ? Redouterais-tu le démon dans le miroir ?

— Ce que je redoute surtout, c'est la perte de notre honneur national et de notre dignité. Je redoute l'humiliation d'avoir à demander la charité aux Américains. Je redoute de voir la Russie bradée à ses ennemis. *Z'granitzeiy nam pomochtchit*, l'étranger nous aidera. C'est ta solution à tous les problèmes. »

Le vent rabattit le col de Starinov. Il sentit les doigts de l'air glacé s'insinuer sous son cache-col et réprima un frisson.

«Écoute-moi, s'il te plaît, reprit-il d'une voix calme. Le monde n'est peut-être pas tel que nous le souhaiterions, toi ou moi, mais de nos jours, aucun pays ne peut s'isoler dans sa forteresse.» Il marqua un temps. «Tu connais la station de réception satellite des Américains, à Kaliningrad ? Celle que fait construire Roger Gordian ? Quand elle sera en service, il sera techniquement possible d'installer une cabine téléphonique au sommet de l'Everest et de communiquer avec n'importe qui à des dizaines de milliers de kilomètres de là. Sans fils, juste des panneaux solaires pour l'alimenter. Songes-y, Arkadi. N'est-ce pas un miracle, n'est-ce pas de la magie ? Tu dois admettre qu'à l'avenir, l'humanité vivra interconnectée, pas divisée.

– Et si ton miracle signifiait que toutes les montagnes résonneront de tubes américains ?

– Eh bien, nous prierons pour ne pas y avoir perdu au change. » Starinov réfléchit quelques instants avant de hausser les épaules. « Pour parler franc, Arkadi, je refuse ta proposition. Il n'y aura pas de retraite dans le passé glorieux. »

Pedatchenko ne dit rien. Ses yeux étaient une muraille de glace.

« Tu n'auras pas le dessus, dit-il enfin. Les gens ne resteront pas les bras ballants tandis que le pays court à la ruine. Ils se rassembleront derrière moi.

– Tu parles avec une telle confiance, on finirait par croire que tu as le don de voyance, railla Starinov. Comme saint Basile. »

Pedatchenko demeura encore un long moment immobile, dévisageant Starinov de son regard bleu glacé. Puis il raidit les épaules, tourna les talons et traversa d'un pas vif la place pavée pour rejoindre ses gardes du corps.

Starinov le regarda s'éloigner jusqu'à ce qu'il ait disparu dans le noir, avant de repartir dans la direction opposée.

33

Washington, DC
28 janvier 2000

La lumière brillait en haut du dôme du Capitole. Une lampe rouge s'alluma au-dessus des portes nord. Une cloche fit résonner dans le Sénat sa longue note triste. Les chefs de la majorité et de la minorité se saluèrent avec déférence avant de gagner leurs sièges respectifs au premier rang de part et d'autre de l'allée centrale. Les parlementaires, huissiers et secrétaires s'assirent, le président de séance saisit son marteau, les caméras discrètes de la chaîne parlementaire prirent vie, et la session de l'auguste assemblée s'ouvrit.

Dans la galerie du public, Roger Gordian regarda le premier orateur, Bob Delacroix, sénateur de Louisiane, monter à la tribune, costume sombre et démarche digne et compassée, suivi à distance respectueuse par deux jeunes assesseurs.

L'ours noir empaillé qu'ils portaient entre eux faisait un mètre quatre-vingts de haut, et il était vêtu d'un short de catch en satin rouge où était brodé l'emblème de l'ex-URSS : la faucille et le marteau.

«Amis et chers collègues, permettez-moi de vous présenter aujourd'hui Boris, l'ours catcheur! tonna Delacroix. Au fait, s'il a sorti du placard son vieux short mité, c'est qu'il lui va bien mieux que le nouveau!»

Applaudissements et rires dans les rangs de son parti.

Regards de travers et soupirs contraints dans le camp adverse.

«Boris a peut-être l'air d'un brave ours, mais ne vous laissez pas abuser. Peu importent les quantités qu'il mange, il a toujours faim. C'est parce qu'il grandit et grossit chaque jour... et je vous prie de croire qu'il est prêt à mordre la main qui le nourrit!»

Gordian étouffa un grognement écœuré.

Et maintenant, mesdames-z-et-messieurs, songea-t-il *applaudissez notre grrannde attraction!*

«Je vais vous raconter une petite histoire au sujet de Boris. Elle n'est pas jolie-jolie, et elle n'est pas pour les âmes sensibles. Mais, enfin, il y a une morale à en tirer, poursuivit Delacroix. Voilà : ce Boris avait un tel appétit qu'il se croyait capable de dévorer le monde entier. Rien ne pouvait le satisfaire! Alors il mangea, mangea, mangea, jusqu'à devenir si gros qu'il s'effondra sous son propre poids. C'est à ce moment qu'intervint son Oncle Sam, toujours serviable : il le mit au régime du Dr Économie de Marché, lui enseigna les bonnes manières, bref, lui apprit à être *civilisé* en tentant de le convaincre de renoncer à sa gloutonnerie. »

Nouveaux éclats de rire de la part d'un nombre un peu plus important de parlementaires. Les autres semblaient embarrassés.

« Eh bien, mes amis, pendant quelques années, ce régime libéral parut marcher, et Boris réussit même à se tasser dans un pantalon qui arborait les mêmes couleurs que la tenue de l'Oncle Sam – quoique disposées autrement, bien sûr, pour qu'on ne le traite pas de plagiaire ! » La voix de Delacroix résonnait sous la voûte de la chambre.

Gordian revit soudain l'image de Burt Lancaster dans *Le Faiseur de pluie*[1]. Ou bien était-ce cet autre film où l'acteur jouait un prédicateur ? Et le plus incroyable, c'est que ça avait l'air de marcher. Même s'il ne prêchait que pour des convertis, ou proches de l'être, il avait visiblement fait mouche.

« Mais voilà, Boris retomba dans ses vieilles et mauvaises habitudes, poursuivit Delacroix. La faim le reprit. Sauf que, cette fois, il avait pris l'habitude de dépendre de la charité de l'Oncle Sam, un peu comme ces grizzlis du parc de Yosemite qui viennent jusqu'à votre tente quémander de la nourriture. Et l'Oncle Sam, toujours aussi bonne pâte, toujours aussi généreux – d'une générosité excessive, si vous voulez mon avis – ne put se résoudre à lui dire non. C'est que, voyez-vous, Sam s'était persuadé qu'en gardant Boris

1. *The Rainmaker :* tourné en 1956 par Joseph Anthony, ce remake d'une pièce célèbre de Richard Nash dépeint un charlatan, incarné par Burt Lancaster, qui arpente les campagnes ravagées par la sécheresse en annonçant la pluie aux paysans crédules – et en promettant au passage monts et merveilles à leurs filles, l'une d'elles étant jouée par Katherine Hepburn *(N.d.T.).*

à proximité de sa tente, en le laissant regarder vaquer à ses occupations quotidiennes à travers les rabats, notre ours apprendrait à se tenir debout tout seul. Croyez-le ou non, l'Oncle Sam lui donna ainsi des centaines de tonnes de nourriture. Vous avez bien entendu, *des centaines de tonnes*, rien que pour le garder dans les parages! Et vous savez ce qui arriva? Quelqu'un a-t-il une idée? Eh bien, Boris se retourna contre lui! Boris s'introduisit dans la tente et commit un acte tellement horrible, tellement impensable, que j'aimerais mieux ne pas vous l'exposer. Mais il le faut, voyez-vous, il le faut. Parce que certains parmi vous n'ont pas encore compris que si l'on peut ôter des pattes de l'ours sa faucille et son marteau, on ne pourra jamais les lui retirer de la tête!»

Silence de mort dans l'hémicycle. Tous les sénateurs avaient désormais eu l'occasion de lire le rapport liant Bachkir au bain de sang de Times Square, ou du moins en avaient-ils entendu parler, et tous savaient fort bien où Delacroix voulait en venir.

Gordian s'en rendit compte alors même qu'il se penchait, fasciné par le spectacle. Il s'était demandé un peu plus tôt si Delacroix abandonnerait son numéro de montreur d'ours, une fois parvenu au vif du sujet, et rangerait les pitreries au vestiaire, mais ce n'était manifestement pas le cas. Le sénateur d'origine cajun était un bateleur jusqu'au bout des ongles.

«Et donc il s'est insinué dans la tente de Sam, un soir que celui-ci avait laissé tomber sa garde, un soir où il faisait la fête, un soir qui devait être consacré à l'espoir, à la paix, aux prières pour l'avènement d'un nouveau siècle radieux, et il lui a planté ses crocs dans la chair, poursuivait Delacroix. Il s'est jeté sur lui, l'a lacéré, le blessant si gravement, le marquant si cruellement que la souffrance ne s'éteindra jamais. *Jamais!* Et vous savez quoi? Accrochez-vous à votre fauteuil, mes chers amis, tenez-vous bien, car ce que je m'apprête à vous révéler est proprement incroyable.» Delacroix s'écarta de l'estrade, se dévissant le cou avec exagération pour parcourir du regard l'hémicycle. «Est-ce que vous m'écoutez bien? Vous êtes prêts? Parfait, eh bien voilà: l'ours a eu l'audace de revenir le lendemain et de faire comme si de rien n'était. Et même de quémander encore de la nourriture! Et certains, abusés, inconscients – je ne citerai aucun nom, mais nous les connaissons tous –, voulaient que l'Oncle Sam ferme les yeux et obtempère!»

Delacroix s'était approché de l'ours et l'avait saisi aux épaules.

«Eh bien, je ne vais pas laisser faire une chose pareille. Choisissez votre camp, tous, décidez-vous, et vite, parce que je m'en vais affronter Boris. Je vais lui secouer les puces, lui montrer que la belle vie aux crochets de l'Oncle Sam, c'est fini, et qu'il aurait intérêt à se débrouiller tout seul une bonne fois pour toutes!»

Gordian avait cru être prêt à tout, mais ce qu'il vit alors lui fit écarquiller les yeux.

«Allez, Boris, approche, essaie un peu de m'attraper!» écuma Delacroix.

Et, faisant voler les pans de sa veste, la cravate en bataille, Delacroix se jeta sur l'ours, le mit à terre et le ceintura, roulant avec lui sous les yeux de l'assemblée des sénateurs, du public de la galerie, stupéfait, et des caméras de télévision, avant de se dresser au-dessus de la bête empaillée qu'il venait enfin de clouer au sol.

«C'est fini, Boris! s'écria-t-il. Fi-ni!»

Et là-haut dans la galerie, voyant l'air fasciné des sénateurs et prévoyant l'effet sur l'opinion des pitreries de Delacroix quand elles seraient diffusées ce soir au journal télévisé, Gordian songea, angoissé, qu'effectivement, ce pouvait bien être fini.

34

New York
29 janvier 2000

« Allez, Boris, approche, essaie un peu de m'attraper ! »

Presque vingt-quatre heures après avoir assisté aux bouffonneries de Delacroix à la tribune du Sénat, Gordian ne pouvait effacer la scène de son esprit. C'était en partie parce qu'elle avait précisément débouché sur le genre de leurre médiatique qu'il avait prévu. Toutes les chaînes généralistes l'avaient mise en ouverture de leur journal du soir. Idem pour CNN qui en avait fait en outre le sujet principal de ses émissions *Les Dessous de la politique*, *Feux croisés*, *Larry King Live*, ainsi que son rendez-vous de vingt-deux heures, consacré depuis un mois aux derniers rebondissements de l'enquête sur l'attentat de Times Square. Et, ce matin, l'affaire faisait les gros titres du *Washington Post* et du *New York Times*.

Il devait rendre cette justice à Delacroix, qui avait exercé deux mandats de maire à La Nouvelle-Orléans avant de briguer avec succès le siège de sénateur : l'homme avait introduit avec lui dans la capitale fédérale tout le panache et les paillettes du Mardi gras, combinés à un formidable instinct des relations publiques, pour en faire un atout politique unique et sans doute inégalé.

Tout en se tortillant dans son fauteuil d'avion – même en première, ils étaient loin d'avoir le confort de son siège de bureau –, Gordian essayait de ne plus penser aux conséquences éventuelles de la session de la veille au Congrès. En revanche, il ne pouvait esquiver ses propres difficultés personnelles. Quel était ce

vers, déjà ? *Things fall apart ; the centre cannot hold...*
« Tout s'effondre, le centre ne tient plus[1]. » Il songea à
sa conversation avec Ashley, avant son départ pour
Washington. Elle avait passé le dernier mois dans
leur appartement de San Francisco et voulait prendre
des mesures pour « rabibocher » leur mariage. Jusqu'à
son départ le jour de la Saint-Sylvestre, il ne s'était
pas rendu compte qu'il était brisé. Mais voilà, elle
était partie. Et il se retrouvait avec la perspective de
devoir partager les détails les plus intimes de leur
existence avec un tiers. De se mettre à nu devant un
parfait inconnu exerçant une profession dont il se
méfiait.

Tout cela lui donnait l'impression d'un gâchis de
temps, aussi douloureux que gênant. Son épouse et
lui étaient mariés depuis près de vingt ans. Ils avaient
élevé une fille superbe. S'ils ne pouvaient donner un
sens à leur vie, pouvaient-ils escompter voir un autre
le faire à leur place ? Il se souvint des psychothéra-
peutes qu'il avait vus après sa libération du Hilton
d'Hanoï, l'insupportable, l'interminable programme
de décompression auquel l'armée de l'air avait exigé
qu'il se soumette. Ce n'était pas le genre de souvenir
qui vous redonnait confiance. Il imaginait que cela
avait dû rendre service à certains, il n'en doutait pas,
mais lui, quel profit en avait-il tiré ? Aucun.

Il devait pourtant prendre une décision. Et il savait
qu'une décision erronée pouvait amener Ashley à le
quitter pour toujours.

La voix de l'hôtesse s'immisça dans sa rêverie.
« Décollage dans dix minutes, assurez-vous que votre
bagage à main est bien rangé dans le compartiment
supérieur ou sous le siège devant vous. » Où diable
était passé Nimec ? Après le coup de fil tardif de Pete
à sa chambre d'hôtel, Gordian avait échangé son
billet de retour direct Washington-San Francisco

---

1. Extrait du poème de William Butler Yeats, *The Second
Coming* (N.d.T.).

contre un vol de nuit pour New York avec correspondance à Kennedy. Celui-là même que devait emprunter Nimec. Du moins, qu'il était censé emprunter. Pete lui avait dit avoir quelque chose d'important pour lui, qu'il désirait lui remettre en main propre. Et le plus tôt possible. Avait-il toujours fait autant de mystères ? Ou, songea Gordian, était-ce parce qu'il était impatient, les nerfs à vif ? Il savait que Pete avait fait d'immenses progrès à New York et qu'il ne pouvait attendre de…

Une enveloppe kraft anonyme tomba sur ses genoux, lui faisant à nouveau perdre le fil de ses pensées. Il leva les yeux et vit Nimec debout dans l'allée.

« Désolé, je suis en retard. Le trafic aérien…

– Je n'étais pas inquiet », répondit Gordian, impénétrable. Il soupesa l'enveloppe. « C'est ce que tu m'avais promis ? »

Nimec acquiesça tout en coinçant son sac dans le porte-bagages.

« Je peux l'ouvrir maintenant, ou je dois attendre le prochain Noël ? »

Nimec s'assit. Il avait dans la main un quotidien populaire local. Une photo de Delacroix s'étalait sous le titre en une.

« Pas aussi longtemps. Mais à ta place, j'attendrais d'être de retour dans mon bureau. »

Gordian se tapota le genou avec l'enveloppe. Inspira profondément. « D'accord, assez de suspense, dis-moi ce qu'il y a dedans. »

Sourire de Nimec.

« De très bonnes nouvelles sur des individus très peu recommandables », répondit-il.

35

Kaliningrad, Russie
30 janvier 2000

La liaison de Max Blackburn avec Megan Breen l'avait pris totalement par surprise ; ce n'était pas comme s'il avait ouvert les yeux une nuit en se retrouvant avec elle entre les draps, mais presque. Si on lui avait dit, un mois plus tôt, non, une semaine plus tôt, qu'il serait en ce moment à poil au lit, et la regarderait arpenter la chambre, vêtue seulement d'un kimono court, en admirant ses longues jambes de pouliche, tout en se remémorant ce qu'ils avaient fait la nuit précédente et en songeant à quel point il désirait sentir son corps pressé contre lui à cet instant même, si on lui avait dit tout cela, sans aucun doute, il aurait ri. Il ne pouvait y avoir de couple plus mal assorti – lui, l'ancien agent du SAS et elle, l'intellectuelle de l'*Ivy League*[1].

Ils n'avaient jamais été amis par le passé, et le plus incroyable était qu'il n'était pas sûr qu'ils le soient maintenant. Il n'était même pas sûr qu'ils aient grand-chose en commun, en dehors d'une fidélité à toute épreuve à Roger Gordian, en dehors d'une mission exigeant qu'ils s'expatrient, à des milliers de kilomètres de chez eux, dans un pays où aucun n'avait franchement envie de se trouver, en dehors surtout d'une attirance physique qui les avait submergés sitôt qu'ils en avaient pris conscience. Ils se connaissaient à peine, savaient à peine quoi se dire en dehors des questions professionnelles, et cependant, c'étaient

1. Désigne les anciens élèves des huit vieilles universités prestigieuses de la côte Est des États-Unis – Harvard, Yale, Columbia, etc. *(N.d.T.)*.

deux amants passionnés, presque insatiables. Aucun doute là-dessus.

« Il faut que j'y aille, Max, dit-elle en s'asseyant au bord du lit. Scull voulait me voir au centre de communications ce matin. »

Il se releva contre la tête de lit. « Mais il n'est que sept heures…

– *Tôt* ce matin, précisa-t-elle. Qu'est-ce que tu veux que je te dise ? Scull a le chic pour embobiner les gens.

– Qu'est-ce qui urge à ce point ?

– Ça dépend des moments. » Elle haussa les épaules. Il nota comment l'étoffe se tendait légèrement sur la courbe de ses seins. « Il y a deux jours, il s'inquiétait qu'on ait trop de techniciens occupés à reconfigurer le logiciel du serveur chargé de la base de données de Politika. Il estime que la boîte distrait trop d'effectifs et de ressources techniques au détriment de l'achèvement de la station-relais satellite… ce qui, à ses yeux, devrait être ici notre priorité essentielle.

– Et son dernier souci ?

– C'est une conséquence du premier. Selon lui, le détachement chargé de la sécurité manque d'effectifs, vu qu'on a privilégié la collecte de renseignements, et que l'on s'est embringué dans une situation internationale fluctuante. J'ai dans l'idée qu'il va me gratifier d'un tour du propriétaire pour faire valoir ses vues, avant de m'engager à renforcer les effectifs.

– Je ne savais pas que ce genre de truc était dans ses attributions, sourit Max. De fait, je pense même que ça devrait être les miennes. Aux dernières nouvelles, j'étais, me semble-t-il, directeur adjoint de l'Épée. »

Elle avait posé une main sur son torse. Le contact était frais sur sa peau, et pourtant, bizarrement, elle le réchauffait en même temps. Il y vit comme une métaphore symbolisant assez bien leur relation.

Non, rectifia-t-il. Pas une relation. Un *engagement*. Le terme était bien plus adéquat.

« Scull a du mal à reconnaître que son autorité a

des limites. Et comme ça fait une éternité qu'il donne des ordres, il n'est pas le seul, expliqua-t-elle.

— Je me demande s'il sait qu'on couche ensemble, dit Max. C'est bien le genre de truc susceptible de le gonfler. »

Elle le regarda, amusée. « Tu le penses vraiment ?

— C'est pas très folichon pour lui, de se retrouver coincé ici au milieu de nulle part. Et quand il se fait chier, il n'apprécie pas trop de voir un autre s'éclater.

— Un autre ou une autre…

— Ravi d'apprendre que c'est réciproque.

— Absolument, et l'effet serait même cumulatif. » Elle baissa les yeux vers le drap qui lui recouvrait la taille, vit la réaction que son contact avait déclenchée chez lui, et lui jeta un regard faussement surpris. « Houlà, s'écria-t-elle sans vergogne, je ne voulais pas te distraire de notre conversation. »

Il suivit son regard.

« *Toujours fidèle…*

— Je reconnais bien là l'authentique ex-marine. » Elle souriait toujours, un sourire de chat qui a croqué le canari. « Euh, si tu me permets de revenir au sujet précédent, à ton avis, comment devrais-je réagir aux préoccupations de Scull ? Ses préoccupations explicites, s'entend… »

Blackburn était en train de se dire que c'était pour l'heure le cadet de ses soucis. Il n'avait pas envie de bavarder, point final. Comme elle en était à l'évidence parfaitement consciente.

Il fit délicatement remonter le doigt sur sa cuisse, atteignit l'ourlet de sa tunique, envisagea de s'aventurer plus haut.

« Je pense que j'aimerais te convaincre de lui passer un coup de fil et de le prévenir que tu auras une demi-heure de retard.

— Je crois que ça me plairait bien, moi aussi, raison pour laquelle je ne vais pas te laisser aller plus loin. » Sa main se referma sur son poignet. « Sérieusement, qu'est-ce que t'en penses, vraiment ? »

Il soupira, frustré, mais tâcha de n'en rien laisser paraître.

«Je ne pourrais pas te dire si le calendrier de mise en service de la station a été ou non bouleversé. Contrairement à Scull, je m'en tiens à ce que je sais. Mais là où il a raison, c'est sur la nécessité de renforcer la sécurité. Inutile de se raconter des histoires : notre mission n'est pas uniquement commerciale.

— Ce qui, je suppose, sous-entend que tu admets la nécessité de renforcer le personnel.

— Pas obligatoirement. J'aimerais mieux qu'on conserve provisoirement des effectifs réduits, et qu'on s'occupe de réorganiser et resserrer les procédures. Il y a quantité de progrès à faire dans… »

Le pépiement du téléphone l'interrompit à mi-phrase.

Megan le regarda.

«Tu ne vas quand même pas imaginer que c'est Scull, n'est-ce pas ? Tu crois qu'il aurait le culot d'appeler chez toi pour essayer de m'avoir ?

— Avec lui, il faut s'attendre à tout », soupira Blackburn en se penchant vers le téléphone, puis sa main resta posée un instant sur le combiné : «Si c'est vraiment lui, tu veux que je l'envoie balader ?

— Si c'est lui, je m'en chargerai moi-même. »

Il esquissa un sourire, décrocha.

«Allô ?

— Max ? Désolé de te déranger. Je sais qu'il est tôt à Kaliningrad. Mais c'est très important, dit la voix à l'autre bout du fil.

— Non, non, pas de problème. » Blackburn se tourna vers Megan, recouvrit le micro, articula le nom : «Gordian. »

Une expression bizarre se peignit sur les traits de la jeune femme. Était-ce son imagination ou bien l'imperturbable Megan Breen accusait-elle le coup ? Il lui revint soudain des bruits de couloir à propos de son désir de mettre le grappin sur Roger depuis son entrée dans la boîte. Pouvait-il y avoir une once de vrai ? Et si oui, qu'est-ce que ça pouvait lui faire ? Et pourquoi devrait-il s'en froisser ?

« Max, tu connais la fine équipe que Pete essaie de retrouver ? hasarda Gordian, méfiant. Ceux qui se sont invités le soir du réveillon ?

– Hon-hon.

– Eh bien, on a leur signalement, on sait d'où ils viennent, et par où ils comptent rentrer. »

Blackburn se raidit.

« Attends, je ferais mieux de prendre l'appel dans mon bureau, la ligne est plus sûre. Je raccroche et je te rappelle.

– J'attends », répondit Gordian, et il coupa.

Blackburn repoussa les draps, lança les jambes par-dessus le bord du lit, se précipita vers la penderie.

« Pour toi aussi, ça urge ? s'étonna Megan, perplexe.

– Tu ferais mieux de t'habiller, répondit-il en passant son slip. Je t'expliquerai en route. »

36

Le Kremlin, Moscou
1er février 2000

Tournant le dos à la porte, les mains croisées dans le dos, Starinov regardait par la fenêtre les rayons du soleil découper les dômes dorés de la cathédrale de l'Assomption, quand Yeni Bachkir pénétra dans la pièce.

Sur l'imposant plateau en acajou du bureau à colonnes de Starinov, il y avait un rapport relié, portant sur la première page la mention « Documents secrets », imprimée en cyrillique.

Bachkir laissa la porte se refermer doucement derrière lui et, tout en bougonnant, avança de deux pas sur le tapis du Caucase à motifs en médaillon. Comme chaque fois, tout ici lui rappelait la riche histoire des lieux. Si l'on remontait le cours des siècles, combien de tsars et de ministres s'étaient trouvés comme Starinov et lui entre ces murs ?

« Yeni, dit Starinov sans même se retourner pour l'accueillir. Toujours aussi ponctuel. Tu es le seul homme à ma connaissance dont l'obsession de ponctualité égale la mienne.

– On ne se défait pas de ses vieilles habitudes militaires. »

Starinov acquiesça. Il se tortillait les mains.

« Le rapport, reprit-il d'une voix sombre. As-tu lu la copie que je t'ai fait parvenir ?

– Oui.

– Il y a encore autre chose. Un projet de loi a été déposé au Parlement américain. Visant à contraindre leur président à suspendre toute aide agricole à notre pays et déclencher un embargo économique total. Les relations d'affaires entre nos deux nations seraient interrompues.

– Je sais.

– On m'a fait comprendre que ces sanctions pourraient être évitées si j'engageais des poursuites contre celui que les Américains considèrent comme l'instigateur d'un complot meurtrier et d'un acte de terrorisme. Un homme qui mériterait sans aucun doute le châtiment le plus exemplaire si l'on pouvait faire la preuve des accusations portées contre lui. »

Le silence qui suivit se prolongea deux bonnes minutes. Bachkir était immobile. Les yeux de Starinov restaient fixés sur les tiares immenses des dômes de la cathédrale.

« Rien qu'une fois, reprit-il enfin en baissant la tête, j'aimerais me sentir aussi sûr de moi que je crois l'avoir été dans ma jeunesse. Faut-il que tôt ou tard l'incertitude finisse par brouiller tout, au point qu'on descende dans la tombe encore plus innocent que dans son enfance ? »

Bachkir patientait en contemplant le dos de Starinov. Enfin, il se décida : « Finissons-en une bonne fois pour toutes. Si tu as besoin de me poser la question, vas-y. »

Starinov hocha tristement la tête. « Yeni...

– Vas-y. »

Starinov poussa un énorme soupir. Puis il se retourna et regarda Bachkir, l'air malheureux. « Je veux savoir si le rapport que m'ont transmis les Américains est vrai. Si tu es responsable de l'attentat de New York. J'ai besoin d'entendre la vérité de ta propre bouche, sur ton honneur.

– La vérité ? » répéta Bachkir.

Starinov acquiesça de nouveau.

Un éclair traversa les yeux de Bachkir. « Si j'étais homme à massacrer des milliers de personnes dans un lâche attentat terroriste, homme à croire qu'un programme politique mérite de répandre le sang de femmes et d'enfants sans défense – qu'ils soient américains, russes ou citoyens de n'importe quel pays –, quel crédit pourrais-tu alors accorder à ma parole ? Et quelle valeur aurait notre amitié ? Est-ce qu'un homme coupable d'un tel mensonge, capable de pareille traîtrise à ton égard, prendrait la peine de te répondre par un autre mensonge ? »

Starinov sourit tristement. « Je pensais que c'était moi qui posais les questions, ici. »

Bachkir était resté figé, immobile. Sa joue tremblait un peu, mais c'était tout. Au bout d'un moment, il reprit : « Je vais te dire la vérité, Vladimir. J'ai toujours exprimé clairement ma défiance envers le gouvernement américain. J'étais en désaccord avec ta politique de porte ouverte aux investisseurs d'outre-Atlantique. Je souscris toujours aux idéaux fondamentaux du communisme, et je reste convaincu que nous devons resserrer nos liens avec la Chine, un pays avec lequel nous avons six mille kilomètres de frontière commune. Je suis prêt à discuter de tout cela. Mais s'il est un sujet sur lequel il n'y a pour moi aucune discussion possible, c'est bien le terrorisme. Et depuis que je suis entré dans ton gouvernement, je crois avoir toujours agi au mieux de tes intérêts. Tu peux me disséquer autant que tu veux, rejeter tous les éléments qui contredisent ceux qui jettent le doute sur ma fidélité et mon intégrité. Bien sûr, c'est la solution la plus facile. Mais j'aurais espéré que tu jugerais l'ensemble de ma personnalité, qui n'a pas changé depuis que l'on se connaît.» Il marqua un temps. Ses yeux fixaient Starinov sous ses sourcils broussailleux. «Je n'ai rien à voir avec les poseurs de bombes. Jamais, je dis bien *jamais*, je n'aurais pu participer à une pareille monstruosité. Tu fais appel à mon honneur? Jamais je ne me sentirai plus déshonoré que d'avoir dû répondre à une question comme celle que tu m'as posée. Tu peux m'enfermer en prison, m'exécuter... ou encore mieux, demander aux Américains de le faire. C'est tout ce que j'ai à dire.»

Silence.

Starinov le regarda sans broncher depuis l'autre bout de la pièce. Sa silhouette se découpait à contre-jour dans le soleil froid de l'hiver se déversant par la fenêtre.

«Je pars pour ma datcha sur la côte la semaine prochaine, dit-il. J'ai besoin d'être seul pour réfléchir. Les Américains vont exercer une pression intense, et ils seront rejoints par tous ceux chez nous qui veulent nous voir nous aplatir devant eux, mais nous trouverons bien le moyen de faire front. Peu importent leurs manœuvres, nous ferons front.»

Toujours aussi raide, Bachkir lui adressa un signe de tête presque imperceptible.

«Dans ce cas, on a du pain sur la planche», remarqua-t-il.

37

Ankara, Turquie
7 février 2000

Le visage baigné par la tiédeur du soleil derrière la fenêtre, Namik Ghazi se relaxait, assis les mains derrière la nuque, les pieds croisés sous le bureau, un plateau d'argent bien lustré posé sur le buvard devant lui. Sur le plateau, il y avait son verre matinal de vin épicé, un bol de faïence rempli d'un assortiment d'olives, une serviette en lin soigneusement pliée. Les olives confites dans l'huile étaient importées de Grèce. Meilleures que les espagnoles, et bien supérieures à celles cultivées dans son propre pays. Livrées tout juste d'hier, et même si l'expédition lui avait coûté la peau des fesses, il ne regrettait rien. Les anciens ne disaient-ils pas que l'olive était un don des dieux, empêchant les maladies, préservant la jeunesse et la virilité? N'était-ce pas le fruit de l'arbre de la paix? Qu'il puisse s'en régaler régulièrement, et jouir de temps en temps des tendres attentions de son épouse et de sa maîtresse, et il vivrait le dernier tiers de sa vie en homme heureux. Ses employés européens et américains travaillant aux stations de réception d'Uplink au Moyen-Orient lui reprochaient souvent ses préférences en matière de petit déjeuner mais qu'est-ce qu'ils y connaissaient? Il était convaincu que leur héritage colonial les empêchait de devenir vraiment adultes. Il n'avait rien contre eux personnellement, bien sûr. Il était un employeur bienveillant. Tolérant avec la plupart, en appréciant certains, n'hésitant pas à en considérer quelques-uns même comme des amis proches. Arthur et Elaine Steiner, par exemple, avaient été plus d'une fois ses hôtes avant que Gordian ne les lui débauche pour sa filiale russe. Mais même ce couple charmant… eh bien, ils étaient tout sauf gourmands.

Aya, seulement les Occidentaux adoraient juger. Comme si leurs goûts en matière de nourriture, de boisson et d'amour se fondaient sur des données scientifiques. S'était-il jamais permis de commenter leur consommation impie de chair de porc grillée avec leurs œufs matinaux ? Leur attrait pour la vieille carne de vache sanguinolente au déjeuner comme au dîner ? La vulgarité de leur mode féminine… Quel esprit perverti avait pu concevoir de couvrir de *pantalons* les formes d'une femme ? *Aya*, *aya*, les Occidentaux ! Quelle présomption de leur part que de prétendre édicter la définition universelle des plaisirs matériels. Lui, sa journée débutait et finissait par des olives et du vin, et presque tout le reste entre-temps n'était que problèmes et labeur !

Avec un soupir mélancolique, Ghazi dénoua ses doigts, se pencha et saisit délicatement une olive dans le bol. Il la glissa dans sa bouche et la mastiqua, les yeux clos, tandis que sa saveur se répandait sur sa langue.

C'est à cet instant précis que son interphone se manifesta.

Il l'ignora.

Nouveau bip : la machine refusait de le laisser tranquille.

Il fronça les sourcils, pressa la touche qui clignotait.

« Oui, qu'est-ce que c'est ? bougonna-t-il, en crachant le noyau dans sa serviette.

– J'ai Ibrahim Bayar en ligne, monsieur », annonça sa secrétaire. Comme toujours, sa voix était égale et douce. Comment avait-il pu se montrer si brusque avec elle ?

« Je vais le prendre, Riza, merci. » Il décrocha le combiné, soudain curieux. Le chef de la force de sécurité régionale de l'Épée avait été chargé de l'affaire

Politika par Blackburn en personne. Qu'est-ce qui se tramait ? «*Gün aydin*, Ibrahim. As-tu fait des progrès dans ta recherche du mouton noir ?

– Mieux que ça, répondit Ibrahim. Nous avons trouvé la planque d'au moins un des terroristes. Peut-être même la femme.»

Le cœur de Ghazi s'emballa. «Où ça ?

– Dans un sanctuaire kurde, à la sortie de Derinkuyu. Je suis dans une auberge villageoise, en ce moment. Le Hanedan. Je te fournirai le reste des détails plus tard.

– As-tu besoin de renforts ?

– C'est la raison de mon appel. Envoie-moi trois équipes, et veillez à ce que Tokat soit parmi eux. Cela risque d'être épineux.

– Je m'en occupe illico. Hé, Ibrahim…

– Oui ?»

Ghazi s'humecta les lèvres.

«Fais bien attention, mon ami et mon frère.»

38

Cappadoce, sud-est de la Turquie
9 février 2000

Avant même que les Hittites ne viennent s'installer dans la région, il y a quatre mille ans, des troglodytes de l'âge du bronze avaient criblé de tunnels l'étrange accumulation de dômes volcaniques, de cônes, tertres, flèches et crêtes plissés marquant le relief des monts de Cappadoce, creusant un réseau d'habitats souterrains dont les salles et les passages s'étendaient sur des kilomètres sous le tuf crayeux et pouvaient accueillir des centaines de personnes. Les quartiers

244

d'habitation étaient équipés de chambres, de salles communes et de cuisines, mais aussi de lieux de culte, de citernes à eau, d'étables, de remises, d'ateliers et de caves à vin. Il y avait des hôpitaux publics, des temples et des sépultures. Et tout cela avec entrées, corniches, balcons, escaliers et colonnades ; fresques et sculptures ; et même du mobilier tel que tables, chaises et bancs, voire des couchages creusés dans cette pierre dure mais pourtant facile à travailler. De minuscules fentes dans les parois séparant les logements individuels permettaient de communiquer pour les tâches quotidiennes tout en constituant un système d'alarme efficace en cas d'alerte.

Au long des siècles d'occupation romaine, divers groupes tribaux, et même les premiers chrétiens – dont, disait-on, l'apôtre Paul –, avaient trouvé refuge contre les persécutions dans cette mégalopole souterraine vaste comme une ruche. Par la suite, elle abrita plusieurs ordres monastiques solitaires contre les brutalités des envahisseurs mongols, arabes et ottomans. Depuis quelques décennies, des portions de ce complexe – l'équivalent de nos quartiers, villes et cités-dortoirs contemporains – avaient été creusées par les archéologues et, parfois, ouvertes aux touristes. Certaines parties toutefois demeuraient inexplorées ou n'étaient connues que des paysans de la région. Quelques-unes étaient occupées par les réfugiés kurdes fuyant l'Irak par le nord à la suite de la guerre du Golfe, et, jusqu'à nos jours, elles avaient servi de place forte secrète aux bandes de miliciens kurdes en lutte armée contre le gouvernement turc et ses alliés internationaux – dont, pour diverses raisons, les États Unis.

Un prétexte suffisant, songea Ibrahim en piquant des éperons sur les pentes escarpées, pour que les cavernes creusées au sud de Derinkuyu constituent une planque idéale pour Gilea Nastik et son cousin Korut Zelva après l'attentat de Times Square. On trouvait quantité de sympathisants kurdes dans ces régions isolées, des montagnards enclins à se méfier des inconnus et à ne pas trop apprécier que des étrangers viennent se mêler de leurs affaires. Même des ressortissants de pays neutres n'auraient pas leur place au sein du groupe chargé de traquer les terroristes.

Et puisqu'il était en quelque sorte l'émissaire de Roger Gordian dans ce territoire reculé, Ibrahim redoutait que, si jamais un autochtone repérait leur petit équipage, les bouchers ne soient presque à coup sûr alertés.

Il progressait à un galop régulier, les flancs musculeux et trempés de sueur de son étalon ondulaient comme de l'huile sous ses étriers. Le soleil s'abattait sur ses épaules, donnant au paysage des reflets délavés – un désert si aride, si escarpé qu'il était inaccessible aux engins sur roues, qu'il s'agisse de 4 × 4 ou même de ces véhicules d'attaque rapide dont l'Épée avait une petite flotte.

Il y avait ici des étendues de terres qui semblaient vivre dans une bulle d'éternité, songea Ibrahim. Où la résistance au changement s'exerçait à un niveau élémentaire, où routes et lignes téléphoniques s'arrêtaient, où les grands parcours s'effectuaient à dos de cheval ou pas du tout. Une région sans compromis : il fallait s'adapter ou être vaincu.

Ibrahim chevauchait toujours, sans trop serrer les rênes. L'encolure de son cheval montait et descendait en cadence avec un balancement régulier. Sur sa gauche et sa droite, les sabots des montures de ses compagnons claquaient sur le sol, en soulevant des petits nuages de cendre et de graviers. Les hommes étaient vêtus de treillis légers gris-brun et portaient des fusils M16 VVRS équipés de lance-projectiles à énergie cinétique de type M234 RAG. Ils avaient en outre des masques à gaz et des lunettes protectrices passés autour du cou.

À peut-être un kilomètre de là, Ibrahim avisa une vaste formation soutenue par des voûtes qui dépassait du terrain alentour. Les rangées d'ouvertures alvéolées criblant la haute paroi rocheuse donnaient jadis accès aux logements d'un caravansérail. C'est là que les marchands ambulants qui approvisionnaient les cités troglodytes venaient faire halte, accédant aux chambres inférieures par de longs escaliers voûtés.

Ces passages devaient être aujourd'hui infestés de scorpions, songea Ibrahim – ainsi que d'une autre vermine, humaine, celle-ci. Et la mission de son groupe était justement de nettoyer ces galeries, de capturer les plus meurtrières de ces créatures, sans en tuer une seule. Le gibier risquait toutefois de ne se montrer guère coopératif. Si ça tournait mal, ses hommes et lui pouvaient fort bien se faire massacrer et pourrir sur le sol aride.

Enfin, aucun combat n'était équitable pour chaque camp. Ibrahim et ses frères d'armes savaient ce qu'ils avaient à faire, et ils feraient leur possible pour l'accomplir. Le reste était entre les mains d'Allah.

L'antre du scorpion s'ouvrait devant eux, et ils s'en approchèrent, les sabots de leurs montures cliquetant dans le silence du désert.

Le concierge de l'hôtel Hanedan avait quitté le village à l'aube, précédant de peu les étrangers arrivés ces deux derniers jours. Il emprunta des raccourcis peu connus entre les pentes de ce paysage lunaire peu engageant, menant inexorablement sa bête vers la crête qui dissimulait l'accès principal à la cache souterraine. Il existait d'autres entrées de terrier par lesquelles on pouvait accéder aux chambres ou en sortir, mais la plupart donnaient sur des passages qui avaient été obturés ou s'étaient effondrés au cours des siècles.

Korut devait avoir positionné le gros de ses sentinelles sur la corniche, et il fallait les avertir. *Aya*. Et ça ne tarda pas.

Le jeune employé de l'hôtel jeta un regard derrière lui, et aperçut des petits points au loin, suivis d'un sillage de poussière du désert : les cavaliers armés, sur leurs montures. Il ignorait qui les avait envoyés ; à vrai dire, peu lui importait et peu importait à ses compagnons du village. Quelques semaines plus tôt, Gilea et Korut étaient retournés à Derinkuyu, cherchant abri et protection, et ils les avaient trouvés. Des liens de sang et de clan rattachaient Gilea et Korut à son peuple et il leur était d'une fidélité totale.

Il n'échouerait pas. Il les rejoindrait avant les intrus, les préviendrait de la menace, même s'il devait pour cela crever sa monture.

Rien de ce qu'avaient pu faire ses parents, rien ne l'empêcherait de les aider à s'échapper.

Korut introduisit un chargeur de trente balles dans sa kalachnikov AKMS, passa l'arme à l'épaule et dévala le corridor. Ses pas résonnaient sur le sol criblé de trous. Quelques minutes plus tôt, une voix inquiète l'avait appelé par la fente du mur, pour l'avertir du raid. Des étrangers arrivaient par le désert. Ils étaient déjà à moins d'un kilomètre au sud. Une petite troupe composée de Turcs, d'Américains et d'Européens, qui avait quitté le village le matin même.

C'était un coup de chance que Gilea fût déjà partie, le laissant derrière pour recruter et former de nouveaux agents. À l'heure qu'il était, elle avait retrouvé le sous-marin de poche à Amasra, sur la côte nord, et devait avoir déjà traversé la moitié de la mer Noire pour rallier sa destination.

Il n'avait pas l'impression que ses poursuivants dépendaient de la CIA ou d'Interpol. Ils seraient venus en hélicoptère, voire en avion, mais sûrement pas à cheval. Avec sa composition multinationale, cette force était commandée par des hommes qui connaissaient le terrain et recouraient à des tactiques spécifiques aux populations locales. Pouvait-il s'agir de la mystérieuse organisation dont on lui avait appris l'existence, celle-là même qui avait envoyé un commando visiter les bureaux de Roma à New York ?

Il n'avait aucun moyen de s'en assurer – mais, en définitive, quelle différence ? Ils l'avaient recherché, ils l'avaient localisé, ils venaient le capturer.

Korut pouvait simplement espérer survivre assez longtemps pour le leur faire regretter.

Ibrahim vit l'éclat du soleil se réfléchir sur les armes automatiques, là-haut sur la crête, avant même qu'elles n'aient lâché leur première rafale. Il leva les yeux vers les tireurs postés devant l'ouverture des grottes, le pistolet mitrailleur calé sous le bras, crachant des salves de feu.

Il tira les rênes de son cheval, qui s'arrêta en se cabrant. Il abattit l'autre main en couperet, à l'adresse des autres. Tous vinrent s'immobiliser à sa hauteur. Leurs montures s'ébrouèrent en hennissant ; tout autour de leurs sabots, des panaches de poussière jaillirent du sol criblé par les balles de Parabellum. À une telle distance, le tir était imprécis – ils étaient à la limite de portée des armes des terroristes. Ceux-ci tenaient toutefois la hauteur. Et ils avaient été prêts à les accueillir, on les avait donc manifestement avertis de leur approche.

Ce n'était pas ce qui pouvait arriver de mieux. Pas le pire non plus, estima Ibrahim. Il avait espéré profiter de l'effet de surprise mais avait également envisagé qu'il se retourne contre lui. Et il s'était familiarisé avec la topographie du coin, afin de garder quelques atouts dans sa manche.

Il se tourna vers l'Américain à sa droite.

« Faites passer vos hommes par le devant, Mark. Je vais amener mes gars du côté où notre bonhomme va sûrement tenter de se faufiler hors du nid. »

Mark le jaugea de ses yeux bleus. Puis il hocha

son front bronzé et fit signe aux douze hommes derrière lui.

Tandis que les cavaliers fonçaient vers l'éperon rocheux en file indienne, Ibrahim coupa sur la gauche avec l'autre moitié du peloton, filant aussi vite que le pouvait sa jument.

Parvenu au pied de l'escarpement, les hommes du groupe mené par l'Américain épaulèrent aussitôt leurs RAG – les lance-projectiles avaient une portée d'une cinquantaine de mètres – et collèrent l'œil au viseur intégré, sous une grêle de balles tirées par les défenseurs juchés sur la crête ; ils étaient assez proches pour constituer à présent une menace mortelle. Mark vit un de ses hommes se faire désarçonner, porter la main à sa gorge, un flot de sang lui jaillissant entre les doigts. Un autre homme tomba dans la poussière, sa tunique beige s'auréolant soudain de taches écarlates. Près de lui, un des chevaux reçut une décharge en plein poitrail et s'effondra d'un coup, masse agonisante, expédiant son cavalier dans les airs. Le cri d'agonie de la pauvre bête avait des accents terriblement humains.

« Feu ! hurla Mark. Flinguez-moi ces salauds ! »

Coordonnant leurs tirs, les survivants lâchèrent un feu nourri de grenades à impact vers l'entrée des grottes. Les projectiles annulaires montaient en tournoyant à cinq mille tours-minute, suivis d'une traînée en spirale. Décrivant une trajectoire tendue grâce à leur stabilisateur gyroscopique, ils cueillirent les hommes sur la corniche et les fauchèrent dans un grand concert de hurlements. Les joints de caoutchouc fixés au pourtour des projectiles cédèrent sous l'impact, libérant le gaz CS1 devant l'entrée des cavernes.

Satisfait de la réussite de cette frappe d'ouverture, Mark aboya un autre ordre. Aussitôt, ses hommes plaquèrent leur masque à gaz sur leur visage, descendirent de leur monture et entreprirent l'ascension de la pente, leurs talons bottés raclant le sol aride, tout en lâchant un tir presque continu de balles VVRS.

Au-dessus d'eux, les adversaires aveuglés par le gaz lacrymogène se débattaient en hurlant, secoués par des quintes de toux convulsives. Plusieurs titubèrent à l'aveuglette durant quelques secondes, avant de trébucher et de s'étaler au sol. D'autres voulurent battre en retraite, se soutenant mutuellement, se traînant à quatre pattes, impuissants, incapables d'utiliser leurs armes. Éperdus de douleur, désorientés, c'est tout juste s'ils parvinrent à retrouver l'entrée de leur abri.

Parvenus sur la corniche, les hommes de l'Épée rechargèrent en hâte leurs lance-grenades et tirèrent une nouvelle salve vers l'ouverture des grottes.

Puis, précédés d'un nuage de gaz flottant dans la pénombre, ils se ruèrent à l'intérieur de la galerie pour briser les dernières résistances.

Korut fonça vers l'escalier d'accès à l'issue de secours. Les chiches veilleuses électriques fixées aux murs zébraient d'ombres ses traits. Il entendait les cris et les hoquets étranglés de ses compagnons résonner dans le puits derrière lui, mais il ne pouvait plus rien pour eux. Il avait cru que même avec la moitié de leurs effectifs en Russie, ils auraient été en mesure de repousser des assaillants non familiarisés avec le terrain. Mais les hommes qui venaient de les attaquer n'avaient certainement pas eu un comportement d'étrangers. Qui étaient-ils ? Comment avaient-ils découvert le complexe souterrain ?

Il faudrait qu'il en ait le cœur net. Qu'il avertisse Gilea de ce qui s'était passé ici aujourd'hui. Mais tout ça, ce serait pour plus tard. À moins de filer tout de suite, il n'était pas en mesure de faire quoi que ce soit. Ni pour elle ni pour lui.

Il se glissa dans l'étroit escalier et fonça vers la surface, enjambant les marches quatre à quatre, l'arme dégainée. Il voyait déjà la lumière du jour éclairer d'en haut la cage, percevait déjà les hennissements affolés de son cheval dans l'écurie.

Il déboucha au sommet de l'escalier, contourna une saillie rocheuse, se rua vers l'écurie. Bien qu'entravé, son cheval piétinait le sol en un petit ballet nerveux, visiblement excité par le bruit des combats montant du puits.

Korut prit le tapis de selle sur le crochet mural, puis la selle, et jeta les deux sur sa monture. Il fixa rapidement la sangle, en espérant l'avoir convenablement attachée. Puis il glissa un pied dans l'étrier, se jucha sur la monture, saisit les rênes et piqua des fers.

Le cheval se cabra un bref instant. Puis, avec un hennissement d'effroi, il quitta l'écurie, fonçant dans la lumière éblouissante et crue du désert.

L'équipe d'Ibrahim était au courant de l'existence de l'écurie. Sa position précise leur avait été donnée par un marchand ambulant qui plaçait les devises américaines au-dessus de sa fidélité tribale. Et après s'être séparé du groupe de Mark, lui et ses hommes étaient allés se poster au débouché du cirque rocheux qui en formait l'entrée, sachant que Korut utiliserait cette issue s'il voulait échapper à l'attaque frontale.

Korut les aperçut dès qu'il émergea à l'air libre, juchés sur leurs montures en demi-cercle, l'arme braquée dans sa direction.

« Les porcs, cracha-t-il, réalisant qu'il avait été trahi, les sales porcs. »

Il leva son arme pour faire feu, en se promettant d'en tuer le plus possible, mais une balle en caoutchouc le cueillit en plein torse avant même que son doigt ne se fût refermé sur la détente, le jetant à terre, roulé en boule, plié de douleur, les mains plaquées contre l'estomac.

« On le récupère et on file », lança Ibrahim, et il descendit de sa monture.

Région de Kaliningrad
9 février 2000

Gregor Sadov s'entraînait au stand de tir avec Nikita quand il reçut le coup de téléphone. La sonnerie du mobile fixé à sa ceinture était coupée, mais il en sentit le vibreur au creux des reins.

Introduisant en hâte un nouveau chargeur dans l'AKMS, il rabattit le levier d'armement, tendit l'arme à Nikita, pivota sans un mot, puis décrocha l'appareil et prit la communication. «Oui ?

– C'est l'heure.» La voix à l'autre bout de la ligne était masculine, mais cela ne voulait rien dire. Elle avait été manifestement truquée par un dispositif électronique et aurait aussi bien pu appartenir à sa grand-mère, pour autant qu'il sache. Ce dont il était sûr, toutefois, même après tous ces bidouillages électroniques, c'est que c'était cette même voix qui au début avait engagé Gregor pour cette série de missions et lui transmettait les instructions. Il n'avait aucune idée de l'identité de son interlocuteur, mais cela n'avait rien d'inhabituel. Dans sa branche, il était courant d'interposer plusieurs couches hermétiques entre employeur et employé. Ce qui l'était moins, en revanche, c'est que Gregor ne savait pas pour qui au juste il travaillait. C'était quelqu'un de haut placé au sein du gouvernement, et il avait sa petite idée sur l'identité de l'individu qui lui assignait ses objectifs, mais dans ce genre de boulot, mieux valait ne pas se montrer trop curieux.

«Avez-vous choisi la cible ? demanda Gregor.

– Oui. Une station-relais satellite dans la région de Kaliningrad.»

Gregor hocha la tête. Il ne demanda pas pourquoi cette cible particulière avait été désignée. Ça ne le regardait pas. « Des exigences précises ? » Gregor n'en dit pas plus. Il avait besoin de savoir si certains individus en particulier devaient être tués – ou être spécifiquement épargnés.

« Aucune. Assurez-vous juste que tout soit nettoyé à fond. »

Sadov hocha de nouveau la tête. « Compris.

— Encore un détail », précisa la voix modifiée.

La main de Gregor étreignit le minuscule téléphone. Ce petit « détail » se révélait immanquablement un truc qu'il n'appréciait pas.

« La mission doit être remplie le plus vite possible. »

Gregor sourit, mais il n'y avait aucun amusement dans ce rictus crispé. « Vite, c'est-à-dire ? Il nous faut du temps pour les préparatifs, la reconnaissance, les...

— Ce soir, coupa la voix, dure, inflexible. Demain soir, dernier délai.

— Impossible.

— Vous toucherez double salaire. »

Cela stoppa Sadov au milieu de sa protestation. « Triple. »

L'homme – si c'était bien un homme – n'hésita pas un instant. « Entendu », dit-il aussitôt, amenant Gregor à se demander jusqu'où il aurait pu monter. « Pourvu que le travail soit achevé demain soir.

— Ce sera fait », dit Gregor et il coupa la communication. Puis il se retourna, récupéra l'arme des mains de Nikita et se mit à arroser la cible. « Bon, fit-il quand il eut vidé le chargeur, on a du pain sur la planche. »

Région de Kaliningrad
10 février 2000

« Encore une coupure, Elaine. »

Elaine Steiner quitta des yeux le boîtier de connexion sur lequel elle travaillait. Son mari venait d'entrer dans la pièce, avec encore une fois de mauvaises nouvelles. « C'est quoi, ce coup-ci ? Me dis pas qu'ils ont encore défoncé le groupe électrogène avec le tracto-pelle. »

L'accord signé par Gordian avec les autorités russes stipulait que la station-relais devait acheter son électricité au réseau local – mais Gordian n'était pas idiot. Il connaissait le manque de fiabilité des services publics dans les zones retirées qu'il choisissait pour implanter ses stations au sol, aussi chaque site était-il équipé d'un groupe électrogène suffisamment puissant pour garantir la continuité de sa fourniture en énergie. Le problème était que l'essentiel des pièces détachées pour l'entretien du générateur était acheté sur place, tout comme le carburant nécessaire à son fonctionnement, et que dans l'un et l'autre cas, ils n'atteignaient jamais le niveau de qualité requis par les Steiner.

« Pas du tout, répondit Arthur. Le groupe électrogène s'est bien enclenché automatiquement, sans problème, comme prévu. En revanche, on n'arrive pas à comprendre l'origine de cette coupure de secteur. On a appelé la sous-station locale et aucun autre abonné n'a signalé d'interruption de service. »

Elaine fronça les sourcils et se mit à remballer ses outils. Arthur et elle faisaient ce boulot depuis suffisamment longtemps, et ils avaient travaillé dans suffisamment d'endroits difficiles pour que cela ait aiguisé leur sens du danger. «C'est coupé depuis longtemps ?

– Dix minutes à peu près. La sous-station a envoyé une équipe inspecter la ligne, on devrait donc être rapidement fixés. »

Elaine fit la moue, irritée par le perpétuel optimisme de son mari. «Une équipe locale ? fit-elle. On pourra s'estimer heureux s'ils arrivent à la trouver, ta ligne. Non, chéri, si on veut que ce soit réparé rapidement, on a intérêt à s'en charger nous-mêmes. »

Gregor Sadov contempla les câbles électriques à terre et se permit un petit sourire satisfait. Trois pylônes contigus avaient été sectionnés par de petites charges de plastic déposées au ras du sol.

Leur cible était une station-relais satellite américaine, aussi Gregor se doutait-il qu'une coupure électrique ferait sauter toutes leurs défenses. Mais il savait aussi que l'essentiel du courant fourni par le générateur de secours serait consacré à l'alimentation des installations les plus vitales, parmi lesquelles la liaison montante avec le satellite et les systèmes de communication.

Gregor voulait neutraliser le groupe électrogène. Il ne se faisait pas trop de souci pour le téléphone. Cette base était située tellement loin de tout qu'ils n'auraient tout simplement personne à prévenir – ou du moins qui soit susceptible de venir à temps. Mais si Gregor avait survécu jusqu'ici, c'est parce qu'il avait toujours évité tout risque inutile. Il ne pouvait pas couper tous les moyens de communication sans risquer d'interrompre le guidage du satellite, mais il pouvait toujours tenter de détruire leur groupe électrogène.

Il fit signe aux gars de son groupe de remonter dans leurs engins. Il avait sept hommes avec lui, les trois survivants de son équipe habituelle et quatre nouveaux que Gilea lui avait envoyés en renfort. Gregor n'avait pas eu trop souvent l'occasion de travailler avec eux. Peu importait, du reste. C'étaient les gars de Gilea, pas les siens, et même au bout d'un an de travail en commun, il ne serait toujours pas arrivé à leur faire confiance.

Il avait réparti ses effectifs sur quatre BTR-40. Les hommes de Gilea dans les deux premiers, Nikita et lui dans le second, et le reste de ses hommes dans le dernier blindé léger. Chaque engin était armé d'une mitrailleuse de 14,5 mm KPV montée sur le toit de la cabine et disposait en outre d'une impressionnante panoplie d'armes extrêmement meurtrières. On lui avait donné l'ordre de tout nettoyer à fond et c'était bien son intention.

Ils lancèrent les moteurs et, sous la conduite de Gregor et Nikita, le convoi s'ébranla vers l'enceinte de la station située à cinq kilomètres de là. Il avait voulu être sûr que personne là-bas ne risque d'entendre les explosions quand ils couperaient la ligne électrique.

Alors qu'ils approchaient, Gregor avisa une Jeep américaine qui venait dans leur direction, arborant sur le flanc un sigle commercial. Il ne distinguait pas qui était à bord, mais peu importait. Il devina qu'il devait s'agir d'une équipe de réparation envoyée inspecter la ligne.

En d'autres circonstances, il les aurait laissés passer. Un petit groupe de techniciens était de peu de poids dans leur plan d'ensemble. Mais il avait reçu l'ordre d'opérer un *nettoyage complet*.

Il freina, s'arrêta, se tourna vers Nikita : « Élimine-les. »

Nikita fit un signe d'assentiment. Elle descendit du blindé, se retourna pour récupérer un des lance-roquettes RPG rangés à l'arrière, visa soigneusement et fit feu.

La route était si cahoteuse qu'Arthur avait attaché sa ceinture. Pas Elaine. Ça lui suffisait déjà bien qu'aux États-Unis la loi oblige à se harnacher, à mettre un casque à moto et à asseoir les enfants à l'arrière – moins pour vous protéger personnellement que pour protéger l'État d'un surcroît de frais médicaux en cas d'accident !

Arthur était au volant. Comme toujours. Certes, Elaine était meilleure conductrice, mais chaque fois qu'ils étaient ensemble, c'était toujours lui qui conduisait. Pour cette raison, et aussi parce qu'il était trop occupé à fixer le sentier muletier qu'on osait qualifier de route dans ce coin de Russie, ce fut Elaine qui la première aperçut l'ennemi.

C'est en ces termes qu'elle pensa à eux, sitôt qu'ils apparurent au sommet de la côte, quelques centaines de mètres devant eux. *L'ennemi*. Ses soupçons avaient été éveillés dès qu'Arthur lui avait annoncé la coupure de secteur, en précisant que d'après la sous-station locale, aucun autre abonné n'avait été affecté. La coïncidence était trop manifeste, au regard surtout des événements survenus à Times Square quelques semaines plus tôt. Elle aurait donné un mois de salaire pour disposer d'une arme – n'importe laquelle – mais les quelques pétoires dont ils disposaient sur place étaient gardées sous clé en temps de paix... et quels que pussent être ses soupçons, on était toujours officiellement en temps de paix.

Mais là, découvrant les quatre blindés anonymes qui se dirigeaient vers la station, Elaine n'avait aucune hésitation sur ce qu'elle voyait : c'était l'ennemi.

« Arthur... », fit-elle, mais il était déjà trop tard. Les quatre transports de troupe ralentirent, s'arrêtèrent, et Elaine vit une femme descendre de l'engin de tête, récupérer quelque chose à l'arrière et le pointer dans leur direction. « Demi-tour, Arthur. Demi-tour, vite ! »

Son mari leva les yeux, agrippant déjà le volant pour braquer, mais à cet instant la femme tira.

Le tir de Nikita était trop court, et la roquette, en explosant, ouvrit un cratère quelques mètres devant les roues de la Jeep. Mais c'était parfait, se dit Gregor. L'effet était identique. La voiture bascula dans le trou, heurta le bord opposé, éjectant son passager.

Embrayant, Gregor dit à Nikita de remonter. « Viens, finissons-en et filons. »

Au début, Elaine ne sentit rien, elle n'avait même aucun souvenir de ce qui s'était passé. Tout ce qu'elle savait, c'est qu'elle était allongée, qu'elle fixait un ciel qui paraissait trop bleu, trop paisible, pour appartenir à quelque endroit sur terre. Et puis, tout lui revint d'un coup : les blindés ennemis, la femme, l'explosion de la roquette devant eux, Arthur…

« Arthur ! » lança-t-elle. Alors elle bougea, voulant rouler sur le côté, et c'est à cet instant que la douleur la frappa, un immense mur blanc de souffrance qui commençait quelque part autour des orteils et s'achevait juste après la naissance des cheveux. Elle savait qu'elle avait un gros, un très gros problème, que soit l'explosion, soit sa chute sur le sol dur et gelé l'avait grièvement blessée, mais rien de tout cela n'avait d'importance : tout ce qui importait, c'était Arthur.

Ignorant la douleur, elle se redressa à quatre pattes et entreprit de ramper jusqu'à l'épave écrasée.

Arthur était là. Sa ceinture l'avait empêché d'être éjecté de la Jeep, mais ça ne lui avait pas porté chance. En approchant, elle vit que la colonne de direction lui avait défoncé la poitrine. Il était cloué contre le siège et ne bougeait plus.

« Arthur, fit-elle, entre larmes et prière. Arthur… »

Elle réussit à monter à ses côtés, en se hissant par la portière ouverte, et se blottit contre le corps immobile. Elle savait qu'il était mort. Il ne respirait plus, ses blessures avaient cessé de saigner, et elle comprit qu'il n'y avait plus aucun espoir pour eux.

« Oh, Arthur. » Elle tendit la main, lui ferma délicatement les yeux, et puis, luttant contre la douleur qui menaçait de la submerger, elle se pencha et l'embrassa doucement sur les lèvres. «Dors bien, mon amour», mumura-t-elle avant de poser, pour la dernière fois, la tête sur son épaule.

Gregor s'approcha lentement de l'épave de la Jeep, le Beretta à la main. Il était certain qu'il n'y avait plus de survivant, en tout cas plus personne pour constituer une menace sérieuse, mais il demeurait malgré tout sur ses gardes – d'autant qu'il était difficile de voir quoi que ce soit à travers le pare-brise étoilé et maculé de sang.

Il passa sur le côté, regarda par la porte du passager et découvrit la scène devant lui. L'homme était mort, ça, du moins, c'était sûr. La femme, en revanche... Elle avait été éjectée mais avait réussi à revenir. Elle pouvait être encore en vie.

Il leva son Beretta mais avant qu'il ait pu tirer, elle tourna la tête avec lenteur, visiblement au comble de la souffrance, et le regarda droit dans les yeux.

«Pourquoi? fit-elle, d'une voix aussi brisée que l'épave de la Jeep. Nous sommes ici pour vous aider, pas pour vous nuire. Pourquoi?»

Gregor haussa les épaules. «Les ordres», répondit-il en anglais. Et il fit feu. La balle se logea en plein front, plaquant la femme contre l'épaule de son mari. Elle glissa vers l'avant, s'écartant de l'homme qu'elle avait à l'évidence tant aimé.

Gregor marqua un temps d'arrêt, puis il se pencha pour la remettre en position, la tête calée contre l'épaule de son époux. Puis il fit demi-tour, regagna son BTR-40 et prit le chemin de la base américaine.

41

New York
9 février 2000

Alors qu'il s'apprêtait à aborder le sergent de permanence au commissariat du 1, Police Plaza, Roger Gordian se sentait crispé, mal à l'aise.

C'était en partie, il le savait, parce qu'il venait de longer Times Square. Le site de l'attentat demeurait obsédant par le nombre de traces du tragique bilan qu'il révélait. Si épouvantable qu'ait été la scène filmée par CNN, rien ne l'avait préparé au choc émotionnel qui fut le sien quand il se retrouva sur les lieux.

Ce n'était pas l'ampleur des dégâts qui avait pris Gordian au dépourvu. Mais tous ces petits détails qui ramenaient la tragédie à l'échelle humaine. Un ours en peluche tout ensanglanté, son ruban rose lacéré, en piteux état après un mois d'exposition à la crasse et aux intempéries de New York, était resté coincé sous un poteau indicateur renversé. Il ne pouvait qu'espérer que le petit propriétaire du jouet en peluche était en vie quelque part, assez libéré de la douleur et des soucis pour être en mesure de pleurer la perte de son nounours.

Oui, Times Square l'avait ébranlé. Et il avait déjà réfléchi aux moyens de contribuer à sa reconstruction. Mais ce n'était pas, il le savait, la seule raison de son malaise. Il n'était que trop conscient des risques qu'il s'apprêtait à prendre, et de la nature explosive de ce qu'il avait dans sa poche de pardessus.

Il se dirigea vers le planton.

«Le commissaire Harrison, je vous prie. J'ai rendez-vous.»

261

Quand sa secrétaire le sonna pour l'avertir que Gordian venait d'arriver, Bill Harrison mit de côté la pile de rapports qu'il était en train d'éplucher, ôta ses lunettes de presbyte et se massa les yeux.

« Laissez-moi une minute, et faites-le entrer. »

Il dormait mal depuis la mort de sa femme. Le psy du service lui avait expliqué que c'était prévisible, mais savoir que vos émotions sont prévisibles ne les rend pas moins douloureuses. Et ça n'aide pas à mieux supporter les cauchemars. Ou la solitude.

Il avait renoncé à dormir dans son lit. Le poids des souvenirs de Rosie le submergeait. Il était paralysé dès qu'il entrait dans la chambre. Ses habits, l'odeur de son parfum… alors, il avait pris un minimum d'affaires et s'était installé dans la chambre d'amis. Mais cela n'avait pas changé grand-chose. Chaque fois qu'il fermait les yeux pour dormir, il rêvait. Et dans ces rêves, il revivait cette nuit, encore et encore. Et s'éveillait en hurlant de terreur.

Le pire, c'étaient les rêves où il la sauvait, où il sauvait tout le monde, juste pour s'éveiller et découvrir qu'il devait encore une fois affronter la terrible vérité.

Rosie n'était plus.

Il avait décidé de dormir dans une chauffeuse du séjour. Elle était si inconfortable qu'il ne perdait jamais complètement conscience. Cela aidait, pour les rêves, mais guère pour la concentration.

Or, il avait besoin de toutes ses facultés de concentration s'il voulait élucider cette affaire.

Il se passa les mains sur le visage, dans les cheveux, resserra son nœud de cravate. Le détachement… C'était la clé de la survie. Penser à autre chose.

Il se demanda ce que lui voulait Gordian.

Il y avait loin des rues sordides de Manhattan à la Californie. Surtout le genre de Californie où vivait Gordian.

Bon sang, son logement tiendrait sans doute tout entier dans le garage de Gordian… et encore, avec de la place pour y garer un 4 × 4.

Alors, pourquoi sa secrétaire lui avait-elle téléphoné pour convenir d'un rendez-vous privé ? Une affaire de police ? Ça semblait improbable.

Enfin, il ne tarderait pas à savoir. La curiosité – cette perpétuelle envie de fouiner qui l'avait, avant tout, poussé vers la police – était chez lui la seule émotion à ne pas avoir été affectée par la tragédie.

Dès que la porte s'ouvrit, livrant passage à l'homme qu'il avait vu si souvent au journal télévisé et sur d'innombrables couvertures de magazine, Harrison se leva pour l'accueillir. Si l'on pouvait se fier à son air résolu, il ne s'agissait pas de la lubie d'un homme fortuné. Gordian entra d'un pas tranquille, posa son manteau sur le divan, puis se retourna vers le préfet de police.

Les deux hommes se serrèrent la main.

Les présentations achevées, ils s'assirent l'un en face de l'autre et échangèrent quelques banalités. La lumière matinale découpée en fines tranches par les stores vénitiens donnait à la scène un éclairage étrange. Gordian n'était guère plus à l'aise que lui. À l'évidence, l'un et l'autre étaient gênés – finalement, Harrison décida de couper court au bavardage pour en venir au cœur du sujet.

« Vous avez fait six heures d'avion pour venir voir un inconnu. Moi. Votre secrétaire m'a dit que vous comptiez retourner à San Francisco dans la soirée. J'imagine que vous n'avez pas fait le voyage pour discuter de la pluie et du beau temps. Pourquoi ne pas me donner maintenant la raison de votre visite ? »

Le moment de vérité. Harrison le voyait bien sur les traits de son interlocuteur.

« C'est une bien longue histoire », commença Gordian. Une pause. « Et qui risque de ne pas finir bien. » Il alla chercher une grosse enveloppe bosselée dans sa poche de manteau, raison pour laquelle il l'avait gardé, plutôt que de le confier à la secrétaire avant d'entrer. Curieux comportement pour un homme tel que lui, songea Harrison. Chez lui, Gordian avait sans doute des domestiques aux ordres vingt-quatre heures sur vingt-quatre. Il soupesa l'enveloppe. Il la regardait comme s'il s'attendait à la voir exploser entre ses mains. Puis il sembla retrouver ses esprits et leva les yeux vers Harrison, immobile, l'oreille attentive.

« Je ne sais pas si vous êtes au courant, reprit Gordian, mais j'ai passé un certain temps dans un camp de prisonniers de guerre. J'ai été abattu au-dessus du Viêt-nam, ce qui m'a valu de séjourner au Hilton d'Hanoï…

— C'est de notoriété publique », confirma Harrison qui se demandait bien où voulait en venir son interlocuteur. Tout cela n'était pas clair.

« Je suis ressorti de l'épreuve transformé. J'avais envie de défier le monde, de le voir s'ouvrir, faire en sorte que ça n'arrive jamais plus, s'il était en mon pouvoir de l'empêcher. » Il marqua une nouvelle pause, fixa le préfet de police. « J'ai du personnel dans le monde entier. Tous se dévouent au bien commun, loin de chez eux, vulnérables aux remous politiques de leur pays d'accueil. C'est moi qui les y ai installés. je suis responsable d'eux.

— Je comprends ça, répondit Harrison. Moi-même, j'envoie tous les jours des milliers d'agents en tenue affronter le danger…

— Alors, vous pouvez comprendre que je suis quasiment prêt à tout pour protéger mes hommes.

— Où placez-vous au juste la limite ? jusqu'où êtes-vous prêt à aller ? » Harrison commençait enfin à entrevoir le fin mot de l'histoire.

« Ça dépend… tant qu'il s'agit uniquement de citoyens respectueux des lois, il est certain que nous suivons la lettre et l'esprit du droit local. Toujours. Je suis fier de mon entreprise. Mais quand l'affaire concerne des criminels et des terroristes, nous dirons simplement qu'il existe des zones d'ombre parmi les mesures de sécurité à prendre et nous en resterons là, si vous le voulez bien. » Gordian se tapota la cuisse avec l'enveloppe. Le léger crissement sur le tweed du pantalon résonna dans le silence de la pièce.

«J'aurai à cœur de ne pas y regarder de trop près dans vos méthodes, tant que je n'y serai pas obligé.» Imitant Gordian, Harrison contempla l'enveloppe.

«L'attentat de Times Square a été une épouvantable tragédie, reprit Gordian. J'étais devant la télé quand ça s'est produit. Cela m'a bien trop rappelé mon séjour au Viêt-nam. Et s'il est encore temps, je vous prie de recevoir mes plus sincères condoléances.»

Harrison prit une profonde inspiration. Il se rendait bien compte que Gordian connaissait les sentiments qu'il éprouvait en ce moment, pour les avoir vécus dans sa chair. Gordian était allé là-bas. Il y avait survécu. Harrison avait la gorge serrée. «Merci. Venant de vous, cela me touche énormément.

— Je n'aime pas les terroristes.» Gordian serra les dents. «Et quand ils menacent mon personnel, je refuse de rester inactif, et d'attendre que ça se passe en me tordant les doigts. Plusieurs de mes employés avaient de la famille dans cette foule.

— Comme moi, soupira Harrison. Comme moi...

— Je suis désolé... je n'ai pas réfléchi...» Gordian paraissait visiblement atterré par ce qu'il venait de dire.

«Ne vous en faites pas. Il ne se passe pas de jour sans que j'examine les photos prises sur les lieux du crime, les indices recueillis par mes hommes, par le FBI et l'ATF, afin d'y discerner une logique, de retrouver les auteurs. Croyez-moi, où que se tourne mon regard, les souvenirs m'assaillent. Je compte bien découvrir qui a fait cela à ma femme, à ma ville. J'ai quatre cents bonshommes qui planchent exclusivement là-dessus, vingt-quatre heures sur vingt-quatre. On ira jusqu'au fond de cette histoire, même si je dois creuser de mes propres mains. Il le faut. Pour la ville. Pour le maire. Et pour ma femme. C'est ce qui me permet de tenir le coup.» Harrison fixa longuement Gordian, sans ciller. «Je serais prêt à signer un pacte avec le diable pour avoir le moindre indice susceptible de résoudre cette affaire.»

Gordian tendit l'enveloppe. Les mains tremblantes, Harrison la saisit. Sans l'ouvrir.

«Je mentirais si je vous disais que j'en ignore le contenu, observa Gordian. Ni que pour l'obtenir nous avons recouru à des méthodes strictement légales. Nous avons dû aller au plus court…»

Harrison ne posa pas de questions. Il est des choses qu'il vaut mieux ignorer parfois. «J'imagine que vous avez brouillé les pistes…

— Peut-être pas… je réglerai cette question si elle se pose. Tout ce que nous avons pu découvrir se trouve dans cette enveloppe, preuves à l'appui, quand nous les avons trouvées. Si vous voulez que je continue à vous informer de mon côté, je le ferai. Si vous tenez à prendre l'affaire en main, j'aimerais, pour autant que la loi vous y autorise, que vous me rendiez la pareille.

— Merci.» Harrison contempla l'enveloppe désormais entre ses mains. «Je laisserai votre nom en dehors de tout ça, dans la mesure du possible.» Il regarda de nouveau Gordian, qui s'apprêtait manifestement à prendre congé, sa mission accomplie. «J'ai encore une question. Pourquoi moi? Vous ne me connaissez même pas.

— Il m'a semblé que vous étiez le plus à même d'en tirer parti. Faites-en bon usage.» Sur ces mots, Gordian lui serra la main. Une poignée de main ferme, chaleureuse, qui exprimait à la fois sympathie, confiance et réconfort sans avoir à recourir aux mots. Puis il ressortit, aussi discrètement qu'il était venu. Harrison avait l'impression, tant l'avait sidéré cette rencontre, d'avoir les jambes coupées. Si enviable que soit la réputation de cet homme, elle ne lui rendait pas entièrement justice. Il fallait du cran pour accomplir un pareil geste; du cran, et une conscience

266

sacrément affûtée, quoi qu'il ait pu avouer sur les zones grises de l'affaire.

Il secoua la tête pour s'éclaircir les idées.

Puis, déchirant l'enveloppe, il en répandit le contenu sur son bureau.

« Nom de Dieu ! »

Noms, photos, dates, lieux d'entrée et de sortie, transcriptions de conversations, cassettes audio et vidéo… tout était là.

Il survola le tout, lut des bribes. Inséra la bande vidéo dans son magnétoscope. Et demeura bouche bée. Puis il réalisa ce que se racontaient les deux personnages en train de baiser sur la bande.

Nom de Dieu !

Il se précipita vers la porte de son bureau.

« Jackie ! s'écria-t-il. Appelez-moi les chefs de la brigade spéciale de Times Square, et dites-leur de rappliquer tout de suite. Avertissez le procureur de la République – il va nous falloir des citations à comparaître. Et prévenez le FBI. »

Il reporta son attention sur l'écran et la scène désormais classée X.

Il était en train de contempler les visages des assassins de sa femme.

L'heure était venue de passer à l'action.

La sécurité avait été renforcée au Platinum Club. Le nombre de videurs avait triplé, et de nouvelles caméras vidéo étaient accrochées au plafond, dissimulées sous de discrètes bulles de plastique noir.

Boris sourit par-devers lui en contemplant le dispositif. Boris n'était pas son vrai nom, mais c'était celui qu'il utilisait pour cette mission. Il ne pouvait s'empêcher de penser que les efforts de Nick pour renforcer la sécurité après le braquage arrivaient comme les carabiniers de la fable : trop tard.

Des efforts trop tardifs, mais aussi trop modestes. Soupesant le SIG Sauer P229 avec silencieux bien calé sous le blouson de sa tenue volée de coursier d'UPS, il cala la grosse enveloppe capitonnée sur son calepin électronique et se mit à gravir l'escalier menant au bureau privé de Nick.

Deux gorilles baraqués, collier de barbe pour le premier, rasé de près pour le second, l'attendaient en haut des marches, lui barrant le passage avant même qu'il ait pu examiner les lieux. *Pile à l'heure*, songea Boris.

«Je vais signer le reçu», dit l'un des gardes.

Boris leva les yeux. Ici aussi, il avisa une autre de ces bulles de plastique opaque suspendue au bout du couloir moquetté. Il ne fut pas vraiment surpris. D'après ce qu'il avait entendu dire du bonhomme, il savait que Nick Roma aimait bien tout enregistrer.

«Pas de problème.» Et il donna la grosse enveloppe au garde sur sa gauche, celui qui était imberbe, en même temps qu'il tendait le calepin au type de droite. Au moment où l'autre s'en emparait, Boris pressa le bouton dissimulé sous la planchette, déclenchant le taser dissimulé dans son épaisseur, en même temps que le minuscule engin incendiaire caché dans l'enveloppe.

Le dard minuscule du pistolet électrocuteur s'enfonça dans la chair tendre du cou, juste sous le collier de barbe noire impeccablement taillé. De l'autre côté, le second garde du corps s'était mis à hurler en voyant les flammes jaillies du paquet lui dévorer les mains.

Sans plus attendre, Boris avait déjà dégainé son 9 mm et tiré rapidement deux balles subsoniques sur les deux gardes du corps, puis il fonça vers la porte du bureau particulier de Nick Roma.

Il savait que sa cible était à l'intérieur. Il savait également que la porte ne serait pas verrouillée – Nick faisait trop confiance à des individus, toujours faillibles, pour sa sécurité personnelle – et que le signal d'alarme de ses forces de sécurité viendrait trop tard.

Nick Roma leva les yeux quand la porte de son bureau s'entrouvrit, révélant un homme vêtu d'un uniforme brun familier.

«Un colis? De la part de qui?» demanda-t-il, en même temps qu'il s'avisait que ses gardes du corps personnels n'encadraient pas le coursier d'UPS comme il eût été normal. Il voulut sortir le pistolet qu'il gardait toujours dans un tiroir de son bureau, mais sa main n'arriva pas jusque-là.

«Notre ami commun, Youri Vostov, vous salue bien», dit l'homme portant la tenue brune de l'United Parcel Service.

Les yeux de Nick Roma s'agrandirent de surprise. Il venait de comprendre – mais trop tard.

«Attendez...»

Boris n'attendit pas. Il logea deux balles dans la tête de Nick, la première juste entre les deux yeux, la seconde – un coup délicat, car la tête était encore ébranlée par le premier impact – un chouïa plus haut.

Il dévissa le silencieux brûlant, en revissa un nouveau, inséra un nouveau chargeur et se tourna vers la sortie de secours. Au moment de sortir, il s'arrêta juste une seconde, pour adresser un bref sourire et un petit signe de main au miroir, avant de s'éclipser.

42

Région de Kaliningrad
et Brooklyn, New York
10 février 2000

La station américaine se dressait dans l'obscurité, telle une forteresse silencieuse, mais cet aspect rassurant et protecteur n'était qu'une illusion. Les dix bâtiments, dont aucun n'avait plus d'un étage, étaient ceints d'un mur en béton. Gregor savait que des faisceaux infrarouges et des capteurs avaient été disposés à son sommet, déclenchant l'alarme à la moindre intrusion. Il savait également que ces dispositifs ne seraient d'aucune utilité aux occupants du complexe.

Un portail métallique s'ouvrait dans le mur le plus proche. Assez large pour laisser passer deux camions de front, il était gardé par deux petites guérites disposées de part et d'autre.

Une disposition typiquement américaine, estima Gregor. De l'autre côté, il ne devait y avoir qu'une malheureuse poignée de vigiles à peine armés, et peut-être deux ou trois douzaines de techniciens. Aucun ne ferait le poids face à lui et ses hommes.

Comme prévu, les quatre BTR-40 s'immobilisèrent à cinquante mètres du portail métallique, nettement hors de portée des projecteurs disposés le long du mur. Ils avaient éteint leurs phares et les membres du commando avaient déjà chaussé leurs lunettes de vision nocturne.

Gregor jeta un coup d'œil à Nikita. « Prête ? »

Elle le considéra en silence puis acquiesça au bout de quelques secondes. Grimpant à l'arrière du transport de troupe blindé, elle s'approcha du mortier M-38 de 82 mm boulonné sur le plancher pour procéder aux derniers réglages de tir.

Elle attendit quelques secondes encore, le temps que les occupants des trois autres BTR-40 se préparent, puis tira le premier de ses projectiles. Un instant après, trois grenades autopropulsées décrivaient leur parabole dans la nuit, en direction du portail métallique.

Nikki n'attendit pas pour admirer le spectacle. Dès qu'elle eut tiré, elle plongea dans la cabine de l'engin qui venait de démarrer, non sans avoir récupéré un RPG à l'arrière.

La paix et la tranquillité de la nuit furent déchirées

par une explosion soudaine de mort et de destruction. Une grenade heurta de plein fouet les portes de métal, les arracha de leurs gonds et les projeta à l'intérieur de l'enceinte. Deux autres grenades atteignirent les guérites, coupant les communications et tuant les gardes à l'intérieur. Quant aux tirs de Nikita, plus vicieux, ils avaient dépassé le mur d'enceinte pour tomber directement sur le toit du bâtiment qui abritait le groupe électrogène. C'était leur seul moyen d'isoler complètement les Américains : même s'il savait qu'ils n'avaient de toute façon personne à qui donner l'alerte, Gregor préférait ne pas courir de risque inutile.

Le tir de Nikki avait été parfait. Gregor sourit pour lui et fonça aussitôt vers les décombres, à cinquante mètres de là, ignorant les dégâts éventuels qu'ils pouvaient occasionner aux pneus ou au soubassement de son engin. Ses hommes avaient déjà identifié le garage à véhicules. Ils avaient l'intention de le laisser intact, en dehors du personnel susceptible d'y travailler ou de s'y être réfugié : si jamais leurs propres engins avaient été endommagés, ils pourraient toujours emprunter ceux des Américains pour s'enfuir, une fois leur mission accomplie.

Les transports de troupe franchirent les portes en file indienne, Gregor en tête, suivi par les quatre hommes de Gileá dans les deux blindés suivants, les derniers membres de son équipe personnelle fermant la marche. Une fois dans l'enceinte, les engins se dispersèrent, pour se diriger vers les quatre coins de la base. Quand tous furent en place, ils convergèrent vers le bâtiment central – la construction basse en béton sur le toit de laquelle était installé l'équipement de liaison satelllite –, tout en ouvrant le feu.

Il n'y eut aucune résistance. Gregor n'en avait certes guère escompté, malgré tout, il s'était attendu à mieux de la part des Américains. Deux vigiles surpris à découvert avaient été fauchés dès le début de l'attaque, l'air ahuri, les yeux remplis d'effroi, mais à part eux, il s'avéra que le reste du personnel demeurait terré dans ses bâtiments préfabriqués, la tête rentrée dans les épaules, en espérant survivre au massacre.

Malheureusement pour eux, les ordres de Gregory n'allaient pas dans ce sens.

En passant devant les bâtiments, ses hommes balançaient une grenade par la porte, ajoutant de nouvelles destructions et bloquant les survivants à l'intérieur. Mais sa mission prioritaire était le relais-satellite. Une fois détruit, il pourrait consacrer toute son attention au reste du complexe.

Le seul bâtiment qui le ralentit fut celui où les Américains avaient entreposé leur petite réserve d'armes à feu. Deux de ses BTR-40 convergèrent dessus et s'y arrêtèrent, le temps de le raser à la grenade. Puis, ayant réduit la sensibilité de ses lunettes infrarouges, Gregor Sadov reprit sa progression méthodique vers le poste de commandement.

Max Blackburn était au téléphone avec Alan Jacobs, le chef de la sécurité, quand la ligne fut coupée. Alan l'avait appelé dès la panne de courant. Personne à ce moment ne soupçonnait un acte de malveillance, mais la procédure normale était de maintenir une liaison permanente jusqu'à ce que le problème soit identifié et résolu. Blackburn et le détachement de la sécurité qui l'accompagnait avaient déjà fait demi-tour vers la base, mais il dit aussitôt à son chauffeur d'accélérer.

Max ne raccrocha pas quand l'écouteur se tut à son oreille. Bien au contraire, il resta en communication et se tourna vers Meg. Ils étaient à l'arrière d'un camion bâché, identique à ceux employés par les paysans du coin pour aller vendre leur production en ville. L'engin cahotait sur l'équivalent local d'une route.

« Appelle, lui dit-il en lui donnant le numéro direct de Jacob.

« – Un problème ? » demanda-t-elle tout en compo-
sant le numéro. Les instructions stipulaient de n'en
mettre aucun en mémoire, et de toujours effacer le
dernier, une fois passé un appel.

« Je n'en sais rien. Peut-être… »

Meg pressa la touche d'émission et porta le combiné à l'oreille. « Ça sonne », fit-elle après quelques
instants.

Max se pencha vers le chauffeur. « Fonce ! »

Meg le regarda, intriguée. Blackburn n'avait même
pas attendu une réponse avant d'agir.

« Il y a du grabuge, dit-il. Tu aurais dû obtenir un
signal occupé. Si tu ne l'as pas eu, c'est que la ligne a
été coupée. » Il se tourna vers Lee « Seal » Johnson,
l'expert en radio de l'équipe. « Prends le SatTac. Je
veux une liaison satellite avec le complexe, et tout de
suite. Il se passe quelque chose là-bas et je veux savoir
quoi.

– Aucun résultat, monsieur, dit Johnson au bout
d'un moment. Le satellite répond, mais pas la station
au sol. »

Blackburn acquiesça, les lèvres serrées, l'air sombre.
« On y sera dans combien de temps ?

– Dix minutes, monsieur », répondit le chauffeur.

Blackburn hocha la tête. Il ne savait que trop le
temps que cela pouvait représenter lors d'une fusillade. « Cinq, pas plus !

– Mais, monsieur, les essieux vont…

– Rien à foutre des essieux ou des fondrières. Ce
qui m'importe, c'est les gens qui sont en train de se
faire attaquer là-bas, et qui comptent sur nous pour
les protéger… ce dont on est bien incapables ici. Tu
nous ramènes en cinq minutes. C'est un ordre.

– Bien, monsieur, dit le chauffeur. Cinq minutes. »

Blackburn se retourna vers ses hommes pour donner des ordres. Ils avaient cinq minutes pour se préparer – cinq minutes pour se préparer au combat
contre un adversaire inconnu, dont ils ignoraient les
effectifs et la puissance de feu.

Cinq minutes… une éternité pour ceux qui étaient restés là-bas, mais certainement pas autant qu'il l'aurait souhaité pour lui et ses hommes.

Les hommes de Gregor avaient connu quelques problèmes. Rien d'insurmontable, mais suffisants pour les retarder plus qu'il n'aurait voulu.

Il avait escompté trouver des vigiles désarmés, mais quand leurs blindés approchèrent du blockhaus, illuminés par la lueur des incendies alentour, ils essuyèrent des tirs sporadiques, venant des meurtrières disposées aux quatre angles. Au bruit, il devait s'agir d'armes de poing, de calibre 38 tout au plus, mais ce n'est pas cela qui le tracassait. Si le personnel logé dans les unités d'habitation était également armé, lui et ses hommes risquaient de se trouver pris dans une fusillade meurtrière avant d'avoir pu accomplir leur mission.

C'est à partir de ce moment que le beau plan de bataille tourna au vinaigre. Jusque-là, tout avait marché comme sur des roulettes, ce qui était plutôt bien, compte tenu du peu de temps qu'ils avaient pu consacrer aux préparatifs. Mais désormais, l'heure était venue d'improviser.

Il se pencha vers le tableau de bord et, d'une pichenette, bascula l'interrupteur d'éclairage. Dans le même temps, il écrasait du pied la pédale de l'inverseur codes phares.

«Tiens-toi prête, Nikki», dit-il en tirant sèchement sur le frein à main.

Et, plongeant hors du BTR-40 avant son arrêt complet, il roula sur lui-même, en prenant soin de rester dans la zone d'ombre créée par le faisceau éblouissant des phares. Puis, s'étant agenouillé, il affina la mise au point de ses lunettes, leva son fusil et, le coude calé sur le genou gauche, visa avec soin la meurtrière la plus proche.

Il devina les traits d'un garde effrayé qui l'observait

derrière le canon d'un 9 mm Beretta, apparemment. Belle arme, mais sans grande utilité en de pareilles circonstances.

Gregor prit sa respiration, expira légèrement, puis retenant son souffle pour amortir le léger tremblement du canon, il pressa doucement la détente et tira un seul coup.

Même avec ses lunettes, il ne put voir la balle faire mouche. Il n'avait pas fini d'en amortir le recul qu'elle avait déjà atteint son but : un instant après, Gregor vit que la meurtrière était vide ; du reste, plus aucun tir ne venait de cette direction.

Bientôt, il vit Nikki lâcher un autre tir de mortier depuis le blindé et le projectile tomber pile sur le toit du blockhaus. Les dernières fusillades se turent, et le reste des hommes de Gregor attaqua au lance-grenades. En quelques minutes, le petit bâtiment blanc n'était plus qu'un amas de ruines fumantes.

Gregor se tourna vers ses hommes et leur ordonna de se déployer. L'objectif initial accompli, leurs ordres étaient de rechercher les survivants afin de les neutraliser.

D'un geste de la main, il fit signe aux trois membres de son équipe personnelle de se tenir à carreau. Cette partie de leur boulot ne relevait plus de la guerre, mais du meurtre pur et simple, et il préférait laisser la tâche aux hommes de Gilea.

Max Blackburn aperçut les flammes dès qu'ils approchèrent du complexe. Penché derrière le chauffeur, il aurait voulu qu'il aille encore plus vite. À côté de lui, Megan s'était figée, silencieuse, abasourdie par la révélation de ce qu'elle était en train de contempler.

« Mon Dieu », fit-elle, d'une voix qui n'était guère plus qu'un murmure.

Max ne répondit pas. Il se contenta de serrer les poings.

Son équipe était prête. Tous avaient vu les flammes jaillir vers le ciel nocturne, et tous savaient ce qu'elles signifiaient. Tous, même le chauffeur, avaient enfilé leur tenue en Kevlar et chaussé leurs lunettes infra-rouges. Ils avaient fourbi leurs armes, ils connaissaient leurs ordres et leurs plans de défense étaient prêts. Il ne leur manquait plus qu'une cible et l'occasion de se venger.

Parvenus à cinquante mètres de l'enceinte, tous feux éteints, ils ralentirent sur l'ordre de Max pour rejoindre l'arrière du complexe en le contournant. La chaussée était finalement devenue plus régulière et Max aurait voulu dire au chauffeur d'appuyer sur le champignon, mais il savait que c'était impossible : le personnel à l'intérieur comptait sur lui – s'il restait encore des survivants –, et foncer dans le tas comme un imbécile au risque de se faire tuer, lui et ses hommes, n'aurait aidé personne.

Non, malgré son désir de se prendre pour la cavalerie, Blackburn savait qu'il devait jouer ce coup-ci selon les règles.

Ils ralentirent près du premier angle et Blackburn fit signe à quatre de ses douze hommes de sauter du camion. Leur tâche serait d'escalader le mur et de prendre position avec deux hommes à chaque angle de la façade. Quatre autres se posteraient symétriquement à l'arrière, tandis que Blackburn, Megan et les trois derniers escaladeraient le mur du fond, en un point diamétralement opposé à la porte principale. Le chauffeur resterait au volant.

Mon Dieu, je vous en prie, songea Blackburn en regardant le chauffeur virer au premier angle du périmètre. Il aurait voulu prier pour les survivants, prier Dieu qu'il laisse au moins quelques Américains survivre à cette nuit. Mais ce n'est pas le vœu qu'il formula. *Mon Dieu, je vous en prie, faites qu'ils soient toujours là. Que je puisse leur faire payer leurs actes.*

À côté de lui, Megan tendit le bras pour lui toucher la main, lui offrant son soutien muet, mais il ne s'en

rendit pas compte. Il était trop absorbé par les coups
de feu isolés qui claquaient de l'autre côté du mur,
trop absorbé par les visions de vengeance qui jouaient
dans sa tête.

Gregor entendit la fusillade se calmer et il sourit.
Encore quelques minutes, et il pourrait rappeler ses
hommes.

« Bon boulot, ce soir », dit-il à Nikki. Et il était sincère. Sa conduite avait été irréprochable, tous ses
coups avaient porté, et elle avait gardé son calme
même au plus fort de l'attaque. C'était une bonne
combattante, un bon petit soldat, et il était fier qu'elle
soit parvenue à tenir le coup jusqu'ici.

Il entendit sur sa droite un AKMS tirer deux coups
isolés, puis plus rien.

Et voilà, se dit-il. *Le dernier coup de feu.* Saisissant
l'émetteur à sa ceinture, il pressa trois fois le bouton
Morse – un court, un long, un court : c'était le signal
de regroupement au garage, dernier bâtiment intact
du complexe. Une fois sur place, ils s'empareraient du
garage, liquideraient les éventuels survivants, et récu-
péreraient tous les véhicules que Gregor s'estimerait
en mesure de fourguer.

Tel était le plan. Le premier indice lui révélant qu'il
avait foiré fut lorsqu'il sentit une main s'abattre sur
son bras et la pression d'une lame contre sa gorge.

Max était fier de son équipe. En vrais pros, ils
avaient fait taire leurs émotions pour vaquer à leur
tâche dans le silence complet, avec une efficacité
totale. Mettant à profit les techniques apprises chez
les Rangers, les Forces spéciales, les commandos de
la marine et autres groupes d'élite, ils avaient identifié l'ennemi et neutralisé ses éléments, un par un,
sans coup férir. Mais le plus surprenant, c'est qu'en
dépit de la rage qui devait brûler en eux avec la

même ardeur que l'incendie, ils avaient non seulement neutralisé les assaillants sans tirer un seul coup
de feu mais surtout, pour autant que Blackburn pût
en juger, sans en tuer un seul. Ces terroristes-là sur-
vivraient pour passer devant leurs juges.

Avisant les deux derniers ennemis devant lui, Max
fit signe de redoubler de prudence avant d'avancer.
Megan était sur sa gauche et deux autres membres
de son équipe les flanquaient.

En d'autres circonstances, Blackburn aurait pu
éviter de courir des risques et laisser un autre se
mouiller. Mais pas forcément non plus. Gordian et
lui en avaient discuté interminablement, mais Max
n'en démordait pas : il refusait de se juger plus indispensable qu'aucun autre membre de son équipe, si
nouveau, si jeune, si inexpérimenté soit-il. Et il refusait farouchement d'envoyer des gars là où il n'aurait
pas voulu aller.

S'étant avancé sans bruit, il attendit que la main de
l'homme ait relâché le bouton de la radio à sa ceinture pour passer à l'action, lui saisir le bras de la
main droite et, de l'autre, lui mettre le couteau sous
la gorge. Il ne dit rien. Il aurait presque espéré que
l'autre réagisse, cherche à se battre, n'importe quoi
pour lui donner prétexte à user de cette lame.

À ses côtés, Megan avait moins de scrupules. Pro-
gressant du même pas que lui, le couteau à lame
courte dans la main, elle fondit sur la femme qui était
sa cible. Retournant le poignard, elle en abattit rudement le manche sur sa nuque. La femme s'affala,
inconsciente, répandant dans sa chute les longs cheveux cachés sous son casque.

Trop facile, songea Blackburn. Il voulait du sang. Il
voulait trancher la gorge de l'homme qu'il venait de
capturer. Mais il ne pouvait pas. Il était un soldat,
d'abord et avant tout, et même s'il travaillait pour
une entreprise plutôt que pour un pays, il n'en avait
pas moins un code à respecter.

Un jour, du reste, sa rage et sa douleur s'effaceraient, et ce jour-là, il voulait pouvoir se regarder en face.

Il assura sa prise sur l'homme qu'il venait de capturer jusqu'à ce que ses compagnons l'aient maîtrisé. Alors il rengaina sa lame et lança : «Filons d'ici en vitesse. »

S'éloignant en hâte, il se lança à la recherche des survivants. La nuit avait été déjà longue, et il savait que ce n'était qu'un début.

43

San José, Californie
10 février 2000

«Youri Vostov », dit Gordian au micro de son visiophone de bureau. Le ton était morne, sans inflexion, presque mécanique. Nimec avait un peu l'impression d'entendre ces voix de robot caractéristiques des films de science-fiction des années cinquante. Jamais encore il n'avait entendu Gordian s'exprimer de la sorte, et cela le troubla peut-être encore plus que tout ce qui s'était passé au cours des dernières vingt-quatre heures. Que se passait-il ?

Assis à son bureau, Gordian continuait à contempler l'image de Max Blackburn sur le petit moniteur à cristaux liquides. En face de lui, Nimec sirotait son troisième café du matin. Ils n'avaient dormi ni l'un ni l'autre, et ça se voyait aux cernes sous leurs yeux.

«D'après tous les renseignements recueillis par Pete, Vostov est un ponte du marché noir. Un trafiquant de drogue. Une pâle copie de John Gotti, dit Gordian. Est-ce qu'on compte vraiment nous faire gober qu'il est à l'origine d'un complot de cette envergure ? »

La réponse de Blackburn sortit du haut-parleur. «Peu importe ce que Korut Zelva veut nous faire gober. Sans doute a-t-il estimé qu'il lui suffisait de larguer Vostov pour nous embarquer pendant un moment sur une fausse piste.

– Laquelle? Et pendant combien de temps? intervint Nimec. D'ailleurs, je me fous que ce type soit un crétin, l'important est qu'il sache qu'on va s'empresser de vérifier ses informations.» *Surtout après ce qu'ils ont fait subir à notre personnel du relais-satellite*, faillit-il ajouter, mais il se retint au dernier moment.

«C'est bien ça le problème, Pete, rétorqua Blackburn. J'ai tendance à croire qu'il y a un fort noyau de vérité dans ce qu'il nous a raconté sur Vostov. Pour tout dire, il semble tout à fait cohérent qu'il puisse chapeauter directement l'organisation de Nick Roma.»

Gordian hocha la tête. «Cela n'aborde toujours pas le point essentiel de Pete. Jusqu'où les informations données sur Vostov peuvent-elles nous mener? Si grande que soit la responsabilité de la mafia russe, je ne les vois pas mouiller Zelva et cette... (il consulta ses notes pour retrouver le nom)... Gilea Nastik dans cette histoire. Ce sont deux terroristes professionnels. Indépendants.

– Nourrissant une rancune contre les États-Unis qui remonte à la guerre du Golfe, observa Nimec. D'après ce qu'Ibrahim a dit à Max, ils reprochent à notre gouvernement d'avoir renié sa promesse de soutenir la rébellion kurde contre Saddam Hussein. Et ma foi, il faut bien admettre que ce n'est pas entièrement faux.

– Leurs reproches ne me font ni chaud ni froid, surtout après qu'ils ont massacré des centaines d'innocents, rétorqua Gordian. Et cela n'a rien à voir avec le fait que Vostov aurait pu recourir à ses propres agents au lieu de se compliquer la vie.

– Roger...

– Ça ne tient pas debout, coupa Gordian. Non, ça ne tient vraiment pas debout.»

280

Nimec vit Roger serrer machinalement le poing et il se demanda de nouveau quelle influence avait sur lui la mort des Steiner et de tous les autres.

« Écoute, Gord, il me semble que nous sommes tous en train de dire la même chose, observa Nimec. Si on s'accorde à penser que Vostov est dans le coup, alors notre prochaine étape sera de le traquer. De le coincer pour de bon. De l'amener à céder.

– Je ne crois qu'on puisse imaginer qu'il cède quoi que ce soit. » Gordian considéra Nimec, puis se retourna vers l'écran, l'air résolu. « Vous ne voyez pas ? Si je m'en réfère à votre raisonnement à tous les deux, ce Korut nous aurait offert Vostov comme diversion. Mais pourquoi se compliquer ainsi la vie, s'il pensait que Vostov craquerait et nous orienterait en définitive dans la bonne direction ? »

Nimec pinça les lèvres, songeur.

« Peut-être a-t-il sous-estimé le genre de pression que nous serions prêts à exercer, répondit Blackburn d'un ton grave, entendu.

– Quelqu'un nous a donné en pâture un cadavre dans une chambre d'hôtel à Milan, et un autre corps sur une plage d'Andalousie. Le premier homme avait été pendu. Le second avait eu la gorge tranchée presque jusqu'à la colonne vertébrale. L'un et l'autre faisaient partie du commando de terroristes. Quel qu'il soit, l'auteur de leur mort est manifestement convaincu de notre ferme intention d'élucider l'affaire.

– Roger, intervint Blackburn, je disais juste… »

Gordian poursuivit comme si de rien n'était. « Ils ont massacré de sang-froid Elaine et Art Steiner – deux des êtres les plus doux, les plus dignes que j'aie rencontrés. Ils étaient mariés depuis quarante ans et envisageaient de prendre leur retraite. Ils ont tué des dizaines de techniciens, de cadres et d'ouvriers de notre entreprise, des gens qui n'avaient jamais touché à une arme de leur vie. Des gens qui étaient simplement partis là-bas faire leur boulot, gagner un honnête salaire, et peut-être faire un peu de bien à l'humanité dans la foulée. Ils ont tué mes amis et mes employés, ils ont essayé de raser ma station-relais satellite, Max. Ils savent que nous sommes impliqués à fond dans cette histoire. Ils le savent, et ils ont cherché à tout faire pour nous en dissuader, et hier ils sont allés jusqu'au bout. Seulement, ils ont commis une erreur. Parce que, je le jure devant Dieu, je compte bien leur faire payer ce qu'ils ont fait, ces salopards. »

Puis il ferma les yeux et se tut, les lèvres tremblantes, les poings serrés. Nimec le considéra quelques instants, puis il détourna les yeux vers le mur, se faisant l'effet d'un intrus. Il songea : *Sa souffrance doit être indescriptible.*

« Roger, je veux coincer Vostov, voir où ça nous mène, dit Blackburn au bout d'un long moment. Mais j'ai besoin de ton feu vert pour régler ça, vite fait bien fait. Et si cela signifie qu'on doive faire chier jusqu'à l'os ce fils de pute… »

Il laissa sa phrase en suspens, quelque part entre la Russie et la côte californienne.

Gordian resta une bonne minute encore sans rien dire. Puis il hocha la tête pour lui-même.

« Pas question pour nous de tuer, sauf en cas de légitime défense, dit-il enfin. Je ne m'abaisserai pas au niveau de cette engeance. Mais je tiens à ce que, grâce à nous, le monde entier puisse apprendre la vérité.

— Je comprends.

— Je sais, Max. Et je regrette de t'avoir ainsi sauté sur le paletot.

— Pas de problème, dit Blackburn. Les temps sont difficiles pour nous tous. »

Gordian acquiesça derechef.

« Je veux comprendre la logique de tout ça, insista Roger, d'une voix étranglée. J'ai besoin de comprendre. »

Personne ne lui répondit. Personne ne savait trop quoi dire.

Comprendre la logique ?

Les yeux toujours rivés au mur, hésitant toujours à regarder Gordian, Nimec se surprit lui aussi à se demander si ce serait seulement possible.

Ils s'étaient préparés à un siège en règle.

Ils avaient bien un mandat, mais personne ne s'attendait à voir Nick Roma ouvrir la porte et attendre tranquillement qu'on lui passe les menottes tout en lui énonçant ses droits.

Ils se doutaient fort qu'ils allaient avoir du pain sur la planche.

Aussi avaient-ils apporté tout le matériel adéquat : équipement de surveillance sophistiqué mais aussi le bon gros arsenal traditionnel, avec gilet pare-balles et grenades lacrymogènes. Tout ce à quoi ils avaient pu penser.

Ils avaient même prévu une équipe de l'antigang, en renfort.

Ils n'avaient pas imaginé découvrir le Platinum silencieux comme une tombe. Ni la porte du club grande ouverte.

Or, c'est exactement ce qu'ils découvrirent.

« Merde, ce type a ses mouchards partout. On l'aura prévenu de notre arrivée. À l'heure qu'il est, il doit déjà être en route pour la Russie. » Le responsable, le lieutenant de police Manny DeAngelo, coupa sa radio et posa ses gants dessus. Il aurait dû foncer comme un dératé, mais ça caillait trop pour une telle dépense d'énergie.

« Vous croyez que c'est un piège ? s'enquit un des flics.

– Non, soupira Manny. Nick est malin mais personne encore ne l'a accusé d'être subtil. Cela dit, on a quand même intérêt à faire gaffe. » Il fit signe à ses hommes d'avancer.

Ce qu'ils firent. Avec prudence. Deux par deux, en se couvrant mutuellement.

L'entrepôt était désert, et on l'avait pillé. Les auteurs, quels qu'ils soient, avaient laissé les lieux dans un sale état, mais sans oublier un seul objet de valeur. Ils avaient arraché les fils du téléphone et braqué les distributeurs de boisson pour récupérer la monnaie. Ils avaient couvert les murs de graffitis – apparemment, plusieurs bandes étaient passées par là. Par endroits, la peinture était encore fraîche.

Du travail d'amateurs. Et tout récent.

Il semblait que M. Roma eût des ennemis dans la pègre.

«Ces types ont intérêt à ce que Roma ait fichu le camp – sinon, il risque de leur couper les roubignolles si jamais il traîne encore dans le coin.» Manny contempla les décombres d'un œil torve. «Je me demande ce qu'ils savaient?

– Ouaip.»

Ils continuèrent d'avancer. Plus ils s'enfonçaient dans le bâtiment, plus il y avait de dégâts, sans doute parce que la valeur de revente des objets disparus croissait à mesure. Quand ils arrivèrent dans le bureau de Nick, on aurait cru qu'il avait été nettoyé par un vol de sauterelles affamées. Mais les loubards avaient laissé quelque chose derrière eux.

«Le chef va pas apprécier.» Manny contempla le cadavre de Nick qu'ils avaient jeté à terre afin de dérober le siège dans lequel il avait manifestement trouvé la mort.

«Je ne sais pas... j'ai dans l'idée qu'il a eu ce qu'il méritait.» Le flic eut un sourire crispé. «Mais je suis pas mécontent que ce soit à vous de régler ça.»

Manny avait vu juste.

Bill Harrison était encore à pied d'œuvre. Il était pas loin de minuit et son bureau était tellement encombré de dossiers et d'indices qu'il lui aurait fallu un archéologue pour le déblayer.

Les photos de Nick Roma sur les lieux du crime

occupaient une position avantageuse au sommet de la pile.

Ça ne plaisait pas à Bill Harrison.

Il aurait voulu faire passer en jugement cet homme qui avait causé tant de chagrins. Il aurait voulu le confronter avec toutes les victimes, et lui dire en face ce qu'il avait fait. Lui parler des cauchemars, de la souffrance, de la solitude.

Il aurait voulu mettre à l'ombre Nick Roma et regarder le système, peu à peu, le dévorer vivant.

Et puis, après seulement quelques dizaines de jours, Bill Harrison aurait voulu le voir ligoté et tué.

Mais à présent, il était trop tard.

Contrairement à la majorité de ses victimes, Nick avait connu une mort propre et rapide. Sans doute avait-il eu tout juste le temps de la sentir arriver.

Harrison se sentait floué de sa vengeance.

Et ça ne lui plaisait pas du tout.

Il contempla le cliché 20×25 de l'homme qui s'était échappé – définitivement.

C'est à cet instant qu'il entendit la voix de Rosie, aussi claire que si elle se tenait à ses côtés. «C'est mieux ainsi. À présent, tu vas pouvoir te remettre à vivre.»

Il se retourna. Il était seul, pas âme qui vive. En bas, l'activité nocturne de la cité se poursuivait à son rythme fiévreux. Mais ici, il n'y avait que lui, et une voix qu'il ne pouvait pas avoir entendue.

«Rosie?» Rien. «Rosie!» Le silence. La douleur l'écrasa de nouveau. Mais par-delà, et pour la toute première fois, il crut ressentir un sentiment de paix. Rosie – était-ce bien elle qu'il avait entendue? – avait eu raison. Comme d'habitude.

Sa soif de vengeance était aussi destructrice que l'homme sur ces photos. Elle finirait par le déchirer, lui dévorer l'âme s'il y cédait.

À la place, il devait rechercher la justice.

Il fallait arrêter les auteurs de ces actes. Les capturer et les mettre en cage pour les empêcher de recommencer.

Nick Roma ne lui gâcherait plus l'existence. Une fois réglée la paperasse, son dossier serait classé.

Certes, il n'avait pas agi seul. Bill Harrison ne connaîtrait pas de répit tant qu'il n'aurait pas réussi à les capturer tous, d'une manière ou d'une autre.

Mais pas par vengeance. Pour la justice. Et pour préserver la paix de tous les braves gens qu'il avait fait serment de protéger. Telle était sa mission. Et il comptait bien la remplir.

Il se leva, tourna le dos à son bureau, alla décrocher son veston et son pardessus.

Il avait une petite fille dont il devait s'occuper, une vie dont il devait recoller les morceaux. Il avait un avenir. Il devait à son épouse d'en faire une belle vie, pour la vivre du mieux qu'il pouvait en son nom.

Il éteignit la lumière et sortit, fermant la porte derrière lui.

Tasheya l'attendait à la maison.

44

Moscou
11 février 2000

Quelques minutes après avoir quitté le studio de télévision d'où il avait mené son talk-show nocturne, Arkadi Pedatchenko s'installait à l'arrière de sa Mercedes et disait au chauffeur de le conduire à l'hôtel National, un palace situé juste en face des clochers à bulbe de la cathédrale Saint-Basile. Le chauffeur le déposa devant les portes, qu'il franchit d'un pas décidé pour traverser le hall décoré de grands lustres, adressant un amical salut de la tête au concierge et au

286

personnel de la réception, avant de s'engouffrer dans l'ascenseur qui le mena à la suite luxueuse qu'il réservait à l'année depuis longtemps déjà.

C'était devenu le train-train pour Pedatchenko qui venait ici une ou deux fois la semaine, le plus souvent seul, pour y être rejoint peu après par une *dostupniye dievotchka*, une «fille facile». Le chauffeur comme le personnel hôtelier étaient tout à fait au courant du manège, qui n'était pas vraiment jugé scandaleux, même chez un homme politique en vue. Pedatchenko était célibataire, après tout, et sa réputation de playboy ne faisait qu'accroître son attrait charismatique auprès d'un public avide de trouver chez ses dirigeants charme et jeunesse à l'occidentale, avec un brin d'érotisme en sus. Du reste, les Russes – et en particulier cette haute société moscovite qui composait le noyau des partisans de Pedatchenko – appréciaient la belle vie et avaient du mal à comprendre la pudibonderie qui semblait avoir submergé les États-Unis. Que chaque homme vive donc ses petites aventures.

Ce soir, Pedatchenko venait à peine de gagner sa chambre quand il entendit frapper doucement à la porte. Il l'ouvrit et se recula pour admirer une femme superbe en minijupe, bas et blouson de cuir et béret noirs. Le concierge l'avait vue entrer dans le hall avec ses hauts talons et n'avait guère eu de mal à deviner qu'elle se rendait chez Pedatchenko. Il avait admiré sa longue silhouette avec comme un soupçon de jalousie envers l'homme politique, et la certitude qu'il allait ce soir apprécier encore plus que d'habitude ce rendez-vous galant. La femme ressemblait à une tigresse. Qui plus est, une tigresse en chaleur.

Elle s'installa dans un grand fauteuil à oreillettes, ôta son béret et secoua la tête, répandant sa chevelure sur le col du blouson de cuir.

«Le fric, d'abord», dit-elle, sans broncher.

Il s'approcha, toujours en veste et pantalon de tweed, et hocha imperceptiblement la tête.

«Cela m'attriste de constater que notre relation est

exclusivement basée sur la rétribution de services rendus, observa-t-il avec un regard peiné. Après tout ce que nous avons fait ensemble, on pourrait imaginer qu'un lien un peu plus profond aurait pu se former.

– Garde tes belles paroles pour les spectateurs de ton émission, rétorqua-t-elle. Je veux ce que tu me dois. »

Pedatchenko émit un petit *tsk-tsk*, glissa la main dans sa poche intérieure de veston et en sortit une grosse enveloppe blanche. Elle la lui prit des mains, ouvrit le rabat, jeta un œil à l'intérieur. Puis elle la fit tomber dans son sac à main.

« Enfin, tu n'as pas jugé nécessaire de compter devant moi, Gilea, observa Pedatchenko. Peut-être avons-nous là les prémices d'une relation plus confiante, après tout.

– Je t'ai dit de réserver ton boniment à d'autres. Il faut qu'on discute de trucs urgents. » Ses traits parurent soudain se durcir. « Je n'ai toujours pas eu de nouvelles de Korut. Il était censé me contacter avant-hier soir.

– Tu n'es pas arrivée à le joindre ?

– Vois-tu, les membres de mon groupe ne passent pas leurs soirées dans le confort d'hôtels de luxe, avec un téléphone au chevet et un service de fax presse-bouton, railla-t-elle avec un petit hochement de tête. Leur piaule est nettement plus spartiate. »

Il la regarda sévèrement. « Selon toi, on doit s'inquiéter ?

– Pas encore trop. Il pourrait être en train de changer de planque et juger risqué de communiquer. Ça s'est déjà produit. » Elle marqua un temps. « De toute façon, il me fera parvenir un message, s'il en a la possibilité. »

Pedatchenko ne la lâchait pas des yeux.

« Eh bien, moi, ça ne me plaît pas. Vu l'échec à la station-relais satellite…

– Qui ne se serait pas produit si j'avais été responsable de l'opération à la place de Sadov. Tu aurais dû m'attendre.

– Tu as peut-être raison. Toujours est-il que l'important désormais est de rectifier nos erreurs.

– *Tes* erreurs. Ce genre d'astuces, ça ne marche pas avec moi. »

Il soupira et se rapprocha. « Écoute, ne nous chamaillons pas et parlons franchement. J'ai un autre boulot pour toi, Gilea.

– Non. On est allés assez loin. Bachkir, le ministre, s'est fait piéger et Starinov ne va pas tarder à le suivre au fond du trou. Exactement comme tu l'avais prévu.

– Mais il reste toujours la possibilité que quelqu'un nous démasque par hasard. Tu le sais aussi bien que moi. Cet incident, au quartier général du New-Yorkais, les rumeurs d'un lien éventuel avec Uplink. Et puis, la résistance à la station-relais des Américains…

– Autant de raisons pour nous inciter à la discrétion », rétorqua-t-elle.

Il poussa un nouveau soupir. « Écoute-moi. Starinov a prévenu le ministre qu'il allait passer les prochains jours dans sa datcha de Dagomys. J'y suis déjà allé et je puis te dire qu'elle est particulièrement vulnérable à un assaut.

– Tu ne parles quand même pas sérieusement ? » Mais ses yeux étaient soudain devenus brillants, son regard acéré, et ses lèvres s'étaient entrouvertes, révélant le bout de ses incisives.

« Je te paierai tout ce que tu voudras, je prendrai toutes les dispositions que tu jugeras nécessaires pour te planquer en sûreté par la suite. »

Elle le regarda dans les yeux, se passant la langue sur les lèvres, le souffle court.

Une seconde s'écoula, interminable.

Puis une autre.

Elle le fixait toujours.

Finalement, elle hocha la tête. « Ça marche. »

45

Moscou
12 février 2000

Il y avait trois hommes en complet sombre, feutre à large bord et long pardessus gris qui traînaient à proximité des bains-douches quand le Range Rover se gara devant.

« Non mais, regarde-moi ça ! dit Scull depuis la banquette arrière. Merde, on dirait vraiment qu'ils jouent les gangsters.

– Oui et non, rétorqua Blackburn en les observant par la fenêtre du passager avant. Par certains côtés, je n'ai vraiment pas l'impression que ces singes soient fichus de faire la différence entre la réalité et ce qu'ils ont vu dans des vieux polars américains de série B. Mais n'oublie pas malgré tout que chacun d'eux planque un flingue sous son pardessus.

– Les gars, vous voulez que je vous accompagne ? » intervint Neil Perry qui était au volant.

Blackburn fit non de la tête. « Il vaut mieux que tu nous attendes ici, au cas où il faudrait qu'on dégage en vitesse », répondit-il en entrouvrant son blouson de cuir. Scull avisa la crosse de son Smith & Wesson 9 mm qui dépassait de l'étui d'épaule. « Bien que je doute qu'ils nous posent problème. »

Perry hocha imperceptiblement la tête.

Blackburn se retourna pour regarder Scull.

« Bien. T'es prêt ?

– Ça fait des jours que je suis prêt », rétorqua Scull.

Les deux hommes descendirent de voiture et traversèrent le trottoir. Le soleil brillait et il faisait quelques degrés au-dessus de zéro, une chaude journée pour l'hiver à Moscou, mais malgré ce temps relativement clément, la rue était presque vide et le commerce allait doucement dans les boutiques de luxe d'Ulitsa Petrovka. Sans doute à cause de l'aggravation de la pénurie de vivres, du retrait de l'aide de l'OTAN et de la menace d'embargo, estima Scull. Les gens gardaient leurs économies en prévision des mauvais jours.

Les truands convergèrent sur Scull et Blackburn comme ils approchaient de l'entrée des bains-douches, leur bloquant l'accès. L'un d'eux, un grand type brun au menton en galoche, s'adressa en russe à Blackburn.

«*Ia nié gavariou pa russkiy*», répondit ce dernier.

Menton-en-galoche répéta ce qu'il avait dit, tout en faisant signe aux deux Américains de déguerpir. Du coin de l'œil, Blackburn nota qu'un des autres types approchait en déboutonnant son manteau par le milieu. Il était plus petit que le premier et exhibait une moustache qu'on aurait crue dessinée au rimmel au-dessus de la lèvre supérieure.

«Je viens de vous dire que je ne parle pas russe», répéta Blackburn en voulant passer.

Menton-en-galoche le repoussa d'un coup d'épaule.

«Alors, je vais te le répéter dans ton putain d'*angliski*, dit le type en lui frappant la poitrine. Tu vas me foutre le camp tout de suite, espèce de connard d'enculé d'Amerloque.»

Blackburn le regarda un moment, puis il lui expédia un direct dans le sternum, tout en pivotant sur lui-même pour faire porter tout son poids sur le coup. Menton-en-galoche tomba à genoux en grimaçant. Il eut deux haut-le-cœur, puis dégueula sur son manteau.

Blackburn, qui le surveillait toujours du coin de l'œil, vit Fine Moustache glisser la main dans son pardessus. Il pivota en dégainant son Glock, et enfonça le canon dans la gorge de l'autre, le doigt sur la détente. La main de Fine Moustache se figea sous la doublure.

«Sors ta main, que je la voie. T'as compris?»

Le type acquiesça, l'air complètement terrifié. Sa main ressortit de sous son pardessus. Scull s'approcha en hâte pour le fouiller. Il sortit de sous son manteau un pistolet Glock qu'il glissa aussitôt dans sa poche revolver droite.

Blackburn lorgna le troisième homme. Le type n'avait pas bougé de son poste depuis qu'ils étaient descendus de voiture. Il secoua vivement la tête quand le regard de Blackburn tomba sur lui et leva aussitôt les mains en l'air. «Pas de problème, lança-t-il. Pas de problème.»

Scull le fouilla, trouva son arme, l'enfourna dans les profondeurs de son blouson.

Blackburn accentua la pression du canon contre la gorge de Fine Moustache.

«Aide ton camarade à se relever.»

Le gangster obtempéra. Les trois se tenaient à présent devant eux, tout tremblants.

Blackburn agita de nouveau son arme. «Vous trois, vous allez entrer bien sagement aux bains-douches. Au moindre bruit intempestif, vous ne vivrez pas assez longtemps pour le regretter. On vous suit de près. Allez, en avant!»

Bientôt, la petite troupe s'ébranla. Menton-en-galoche avait toujours la démarche mal assurée, et du vomi lui gouttait sous le menton.

Ils poussèrent les portes des bains-douches et furent aussitôt baignés d'une chaleur humide et étouffante. Un surveillant passa la tête par une embrasure de porte. Bien vite, sa tête disparut et la porte se referma doucement.

Scull regarda alentour et se mit à ouvrir une série de portes analogues. À mi-corridor, il trouva ce qu'il cherchait : un placard, encombré de piles de serviettes et de savons. Il y poussa les gangsters, non sans leur susurrer d'une voix glaciale qu'il leur réglerait leur compte si jamais il entendait un seul bruit en sortir dans l'heure suivante. Puis il referma la porte et la bloqua en calant le dossier d'une chaise contre le bouton.

«Viens», dit Blackburn à Scull.

Le sauna était presque au fond, sur la gauche. Des râles en provenaient. Une voix d'homme, et celles d'au moins deux femmes. Blackburn fit un signe de tête et saisit la poignée de la porte. Il l'ouvrit pour laisser échapper une partie de la vapeur. Dans sa main libre, il tenait le Smith & Wesson.

Youri Vostov était nu. Tout comme la femme juchée sur lui, le dos arqué, les mains plaquées sur son ventre. Ainsi que la seconde femme accroupie, la tête entre ses cuisses. Tous trois levèrent les yeux, ébahis, et se séparèrent brusquement en découvrant un homme armé au seuil du bain de vapeur.

Scull décrocha du mur deux serviettes qu'il lança aux femmes.

«Au revoir, leur dit-il en levant le pouce par-dessus l'épaule. *Da svidaniya!*»

Elles s'éclipsèrent en hâte, les serviettes drapées n'importe comment autour du corps.

Vostov fit mine de se relever du banc.

«Bouge pas!» Blackburn leva la paume, le pistolet braqué sur Vostov. «Tu restes assis là où tu es.»

Les petits yeux ternes du Russe passaient de Black-burn à Scull comme des galets ricochant à la surface d'une mare.

«Qui êtes-vous? demanda-t-il en anglais. Que voulez-vous de moi?»

Blackburn s'approcha de lui, sans cesser de le tenir en respect.

«Tu vas nous dire qui t'a ordonné l'attentat de New York. Et tout de suite.

– Vous êtes fou? Comment aurais-je la moindre idée de...»

Blackburn lui enfonça le canon de l'arme entre les jambes. Sans douceur.

Vostov tressaillit de douleur. Son dos parut coulis-ser de bas en haut sur le carrelage mural.

«Raconte», insista Blackburn, en basculant le chien de son 9 mm. *Clic*.

Vostov baissa les yeux, des caroncules se gonflèrent sous son menton charnu, il respirait par saccades, les yeux exorbités.

«Vous êtes de la CIA? Bon Dieu, mais c'est *criminel*!»

Blackburn enfonça rudement le pistolet. Vostov couina et se ratatina, de petites marques roses lui empourprèrent les joues.

«Un agent de la CIA te ferait pas sauter les couilles, objecta Blackburn. Moi, si. À moins que tu te décides à causer.

— Je vous en supplie…

— Tu as trois secondes. Une. Deux…

— Pedatchenko», lâcha Vostov. Et il déglutit. «C'est Arkadi Pedatchenko. Avec des complices à l'extérieur du pays… Écoutez, enlevez cette arme. Je vous ai dit ce que vous vouliez savoir.»

Blackburn hocha la tête, les lèvres serrées.

«Non, t'as pas tout dit. En fait, tu viens juste de commencer.»

46

Dagomys
sur la côte de la mer Noire, Russie
12 février 2000

Vladimir Starinov arpentait la plage, vêtu d'un anorak léger, d'un pantalon de survêtement et de baskets, au ras de la ligne de marée. Une légère brise de mer lui effleurait les joues de sa tiède caresse. Son épagneul le suivait en trottinant, bondissant sur le sable blanc comme talc, courant après les vaguelettes, récupérant parfois des lambeaux d'algues rejetés par l'écume, qu'il secouait entre ses mâchoires, dans un grand mouvement de fourrure et d'oreilles, avant de les abandonner là où il les avait pris. C'était une nuit limpide, somptueuse, un quartier de lune cuivrée descendait sur les flots, et les étoiles scintillaient comme une poignée de diamants jetés au hasard sur le satin noir d'un présentoir de joaillier.

Starinov se sentait apaisé. Pour la première fois depuis bien trop longtemps. En paix. À plusieurs centaines de kilomètres au nord, il le savait, les cruels mensonges de l'hiver régnaient encore, et le risque d'une famine d'ampleur nationale menaçait toujours de balayer la population russe comme un ouragan. Ici, en revanche, il connaissait un répit, une césure, loin de l'implacable rythme martial du pouvoir et de la survie politique.

Parfois, songea-t-il, la vie au Kremlin vous donnait l'impression de vous emporter avec quelque colossale machine emballée sur une pente sans fin.

Il s'arrêta, les mains dans les poches, pour contempler la mer. À peut-être trois cents mètres au large, il avisa les feux d'un petit bateau qui progressait avec lenteur, tel un escargot sur une plaque de verre noir.

«Eh bien, mon brave Omé, fit-il en se penchant pour gratter la tête du chien. Tu vois qu'il n'y a pas que des problèmes dans mon existence. Ici, on a le temps de réfléchir et de se souvenir que nos combats ont une raison d'être.» Constatant l'air hilare de son compagnon à quatre pattes, il ne put s'empêcher de rire. «Tu te fous complètement de ce que je raconte, pas vrai, mon toutou?»

Le chien lui lécha la main.

Souriant toujours, Starinov se retourna pour contempler sa datcha, de l'autre côté des dunes. Une lumière jaune pâle venait des fenêtres donnant sur la mer. À peine visibles dans l'obscurité, il aperçut les silhouettes raides de deux membres de sa garde rapprochée, postés à l'extérieur. Ils étaient toujours à pleurnicher devant son insistance à faire ces promenades solitaires. Mais il y avait des moments où un homme avait besoin d'être seul.

Il resta encore plusieurs minutes au bord de l'eau, à regarder le bateau caboter paresseusement vers quelque lointain port d'attache, puis il décida de rentrer boire une tasse de thé. Peut-être lirait-il un peu avant de se mettre au lit. De toute façon, il se faisait tard, et il se sentait envahi d'une agréable lassitude.

«Viens, dit-il en claquant dans ses mains pour attirer l'attention de l'épagneul. Inutile d'irriter outre mesure nos anges gardiens!»

Il revint sur ses pas, le chien folâtrant sur ses talons.

Parfait, songea Gilea, qui observait la plage avec ses jumelles à amplification nocturne.

«Comment se comporte notre ami? s'enquit dans son dos une voix masculine.

– Il est apparemment sorti de sa rêverie et il regagne sa datcha.» Elle abaissa les jumelles, plissa les paupières pour chasser les taches vertes tandis que l'obscurité normale l'inondait à nouveau. «Peut-être a-t-il pressenti que les flots noirs et glacés l'attendaient ce soir. Tu ne crois pas, Adil?»

Le grand type maigre grommela vaguement. Comme Gilea et le reste de l'équipage du chalutier, il portait une combinaison de plongée en néoprène noir, des palmes et un masque, pour l'instant relevé sur le front. Tous avaient au poignet des profondimètres, ainsi que des armes étanches et des caisses de matériel accrochées aux épaules. Une fois sous l'eau, les appareils respiratoires en circuit fermé fixés à leur torse recycleraient l'air expiré, absorbant son gaz carbonique avant de le mélanger à l'oxygène frais fourni par les bouteilles pressurisées.

« Les sous-marins de poche sont prêts », indiqua Ali.

Elle le regarda. Hocha la tête. Dans ses pupilles, le reflet de la lune brillait comme des éclats de verre brisé.

« Alors, c'est le moment », répondit-elle.

Légers et silencieux, les ATV fonçaient sur la grève, absorbant avec agilité creux et bosses, dans le ronronnement de leur moteur au carter insonorisé. Conçus spécialement pour l'Épée par une filiale d'Uplink, ces petits tout-terrain emportant deux passagers, un pilote et un mitrailleur, étaient équipés d'un matériel radio complet et armés d'une mitrailleuse montée sur un bras à l'arrière de l'habitacle. Leurs phares longue portée étaient masqués par des caches de défense passive. Les chauffeurs étaient vêtus de combinaisons furtives en Nomex noir et de gilets pare-balles, chaussés de lunettes protectrices et coiffés d'un combiné microécouteurs sous le casque. Ils s'étaient tartiné le visage de peinture camouflage.

Il y avait une douzaine de véhicules au total : celui de Blackburn et Perry ouvrait la marche, les autres suivaient en file indienne.

Les mains fermement agrippées au guidon, Blackburn surveillait avec anxiété l'enchaînement de dunes basses, pressé de voir surgir la datcha de Starinov. Il regrettait de n'avoir eu que quelques heures pour préparer cette mission : il aurait bien voulu savoir quand et comment le commando avait l'intention d'agir, afin d'être à même d'avertir Starinov et ses gardes par téléphone. Mais il avait redouté que la datcha soit placée sur écoute, et que toute tentative de contact amène Gilea Nastik à précipiter son action. Au bout du compte, il avait dû, entre deux maux, choisir le moindre et se résigner à assumer son choix – comme il l'avait fait ce matin même en signant ce pacte avec Vostov.

Il venait de négocier une grande dune incurvée, franchissant la crête sans peine ; les joues fouettées par le sable, il se prit à songer à leur récent accord. Le marché avait été simple : le rôle du démagogue russe dans la préparation de l'attentat serait mis sous le boisseau, et l'homme garderait sa virilité intacte, en échange de la révélation des faits et de sa totale coopération. Il avait alors tout balancé : non seulement l'attentat de Times Square et le traquenard visant Bachkir, mais aussi tout ce qu'il savait sur l'enlèvement de Starinov, prévu pour le soir même... ce qui n'était pas rien. Il avait en effet procuré à Gilea du personnel, des armes et des moyens de transport, contre un million de dollars américains. L'assaut devait se faire par mer, avec un éventuel soutien terrestre. Et l'objectif était radical et définitif : Starinov devait disparaître. Plus question de manœuvres machiavéliques et de subtilités. Plus question d'attendre que les pesants rouages gouvernementaux s'ébranlent en grinçant.

Un brave homme allait mourir, et c'en serait fini : ce serait le coup de grâce à la réforme démocratique en Russie.

Sauf si, avec l'aide de son groupe de contre-attaque monté à la hâte avec les survivants du raid contre la station-relais, plus quelques éléments dépêchés par leur QG de Prague, ils parvenaient à couper la tête de l'hydre.

Blackburn poussa le moteur à fond, lança un ordre aux autres ATV sur sa fréquence personnelle, et entendit aussitôt leurs moteurs s'emballer pour suivre le rythme.

Il se souvint d'avoir résisté à la tentation de foncer dans le tas comme la cavalerie, la nuit de l'incendie du relais satellite, et se rendit compte avec amertume que les circonstances l'avaient contraint à agir quasiment de la sorte cette fois-ci.

Cela allait à l'encontre de son instinct, de sa formation, de toutes les fibres de son corps. Car le pire qui puisse arriver lors d'une charge de cavalerie, c'était qu'elle se transforme en opération-suicide, s'il s'avérait que l'ennemi vous attendait.

Leurs vessies natatoires dégonflées, l'air chassé des ballasts pour passer en plongée, les sous-marins de poche glissaient sous les clapots comme des raies mantas.

Les lisses submersibles gonflables, embarquées sans difficulté à bord du chalutier de Gilea, avaient été mises à l'eau avec un ensemble parfait. Chaque engin propulsé par un moteur hors-bord compact mais puissant emportait trois plongeurs, ombres juchées sur une ombre, vers la plage. Silencieux et indétectable, leur moteur électrique leur procurait une autonomie de soixante-dix milles nautiques. Près de cent trente kilomètres. Les équipages auraient pu demeurer en plongée plus de quatre heures sans avoir à craindre d'être trahis par les bulles qu'émettaient les bouteilles de plongée classiques. Néanmoins, s'ils descendaient plus bas que quinze mètres, l'accroissement de la pression risquait de rendre toxique l'oxygène pur filtré. Mais ni le temps ni la distance n'étaient un problème ce soir : la plage était proche et leur méthode d'accostage n'exigerait qu'une plongée brève à faible profondeur.

Quelques minutes après leur déploiement, les minisubs refirent surface et prirent leur vitesse maximale – dépassant les quatre-vingts nœuds et filant comme des gouttes d'huile bouillante sur un revêtement en Teflon. Dès qu'ils eurent franchi les déferlantes, une mince trace d'écume dans leur sillage, les plongeurs abandonnèrent en hâte leurs engins, pour gagner la côte. Ils sortirent alors des boîtiers étanches fusils et viseurs de nuit, et commencèrent à s'enfoncer à pied vers l'intérieur des terres.

Quelques centaines de mètres plus bas sur la plage, la datcha de Starinov se dressait sur son talus isolé, gardée par des vigiles inconscients de l'approche des tueurs.

Starinov récupéra la bouilloire sur le réchaud, se dirigea vers le coin-repas et versa l'eau bouillante dans sa tasse.

Avant de s'asseoir, il prit sur la tablette un biscuit pour chien et appela Omé par la voûte de la cuisine en brandissant la friandise dans l'espoir de calmer la bête. Le chien le regarda mais ne bougea pas. Quelques instants plus tôt, il était sorti de la pièce en trottinant pour aller s'aplatir devant la porte d'entrée, gémissant, reniflant et battant de la queue.

Au début, Starinov avait cru que le sifflement aigu de la bouilloire était la cause de ce caprice canin, mais voilà que, malgré ses incitations répétées, Omé restait couché devant la porte, ignorant son maître.

Starinov haussa les épaules, fourra le biscuit dans sa poche de robe de chambre, et souffla sur le thé pour le refroidir. Même si le comportement du chien était quelque peu inhabituel, il n'y songea pas plus avant ; Omé était parfois énervé par les allées et venues des gardes autour de la maison, et c'était sans doute le cas ce soir.

Eh bien, tant pis, que le chien reste où il veut. Le ministre se sentait reposé, détendu, après sa promenade sur la plage, et il avait envie de savourer cet instant si rare.

Le petit désagrément serait sans nul doute bien vite oublié.

Hors de la datcha, le garde en uniforme de l'armée russe avait cru entendre un bruit au pied du talus et envisagé de descendre voir, conscient que ce n'était sans doute rien – le vent agitant le sable, une branche, un rongeur en vadrouille.

Se tournant à présent vers son collègue, à l'autre

bout du terrain, il songea à lui faire signe de venir, et puis il aperçut dans sa main la lueur orange d'une cigarette et jugea préférable de lui fiche la paix.

Il descendit donc tout seul en bas de l'escarpement, s'arrêta, ouvrit l'œil et tendit l'oreille. Fit encore quelques pas sur la plage et s'arrêta de nouveau. Le front plissé. Bien que n'ayant aperçu aucune trace de mouvement sur le sable, il lui semblait à présent déceler un autre bruit, un ronronnement sourd, comme celui d'un engin à moteur. Non. Plusieurs. Encore loin, mais qui se rapprochaient. Un bourdonnement de guêpes. Un plein nid. Mais quel rapport avec le froissement qu'il avait perçu tout d'abord ? Cela pouvait-il trahir une menace pour le ministre ?

Soudain mal à l'aise, il résolut finalement d'alerter son collègue et faisait demi-tour vers la datcha quand une main se plaqua sur sa bouche, un bras osseux se ferma d'une clé autour de son cou, le rompant d'un coup sec et brutal.

« T'as entendu ce bruit ? siffla Gilea à l'adresse d'Adil. On dirait des moteurs. »

Tapi avec elle en contrebas du talus, il se dévissa la tête pour regarder, tel un renard à l'affût. Le reste de la troupe remontait la grève derrière eux. Le cadavre du garde gisait sur le sable à leurs pieds.

« J'en sais r... » Il se tut soudain, indiqua le bout de la plage.

Les yeux de Gilea suivirent le mouvement de son doigt, s'agrandirent. « Merde ! » s'écria-t-elle en élevant son arme.

Laissant sur sa gauche le talus sur lequel était construite la datcha, Blackburn négocia la courbe de la plage et découvrit aussitôt dans le faisceau de ses phares les silhouettes en combinaison de plongée tapies sur le sable, le pneumatique abandonné sur le rivage, le garde en uniforme, étendu, le cou brisé.

« Les voilà ! » lança-t-il dans son micro. Ses yeux

balayèrent d'un coup l'ensemble de la scène.
«Attaque totale, on fonce!»

Il poussa les gaz alors que les assaillants se disper-
saient sur la grève, les deux restés jusqu'ici près
du corps fonçant vers le talus. À l'arrière de l'ATV,
Perry faisait décrire de grands arcs de cercle à sa
mitrailleuse, tout en lâchant une rapide succession
de salves. Des flammes avaient jailli tout autour de la
plage et les kalachnikov se braquèrent aussitôt vers
l'essaim de véhicules, crachotant leurs rafales.

L'un des plongeurs tomba aussitôt sous le feu
nourri de Perry, touché à la poitrine par les balles en
caoutchouc, et envoya valser son arme. Un autre
tomba derrière lui dans une gerbe de sable.

Blackburn vit l'engin piloté par Vince Scull démarrer sur sa droite, pour traquer deux hommes en combinaison, les repoussant vers la mer. Ils pataugeaient
dans l'eau jusqu'à mi-cuisse, mais Scull les talonna,
fonçant dans les vagues comme un taureau enragé.
Puis une balle ricocha contre le flanc de l'ATV de
Blackburn, et celui-ci chercha aussitôt à esquiver par
une série de zigzags.

Les appels s'entrecroisaient sur les ondes, et même
si l'effet de surprise avait donné l'avantage au commando de l'Épée, l'opposition était aussi résolue que
meurtrière. Une pluie de balles de 7.62 fit mouche sur
un des ATV et son pilote valsa au-dessus du guidon
comme une poupée de chiffon, le torse éclaboussé de
sang. L'engin fit deux cabrioles, éjectant son passager. Il se releva, désorienté, un filet de sang coulant
de sous son casque, et fut abattu avant d'avoir eu le
temps de reprendre ses esprits.

Sur la droite de Blackburn, un deuxième ATV se fit
aligner, son pneu éclata avec bruit et s'échappa de la
jante comme une mue de serpent. L'engin déséquilibré partit de travers dans une gerbe de sable, désar-
çonnant pilote et passager. Blackburn vit le premier
se précipiter vers son partenaire pour l'aider à se rele-

ver, en même temps qu'un des assaillants les visait déjà avec son arme : il comprit qu'il devait agir vite.

Ils étaient coincés.

Il braqua sèchement dans leur direction et fonça pleins gaz, lâchant d'une main le guidon, le temps de faire signe à Perry. Ce dernier acquiesça, mit en joue et, d'une brève salve, cloua au sol le plongeur avant qu'il ait pu tirer sur les deux hommes désarçonnés.

Reprenant son cap, Blackburn entendit alors une fusillade retentir en haut du talus et il pesta en silence.

Starinov ! Sans hésiter, il attaqua la pente.

Les assassins étaient là-haut.

Là-haut, avec Starinov.

Adil et Gilea traversèrent la crête au pas de course, fonçant vers l'entrée de la datcha, à quelques mètres à peine. Derrière eux, un garde gisait, mort, la tunique criblée de balles, répandant son sang dans le sable. Parvenus devant la porte, ils s'arrêtèrent. Gilea s'effaça pour laisser Adil passer devant elle et la défoncer d'un coup de pied.

Elle pivota pour surveiller leurs arrières, scrutant avec méfiance de chaque côté. Un garde déboucha soudain de l'angle de la maison et elle l'abattit d'une rafale en plein ventre, avant qu'il ait eu le temps de les repérer. Deux autres soldats russes surgirent de derrière au moment où elle entendit la porte s'effondrer dans une pluie d'éclats de bois. L'un des hommes s'écroula dès la première rafale, l'autre réussissant à lâcher une salve avant qu'elle ne parvienne à l'atteindre. Il décrivit un grand cercle en titubant, émit une toux mouillée, puis bascula sur le côté en laissant échapper son arme.

Elle se retourna vers la maison. Adil était étalé devant la porte ouverte, la moitié du crâne défoncée. Le second homme l'avait donc eu, observa-t-elle, notant son décès sans plus d'émotion.

Elle avait l'esprit accaparé par sa tâche, et sa tâche était que Starinov connaisse le même sort qu'Adil.

Blackburn parvint au sommet de la butte juste à temps pour voir la femme enjamber le corps de son compagnon pour entrer.

Il freina en soulevant une pluie de sable, descendit d'un bond et se précipita à sa poursuite en dégainant son Smith & Wesson. Perry était sur ses talons.

Blackburn s'engouffra dans l'entrée, regarda à gauche, à droite. Il voulait Nastik vivante, mais s'il devait choisir entre elle et Starinov, il n'hésiterait pas.

Le hall était vide. Par où devait-il chercher ? Bon sang, où pouvait-elle être ?

Il entendit Perry derrière lui, lui fit signe sèchement d'aller fouiller le côté gauche de la maison, et il se tournait vers la droite et ce qui ressemblait à une chambre, quand il entendit le chien grogner, entendit le coup de feu, et puis le choc sourd d'un corps projeté contre un mur.

Starinov se tenait dans la cuisine quand éclata la fusillade et, comprenant aussitôt ce qui se passait, que sa maison était attaquée, il avait foncé dans sa chambre récupérer son arme à feu personnelle rangée dans le tiroir de la commode. Ce n'était qu'un petit calibre 22 et il savait qu'il ne ferait guère le poids face au genre d'armes automatiques qu'il entendait crépiter dans la nuit, mais c'était tout ce qu'il avait.

Il ouvrit le tiroir et cherchait le pistolet sous les vêtements quand la femme déboula dans la pièce en braquant sur lui son AK, à bout portant. Le sourire qui barrait son visage semblait à peine humain.

C'est à cet instant qu'Omé jaillit de sous le lit, montrant les dents, et qu'il se jeta sur la femme, grognant et jappant, avant de refermer les mâchoires autour de sa cheville.

Prise au dépourvu, elle recula en titubant et lâcha une rafale lorsqu'elle percuta le mur. Elle voulut retrouver son équilibre, lança un coup de pied au chien, mais ne réussit qu'à se libérer non sans qu'il l'ait mordue cruellement.

«Plus un geste! hurla Blackburn à pleins poumons, braquant sur elle le Smith & Wesson qu'il tenait à deux mains. Lâche cette arme, tu m'entends? Lâche-la!»

Elle le considéra du fond de la chambre, agrippant toujours son pistolet mitrailleur, le chien aboyant devant elle. La jambe de sa combinaison de plongée était imbibée de sang. Derrière Blackburn, les hommes qu'il avait prévenus par radio envahissaient les lieux sous la direction de Scull, et faisaient au ministre un rempart de leur corps.

«Pas d'attitude suicidaire, dit Blackburn. Tout est fini. »

Elle le regarda. Hocha la tête. Sourit. Tenant toujours sa mitraillette, les mains serrées autour de la crosse, tremblante.

Et puis, avant que Blackburn ait pu réagir, elle releva brusquement l'AK, lui braquant le canon droit vers le cœur.

«Fini pour moi, dit-elle. Fini pour nous deux.»

La bouche sèche, le sang martelant aux oreilles, Blackburn continua de mettre en joue la femme, guettant le moindre tressaillement de sa main, en espérant être assez rapide pour anticiper son prochain geste. Sa concentration s'était réduite à un étroit tunnel embrassant sa propre main, celle de Gilea, et rien d'autre.

Une éternité passa. Personne n'avait bougé. Ni baissé son arme. L'air autour de Blackburn avait la consistance d'une gélatine électrisée.

Il ne prit conscience d'un mouvement soudain derrière lui que lorsqu'il fut trop tard. Tout parut se passer dans un éclair: le déclic bien huilé d'un mécanisme de mise à feu près de son oreille, la détonation assourdissante de l'arme se vidant derrière lui, l'expression surprise, presque intriguée, de Gilea juste avant que la balle ne l'atteigne au front, produisant un petit point rouge parfaitement circulaire au-dessus de l'arête du nez. Blackburn vit le pistolet mitrailleur tressauter dans sa main et, durant une terrible fraction de seconde, il eut la certitude que le doigt allait se crisper spasmodiquement sur la détente.

Mais la femme laissa échapper l'arme sans avoir fait feu, ses yeux se révulsèrent, ses jambes se dérobèrent, et elle glissa à terre comme une chiffe molle, répandant sur le mur derrière elle une traînée de sang, de cervelle et d'éclats d'os.

Blackburn abaissa son pistolet, tourna la tête avec effort, tant sa nuque était crispée.

Starinov se tenait juste derrière lui, après avoir bousculé les agents de l'Épée qui venaient de l'encercler. Une volute de fumée s'échappait du canon de son calibre 22.

Son regard croisa celui de Blackburn. Sans ciller.

« C'est mieux ainsi », dit-il simplement.

Blackburn déglutit, la bouche sèche, mais ne répondit pas. L'odeur de poudre lui picotait les narines.

« Vos hommes m'ont sauvé la vie, j'ai sauvé la vôtre. » Starinov abaissa son arme. « Et peut-être à présent aurez-vous l'obligeance de me dire d'où vous sortez. »

Blackburn ne répondit pas tout de suite. Il regarda, derrière Starinov, le reste de son équipe, ces hommes venus de tous les coins du globe pour accomplir une tâche à la fois ingrate et formidablement dangereuse. Il songea à Ibrahim avec ses cavaliers du désert en Turquie, à Nimec et ses agents à New York, et à tous ces gens ordinaires qui avaient contribué au succès de la mission.

Comment pouvait-il répondre ?

Il réfléchit quelques secondes encore, puis finalement haussa les épaules.

« D'où ? Disons d'un peu partout, monsieur. »

47

New York
aéroport international Kennedy
17 février 2000

Le soleil couchant teintait de somptueux reflets rouge et or le ciel au-dessus de Jamaica Bay. Le contour des gratte-ciel de Manhattan se découpait au loin à contre-jour. Des lumières s'allumaient partout dans la cité qui ne dort jamais, et New York s'apprêtait à endosser l'éclatant habit de lumière de sa féerie nocturne. Pourtant, seul au bout de la piste, Roger Gordian était imperméable à la beauté du spectacle qui s'offrait à lui.

Il s'apprêtait à accueillir les siens.

Terrassé par la douleur et le poids terrible de la responsabilité, il était prêt à tomber à genoux.

Et, tandis qu'il attendait, il récapitula les événements des deux derniers mois. Qu'est-ce qui aurait pu l'amener à agir autrement et ainsi l'empêcher de connaître cet instant ? Qu'auraient-ils pu faire, lui ou ses hommes, pour que ces gens reviennent au pays bien vivants, et non pas enfermés dans des cercueils ? Que leurs familles se retrouvent pour les fêter, au lieu de porter leur deuil ?

S'il y avait une réponse, il ignorait toujours laquelle. Même rétrospectivement, il n'arrivait pas à trouver un moment oublié, une bribe d'information qu'il n'aurait pas exploitée, sitôt vérifiée.

La tragédie leur était tombée dessus, silencieuse comme le brouillard nocturne. Elle avait dérivé vers eux, les avait entièrement enveloppés sans prévenir. Déclenchée à l'autre bout du monde par une poignée d'opportunistes dénués du moindre scrupule de conscience ou de moralité, mus uniquement par la cupidité et l'ambition, dès lors qu'elle avait été conçue, il était déjà trop tard pour l'arrêter.

Et quel prix avait-il fallu payer !... Gordian se passa une main sur les yeux.

Car Times Square n'avait été qu'un début. Plus de mille morts, plusieurs milliers de blessés. Toutes ces familles, ces amis à jamais incapables de partager à nouveau les plaisirs simples de l'existence avec des êtres chers. Les survivants à jamais incapables de goûter une journée sans souffrance, et qui se retrouvaient l'esprit et le corps brisés, avec pour seul destin d'essayer de recoller les fragments de leur existence pour continuer à vivre, tant bien que mal. Tout cela pour avoir voulu célébrer l'avènement glorieux d'un nouveau millénaire.

Roger Gordian savait dans sa chair combien était lourd le prix à payer.

Mais s'il compatissait au deuil et à la souffrance des victimes de l'attentat, ils ne faisaient pas partie des siens. Il avait certes été touché par leur perte, mais il ne se sentait pas directement responsable de leur mort. Il ne les avait pas jetés délibérément dans la gueule du loup.

Plus de vingt personnes, travaillant pour son compte dans des lieux où il les avait lui-même envoyés, revenaient au pays dans des cercueils. Rapatriés de sa station-relais satellite en Russie. De sa base de Cappadoce, en Turquie.

Il les connaissait presque tous par leur nom, en connaissait certains personnellement. Certains faisaient partie du petit cercle de ceux qu'il comptait au nombre de ses amis les plus chers.

Il les avait envoyés à la mort.

Il ne pourrait plus se réveiller chaque matin sans penser à eux.

Il ne se le pardonnerait jamais.

Et tout cela pour quoi ?

Pour la politique.

De sordides questions de politique politicienne.

Ses gens étaient morts parce qu'un démagogue ivre de pouvoir avait voulu faire basculer une élection.

Il en était malade, écœuré.

Chacun de ses employés, chacun à sa manière, avait été quelqu'un de bien. Pedatchenko n'était pas digne de séjourner dans la même pièce que lui. Mais avec ses grandioses plans de conquête, il les avait tous tués.

Arrête, Gordian, se morigéna-t-il. *Respire un grand coup. Sors de ce cycle sans fin de la culpabilité et de la récrimination. Ça ne change rien au passé, et tu sais fort bien où cela te mène...*

D'accord. Mais ça le laissait où ? Ici même, dans le présent...

La Russie était stable, pour le moment. Starinov avait exploité la fureur engendrée par les actes de Pedatchenko pour consolider son pouvoir. L'aide affluait en Russie, venue d'Europe et des États-Unis. La menace d'une famine touchant des millions d'hommes, de femmes et d'enfants innocents avait été provisoirement repoussée.

Cela valait-il la mort d'Arthur et d'Elaine Steiner ?

Non. Rien ne valait cela.

Mais rien non plus ne pouvait changer ce qui était arrivé.

Si grand joueur et manipulateur qu'il soit au sein de l'élite du pouvoir international, Roger Gordian était incapable d'altérer le passé, d'en altérer même une seule seconde. Il n'était qu'un type solitaire, la conscience marquée par le poids de la culpabilité, qui attendait l'atterrissage d'un vol spécial, l'atterrissage d'un avion rempli des morts qu'il ne pourrait jamais se sortir de l'esprit.

Que pouvait-il faire pour se libérer d'une telle souffrance ? Comment pourrait-il continuer à vivre ?

Il interrogea le ciel, y quêtant une réponse.

Pour la première fois, il nota la beauté du crépuscule, à présent dans toute sa gloire. C'était stupéfiant. L'espace d'une seconde, il fit le vide dans sa tête pour jouir pleinement du spectacle. Il s'avisa que c'était la première fois qu'il contemplait réellement quelque chose depuis l'attentat de Times Square.

Le monde était toujours là, dans toute sa beauté même imparfaite. La terre continuait de tourner, et elle tournerait toujours, quoi que puissent faire de bien, de mal ou d'indifférent les hommes qui rampaient à sa surface.

L'avenir était ce qu'il voudrait bien en faire.

C'était un don qu'Arthur et Elaine Steiner auraient saisi à bras-le-corps. Il aurait tant voulu les avoir à ses côtés, heureux et vivants, pour l'y aider. Mais ils n'étaient plus là, et la responsabilité lui en incombait.

Et peut-être était-ce là la réponse qu'il recherchait.

Il ne pouvait pas changer le passé.

Il ne pouvait qu'embrasser l'avenir et en tirer le meilleur.

Il était temps de se remettre à l'ouvrage.

L'avion qu'il attendait, un Iliouchine IL-76 gris, à présent doré par les rayons obliques du soleil couchant, roulait sur la piste devant lui. Des hommes munis de lampes fluorescentes orange le guidèrent jusqu'à son point d'arrêt, tandis que d'autres se précipitaient pour bloquer les roues du train. Le pilote d'une échelle motorisée emballa son moteur et vint s'immobiliser à quelques centimètres de la porte de l'appareil. Il coupa le moteur, serra les freins et descendit en hâte pour procéder aux derniers réglages.

La porte de la carlingue s'ouvrit et les passagers commencèrent à descendre. C'étaient les survivants, certains étaient encore couverts de pansements au sortir de leur récente épreuve. Les plus gravement brûlés étaient restés en Europe, leur état les rendant intransportables. La vue de Roger Gordian se brouilla sous l'accumulation des larmes qu'il refusait de verser. Au moins, tous ne s'étaient-ils pas fait tuer. Grâce à Max et son équipe, une bonne partie de ceux qui eussent été promis à une mort certaine sans leur aide descendaient maintenant la passerelle par leurs propres moyens. Il plissa les paupières pour chasser ses larmes.

Une soute s'ouvrit à l'arrière de la carlingue. Les musiciens qu'il avait engagés pour l'occasion se mirent à jouer et les accords solennels de Bach montèrent dans le soir. On fit descendre un cercueil. C'était le premier d'une longue liste, Roger le savait. À nouveau, la culpabilité menaça de le submerger. Il se détourna en cherchant plutôt à se concentrer sur ses souvenirs. Sur les jours passés avec Arthur et Elaine, dans diverses stations-relais de par le monde. Le cadre avait changé souvent, mais une chose était demeurée constante, aussi immuable que le temps. L'amour mutuel des Steiner avait servi de phare et d'exemple à tous ceux qui les avaient connus. La mort n'y avait rien changé. Un tel amour était trop solide pour périr sous la balle d'un assassin. Gordian savait qu'ils étaient réunis, où qu'ils soient, et que tel avait toujours été leur plus cher désir.

De nouveaux cercueils étaient déposés avec précaution sur le tarmac. D'autres souvenirs envahirent l'esprit de Gordian. Il avait une dette envers ces gens. Une dette trop immense pour qu'il puisse jamais la rembourser.

Il était temps d'édifier des témoignages à leur mémoire.

Il reconstruirait la station-relais russe et d'autres identiques, et il s'en servirait pour garantir que l'information circule librement sur les steppes et dans le monde entier. Si quelque chose pouvait empêcher qu'un tel drame se reproduise, si quelque chose pouvait arrêter la violence à sa source, ce serait cela. Il avait les moyens de le réaliser.

Et il continuerait de s'y employer. Mais quelque part, ce n'était pas suffisant.

À nouveau, l'image d'Elaine et d'Arthur tels qu'il les avait vus pour la dernière fois lui traversa l'esprit.

Ils n'étaient plus tout jeunes, mais ils avaient les souvenirs d'un riche et long passé partagé ; main dans la main comme deux adolescents, ils traversaient un champ parsemé des premières fleurs de printemps. Leur amour avait été palpable.

Cela aussi, c'était un témoignage.

Il sut ce qu'ils auraient souhaité pour lui.

Il était temps d'appeler Ashley pour mettre les choses à plat.

Il l'aimait. Elle l'aimait. C'était un don trop précieux pour être gâché. Comme Arthur avec Elaine, il devait apprendre à chérir son épouse. Il devait à lui-même et aux Steiner d'offrir à leur couple une nouvelle chance.

Ce soir, se promit-il. *Je l'appelle ce soir. Sans faute.*

Et alors que le dernier cercueil était disposé sur la poste, alors que la dernière lumière du jour quittait la scène, remplacée par l'éclat dur des lampes à arc, Roger Gordian donna le signe du début de la cérémonie qu'il avait fait préparer. Le monde n'oublierait jamais ce qui leur était arrivé.

Lui non plus.

Le temps était venu de forger les temps nouveaux que ses gens avaient contribué à faire advenir au prix de leur vie.

Il leur devait de mener le projet à bonne fin.

Un roulement de tambour marqua le début de la cérémonie du souvenir.

Roger Gordian avança d'un pas pour assumer la responsabilité de sa précieuse cargaison.

Et, en faisant ce pas, il comprit alors que son voyage ne faisait que commencer.

Roger Gordian laissa s'ouvrir son cœur pour mieux embrasser l'avenir.

RED STORM ENTERTAINMENT

Red Storm Entertainment a été fondée en novembre 1996 par Tom Clancy et Virtus Corporation, société leader dans le domaine des outils de création graphique 3D pour le multimédia. Son objectif : créer et commercialiser une nouvelle génération de jeux informatiques interactifs, mettant à profit l'explosion du marché des jeux multijoueurs sur CD-Rom ou en réseau.

Chez Red Storm Entertainment, nous avons l'ambition de prendre la tête de ce type de marché. C'est dans ce but que nous développons des produits répondant aux problèmes de conception d'un mode de jeu que Tom Clancy n'hésite pas à considérer comme une « nouvelle forme d'art ». Plus qu'une société d'informatique de loisir, Red Storm Entertainment est une authentique entreprise multimédia qui maîtrise intégralement la création de ses produits, depuis l'étude initiale jusqu'à la livraison, en exploitant toute une panoplie de supports – livre, télévision, cinéma et ainsi de suite.

- On peut visiter le site officiel américain de Tom Clancy à l'adresse suivante :
http ://www.putnam.com/putnam/clancy/index.html
- Le site officieux en français se trouve à l'adresse :
http ://clancy.home.ml.org
- Quant à celui de Red Storm Entertainment, on le trouve à l'adresse :
http ://www.redstorm.com/jsindex.html
- Enfin, pour jouer en ligne à *Politika*, il faut se connecter sur :
http ://politika.power-plays.com/

Tom Clancy's Politika
JEU EN LIGNE MULTIJOUEURS
SUR LES INTRIGUES POLITIQUES EN RUSSIE

Que vous n'ayez jamais pratiqué un jeu informatique, ou que vous soyez un joueur expérimenté, vous trouverez *Tom Clancy's Politika* aussi fascinant que distrayant. La conception intuitive de l'interface permet aux débutants d'en maîtriser les bases tandis que les joueurs accomplis pourront relever le défi de ses aspects plus subtils.

L'alliance du livre et du jeu permet au lecteur de s'immerger dans le réalisme prenant du roman, tandis que le joueur tirera profit de cette nouvelle forme de récit interactif où chacun développe ses propres intrigues.

Bien que livre et jeu soient basés sur un thème commun, la Russie après la mort du président Eltsine, le jeu a été développé de manière autonome, ce qui permet de le pratiquer isolément ou en liaison avec le livre.

Présentation du jeu

Vous êtes en Russie. Le président Boris Eltsine est mort subitement sans successeur désigné, laissant le pouvoir vacant. Le pays est plongé dans le chaos. L'armée, la mafia, l'Église, le KGB et plusieurs autres factions sont en lutte pour le pouvoir. Vous êtes à la tête d'une de ces factions politiques. Votre but : prendre le contrôle de la mère patrie. Tout étant négociable, la ruse, la diplomatie et la traîtrise sont des moyens parmi d'autres d'amasser plus d'argent et d'acquérir plus d'influence que vos adversaires.

Tel se présente *Tom Clancy's Politika*, premier jeu conçu pour favoriser librement l'interaction entre des groupes de joueurs. *Tom Clancy's Politika* introduit une nouvelle pratique : celle du « jeu conversationnel » qui porte la collaboration entre joueurs à un niveau jusqu'ici impossible à réaliser. Partout dans le monde, les amateurs peuvent jouer à *Tom Clancy's Politika* et bâtir leur propre scénario, leur propre développement dramatique.

Avec *Tom Clancy's Politika*, Red Storm Entertainment est la première société d'informatique de loisir à s'appuyer sur une nouvelle technologie logicielle basée sur le moteur Java™ d'IBM, destinée à la conception de jeux interactifs sur Internet. Cette technologie, baptisée InVerse, permet aux joueurs connectés, quelle que soit leur plate-forme matérielle ou logicielle, de se retrouver ensemble sur le réseau.

Le jeu

Tom Clancy's Politika combine deux éléments essentiels du marché interactif – le jeu multijoueurs et la discussion en ligne –, pour composer une notion unique : le *jeu conversationnel*, dans lequel l'ensemble des joueurs décident de l'évolution de la partie. Pour renforcer l'aspect interaction sociale, le jeu offre les possibilités suivantes :

• *Club de joueurs :* Pour créer des clubs de jeux publics ou privés.

• *Point de rencontre :* Un lieu où se rencontrer pour bavarder et voir si l'on s'entend avec d'autres joueurs avant de se décider à lancer une partie.

• *Converser :* Pour rédiger des messages à l'intention d'autres joueurs, tout au long de la partie. On peut poster des messages généraux ou discuter en privé avec un seul joueur.

• *Espionner :* Durant la partie, il est toujours possible d'essayer de surprendre les conversations privées des autres joueurs.

Tom Clancy's Politika se déroule sur une carte de l'actuelle Fédération de Russie. Son territoire, qui s'étend de la mer Baltique à l'océan Pacifique, est divisé en vingt-trois régions. Dès l'entrée dans la partie, le joueur se voit automatiquement assigné à l'une des huit factions suivantes :

• *Église orthodoxe russe :* Politiquement influente, même si l'essentiel de son activité est souterraine.

• *Communistes :* Représentent la vieille garde, avec toute sa machine politique.

• *KGB :* Ses agents ont officiellement disparu avec l'Union soviétique, mais beaucoup sont toujours là.

• *Mafia :* À l'instar des autres mafias, son but est l'argent et le profit, par tous les moyens.

• *Militaires :* Comme la plupart des généraux, ils veulent renforcer l'armée.

• *Nationalistes :* Ils veulent revenir à l'Union soviétique réunifiée sous un pouvoir fort, et tirent profit de la vague de mécontentement.

• *Réformateurs :* Représentant le parti du président Eltsine, ils veulent garder le pouvoir et poursuivre la transition capitaliste de la Russie.

• *Séparatistes :* Ce mouvement veut une autonomie politique accrue des diverses régions de Russie.

Chaque région du pays affiche trois «jetons d'influence» montrant la répartition du pouvoir politique entre les divers joueurs.

Des jetons représentent les soulèvements et les zones d'agitation politique que vous pouvez tenter de contrôler. Vous êtes confronté à trois types de soulèvement : de la bourgeoisie, des ouvriers, des étudiants.

Au début de chaque tour, le joueur «retourne» la *carte de production* du dessus de la pile. Chaque *carte de production* affiche trois régions en indiquant celles qui vont générer du profit pour ce tour. Entre les *cartes de production* s'intercalent des *cartes d'événements*, signalant bonnes ou mauvaises nouvelles, qui prennent effet aussitôt.

À l'issue de chaque tour, les joueurs ont la possibilité d'acheter des *cartes d'action*. Celles-ci autorisent des avantages limités dans le temps en matière d'attaque, de défense et de production. Elles coûtent 20 000 dollars pièce et peuvent être librement échangées par les joueurs.

REMERCIEMENTS

Je tiens à remercier ici Jerome Preisler pour sa contribution inestimable à la préparation de ce manuscrit. Je tiens également à rendre hommage, pour leur aide, à Larry Segriff, Denise Little, John Helfers, Robert Youdelman, Esq., Tom Mallon, Esq., ainsi qu'à la merveilleuse équipe du Putnam Berkley Group, et tout particulièrement Phyllis Grann, David Shanks, Tom Colgan, Doug Littlejohns, Frank Boosman, Jim Van Verth, Doug Oglesby, le reste de l'équipe de *Politika*, sans oublier tous les collaborateurs de Red Storm Entertainment. Comme toujours, mes remerciements vont à Robert Gottllieb, de l'agence William Morris, mon agent et mon ami.

Mais avant tout, c'est à vous, amis lecteurs, qu'il reste à décider dans quelle mesure notre effort collectif aura été couronné de succès.

Tom Clancy

Composition réalisée par INTERLIGNE

IMPRIMÉ EN ALLEMAGNE PAR ELSNERDRUCK
Dépôt légal Édit. : 6628-11/2000
LIBRAIRIE GÉNÉRALE FRANÇAISE - 43, quai de Grenelle - 75015 Paris.

ISBN : 2-253-17157-3   ✛ 31/7157/6